檐下听雨

赠唐斯复

郭汉城

坦荡多豪气，
温文不女流。
殷勤飞海峡，
谈笑释心忧。
款款怜杨李，
深深蔑寇仇。
乃知漱玉质，
孕育共高丘。

注：
不女流——不婆婆妈妈。
释心忧——在台湾的一次座谈会上，一位台湾女士说："过去以为
大陆女性古板苛刻，同你们一接触，才知道错了。你们大方随和，
让人喜欢。"
杨李——指唐朝天宝年间的皇帝李隆基和贵妃杨玉环。
寇仇——指汉城师《大师·小鸟·打油诗》中的日本首相、军国主
义头目安倍晋三。
漱玉质——漱玉，指李清照。

目录

他们，她们

檐下听雨

自序

似乎 18 岁、28 岁、38 岁、58 岁还在眼前，怎么，人生就迈入古稀之年了！

每个人自有来历。我的妈妈陈荷，福建闽侯人；爸爸唐亦仁，湖南浏阳人。当年，外婆看了爸爸的求婚书，回赠四个字：盛情难却。于是在北平成就了一桩"满门多忠义之士"的门当户对的婚姻。我妈妈的祖父是中国末代皇帝溥仪的老师、学养精深的太傅陈宝琛；我爸爸的祖父是戊戌年自立军首领，与谭嗣同并称"浏阳双杰"、英勇就义的唐才常。帝师维护王朝鞠躬尽瘁，烈士反对帝制死而后已，背道而驰的人生，却殊途同归，两位先祖都是中国近代史上为后人景仰的、举足轻重的人物。

在中国社会大伏大起的 20 世纪，我的父亲母亲命运多舛。我也受牵连名列"另册"，始自少年，生活便如溯水行舟、逆风走路。外婆要将对我的教育纳入"诗书传家"的传统，无奈，读书人名正言顺的传统，却遭遇当时社会无处不在的"阶级"和"阶级斗争"学说。

所幸，曲折坎坷，练就了坚强；理想未泯，志向不移，总还能如愿以偿。终于，我走进了大学，我改变专业成为编剧，我适时当了记者，我努力开创文化艺术事业的种种先河。友人说："你继承了维新烈士的刚毅、帝师治学的执著。"实际上，我只是坚守目标，努力"变不可能为可能"。每一次成功，实际上都极其偶然，我能努力做到的只是：机会临近，不言放弃。

我曾为《文汇报》驻北京记者，二十余年，日复一日地奔波采访，书写急就章。退休以后，节奏放缓，我体会到从容写作的美妙。我爱写，我享受敲击键盘的乐趣。散文集《檐下听雨》中的文章都写作于结束记者生涯以后。不必翻阅笔记本，不必听录音，多为沉淀的记忆和情感，信手写来，全然是自我心境的描绘。

2002 年返回上海定居，我参与三项文化工程的创建：创作并制作昆剧全本《长生殿》；组织"TMSK（透明思考）刘天华奖中国民乐室内乐作品比赛"十年五届赛事，获得参赛作品五百件；建立上海琉璃艺术博物馆。参与文化艺术项目制作的心路历程尽在《檐下听雨》中。

书稿编成以后，发现第四部分"走过长生殿"可以自成一书，收录我以同一题材《长生殿》写作的四种剧本——昆剧连台本戏（四本）、昆剧精华单本戏、电影文学剧本、现代芭蕾舞剧剧本。每一种剧本均配有创作意图、写作实践、心得体会。因为内容集中，姑且称它为"专题本"吧。于是，将原计划的内容分成上、下两册：上册保留原书名《檐下听雨》，收集我多年积累的散文；下册便是《走过长生殿》。两本书合成一个总书名《唐斯复散文》。以此，作为向亲爱的家人、手足，尊敬的师长，以及不离不弃的挚友们对我关爱的交代，也是对父母赋予我生命的交代。

刘厚生 # "不放弃"的唐斯复

我与唐斯复同志相识于上世纪 80 年代中期，至今约有三十年，自然是老朋友了，但今天为她的散文集写序，却颇感惶惑：我对她的认识理解，准确吗？不敢保证。能保证的只是：说的都是真话。

这部《唐斯复散文》是两本书：《檐下听雨》是散文汇编，《走过长生殿》则是古典传奇《长生殿》的四种整理改编本和有关文章，都是斯复多年心血之作。说她是散文家名正言顺，说她是戏曲文学家也当之无愧。然而，这两者都不能完全概括她。回顾她的大半生，纷繁多元，想来想去，我想可以说：她是杂家。通常，杂家是指那些涉猎多种学科、皆有所成、皆能成家的学者，但斯复涉及的却不止几种学科，更涉及几种行业以及社会活动，她应该是一个新型杂家。

斯复最初是中央戏剧学院表演系出来的优秀青年话剧演员，曾演过俄罗斯古典名剧《大雷雨》等，从前叫作剧人。但她没有继续向舞台高处攀登，她的兴趣转向媒体写作，她做了上海《文汇报》驻北京的记者。《文汇报》是锻炼人的地方，斯复是好学争气的青年，记者一做二十多年，可见报社的倚重。她由此成为著名记者，成为北京、上海文化界的亲密朋友，是老资格的报人或传媒人。

长期的记者生涯开阔了她的视野和胸襟，提升了她的文化修养。她不满足于只写新闻报道、专题采访之类的急就章，退休之后，她慢慢写出一篇一篇充满真情实感的优雅散文，成为新生的文人。

可能是性格使然，也可能是活跃的记者的习惯使然，她虽然愿意在书斋中从容写作，但也喜欢跑动，喜欢多方接触社会。

大约在 20 世纪 80 年代后期，她又开拓了一个戏剧活动家的行业。文艺界人士都知道，她曾以个人之力，发起、推动并组织北京人民艺术剧院 1988 年和 2012 年两次赴上海的大规模演出，每次各有五台精彩大戏，取得轰动效应。其实，还不止于此。她钦佩宁夏话剧团多年坚持在贺兰山区为农民演出，于 1991 年萌生念头，组织"大篷车万里行"活动。剧团以流动舞台的形式，带着宣传计划生育的剧目《女村长》，从银川出发，经北京、河北、山东、江苏，一路演到上海，轰动了当时的中国戏剧界。她的创意和实践，证实了她作为戏剧活动家的卓见、才能和热忱。

20 世纪 90 年代中期，她结识了台湾著名电影演员杨惠姗、导演张毅贤伉俪，有感于他们立志复苏祖国古代琉璃艺术，研发、恢复几乎销声匿迹的传统"脱蜡铸造技法"，虽然近乎倾家荡产，却依旧志向不移，敏感到这项事业的文化价值和历史意义，下决心支持他们到大陆寻根，继承光大祖国传统文化。他们通力合作二十年，建立起荣辱与共的情谊。2006 年，上海琉璃艺术博物馆诞生，展示中国古代琉璃、国际琉璃大师精品以及杨惠姗成长为中国现代琉璃艺术奠基人和开拓者的轨迹。斯复亲任馆长，还主编《琉璃艺术》月刊。想不到，她又做了一个货真价实的"琉璃人"。

斯复热爱民族艺术，本世纪初，又涉足民族音乐领域。她请出音乐大家吴祖强和南北音乐权威，举办"TMSK 刘天华奖中国民乐室内乐作品比赛"，坚持十年，获得参赛作品五百件，获奖作品的曲谱即将出版。这在音乐界和音乐教育界都是有影响的事。

斯复的人生斗志随着年龄的增长和学养的提高而更加高昂。进入新世纪，她又回到了舞台。不是做话剧演员，而是发宏愿把清初传奇大作家洪昇的名剧《长生殿》整理改写成连台本昆剧（四本）。她与时任上海昆剧团团长的蔡正仁通力合作，开创这项昆剧的"高峰工程"。她是做了祖母的小老太，正仁是古稀今也稀的大小生，他们前后用了七八年时间，"七稿八稿，没完没了"，历经艰难，终于使《长生殿》在 2007 年春季上演。每演一轮，都要四个晚场约十个小时，每一轮演出都奏响中国戏曲史上一个华彩乐章。斯复就此进入昆剧人行列。

四本《长生殿》之后，她又应客观要求，改编出单本的精华版《长生殿》、昆剧电影文学剧本《长生殿》和现代芭蕾舞剧剧本《长恨歌》。这也是创举。不能说她已成为影人和舞人，但至少，也是向这两个领域敲了门，见了面，握了手。

我常常想：她为什么喜欢做这些繁杂难办的事？多少事都是她自织罗网自己投，再破网而出！有的事，她如果不做，任何人都不会有理由责备她。为此，我思索许久。我希望读者先读读斯复写的自序，其中，她简略说了自己的家世：父系祖先中，曾祖是清末有影响的革命烈士；母系祖先中，外曾祖是末代皇帝的博学师傅。我以为，这样的家世和家风，自然会潜移默化影响到她的内心深处，使她下意识地感到做人要做对国家对社会有作为的人，要有革故创新的志气，要有高尚文化的教养。

斯复有幸，得到各方面友人的鼎力相助。她交游广阔，极重友情，得道多助。从多年的交往中，我对斯复形成的印象是，她温文尔雅的外在形象之内，有一种进取并坚持的性格，用她的话说："不放弃。"她喜欢做事，喜欢做别人不易想到但是值得做的新鲜事。她愿意克服万难，往往出奇制胜，因而她的作为大都具有独创性。她从来不像个"女强人"，从来不说豪言壮语。她找人解决难题，总是娓娓而谈，一而再、再而三，以理服人。她坚韧刚毅，受到误解或反对时，又是宽容大度。她具有成就大事的自信。

斯复有幸，时代和社会给了她机遇，培育了她这个有光彩的新型杂家。以她的能力和经验，她如果想做 CEO，做教授或者做幼儿园园长，肯定都会成为出色发光的人物。但说实在的，我终究是希望她多做些文字工作。《檐下听雨》足够显示她朴实、细致、秀美、亲切的散文性格和才华。《长生殿》之后，我曾向她试问：再碰一碰《桃花扇》如何？她笑而不答。她是一个热心人，又是劳碌命，如果愿意，再多写些大小散文，或是写话剧剧本，整理改编古典名著，甚至写小说、写论文、写家史，写什么都好，全都是我们现今的时代所需要的。

张毅、杨惠姗

阳光里的红衣女子

我们常常想：我们在上海的这些年，是怎么走过来的？我们不是上海人，也不懂上海话，1990 年，上海对我们而言，只是霞飞路和张爱玲。我们为什么就带着琉璃工房到上海来了？而且，这一留，转眼就快二十年了。

惠姗喜欢说：因为穿红风衣的姊姊。

1993 年，我们在北京故宫博物院办展览，差不多同时间，"云门舞集"也在北京办记者会，台北的记者朋友全来了。惠姗和我去凑热闹。《中国时报》的李梅龄突然拉着我们去认识一个人。李梅龄说：你们一定要认识这个人。

我们过去自我介绍。印象里有些尴尬，因为我们不熟简体字，不认识人家的名字怎么念。一阵寒暄，只觉得对方有些错愕，似乎完全不认识我们。我们两个人回到自己的座位，有些惊魂未定。我说惊魂未定，不算夸张，因为在台湾，我们虚名浪得，很少人见到我们一脸茫然。如果是一个一般的人，我们无所谓，但是，那一天不一样，因为，我们心里强烈地希望对方认识我们。

记得当天晚上回到酒店，突然接到一个电话，我跟惠姗说：就是她。

她说她很抱歉，嘈杂之中，没有想起我们是谁。她想跟我们聊一聊。惠姗和我兴奋得不得了！

为什么？后来，惠姗跟我回想起来。我们常常说，头一次见面的印象是：中国人应该就像她那样。

第二天一早，我在酒店门口恭候。早上的北京，太阳光又亮又白。她进门时，一身红风衣。我们就又想起：中国人就应该像这样。

惠姗和我在电影界十多年，我们自信对人的气质不易大惊小怪，但是，在那个 90 年代，我们对这位唐斯复女士的气质，是一生难忘的。

今天回头看，当时，我们完全不知道：后来的近二十年，我和惠姗，包括琉璃工房，几乎就是从那时候起，跟着她在大陆一步一步地往前走，一步一步地认识了我们只有在书里读过的这片大地，更要紧的是，认识了这个时代。

一种阅遍沧桑之后的隐忍。

在台湾长大，习惯了任意地胡乱挥霍时光。第一次听说有人从小立志做一名记者却不能做、不允许做，奋斗，争取，十八年，才拿到一张记者证。这就是唐斯复女士。

那么，写作，对她是一种什么意义？

我无论如何努力去揣摩，都只有感慨，而无法深刻地体会一二。

喔，因为，那个时代？！而时代，等也不等地径自过去了。

那么，是不是应该作些不平之鸣？是不是笔下该有些怨气？我的无知，常常让自己认为应该这样，应该那样。

但是，斯复女士的文字里没有任何硝烟味，只有一种沉默的隐忍。她花所有的笔墨写别人。没有人知道，她曾经耗尽心力、一手推动的昆曲《牡丹亭》在赴美国纽约林肯中心演出前夕，服装道具都已上了船，竟然被拦了下来。

是什么样的力量，让一名身材极小的女子，参与筹资、规划，整合导演、剧团……在寂寥的气氛里推动昆曲？

又是什么样的绝望，看着一切成为灰烬？

惠姍和我听说，因为这件事，她病了。我们去看她。我们看见平日气韵温润却静水深流的她，成了一个魂魄尽空的躯壳。

在她的文字里，有没有提及这件事？没有。

十多年后，她又从剧本，从剧团，从演出，推动了全本《长生殿》。这一次，除了在北京演出，在上海演出，《长生殿》还走向世界演出。

她经历了什么样的心路历程？

我常常想，有一天，斯复女士真正应该写一本书，巨细靡遗地写这一生走过的路。因为我觉得，那是她真实的生命。但是，我知道，我可能永远永远都看不到那一本书，因为，她是她的时代里一种沉默而深邃的隐忍。

那么，我的聒噪，也许只能是一种鲁莽，一种另类。如果有人听见，也许可以在那些娓娓而谈的文字底下，看见一个时代，看见一种强悍的生命力量。

我觉得那是这些文字，最让人动容的阅读角度。

檐下听雨

此生有幸

五十年坎坷，我做过演员、编剧，1981 年成为《文汇报》驻北京记者。今天，还在做喜欢的事情。人们说我是幸运的。

舞台·圣殿

　　舞台是圣殿，这是中央戏剧学院对学生进行的关于剧场艺术教育的理念。但是，我毕业后的第一次表演却是在农村的土台子上。

　　20世纪60年代初，内蒙古草原出现乌兰牧骑文艺轻骑兵演出队，活跃于牧区，为牧民服务。一时间，乌兰牧骑式的演出队席卷全国，北京市农村文艺工作队也应运而生。

　　1964年春天，我和剧作家刘厚明，带着他还散发着油墨香的新作《山村姐妹》话剧剧本，和快板书演员梁厚民同乘一辆吉普车，被送到京北昌平县小汤山温泉。在村口的井台边，我们见到农村队的两名成员。昌平地界气温低，他们还穿着棉裤，裤脚处露着棉花。他们挑着水在前边带路，我们东张西望地跟着，吉普车断后爬行。走不多远，便进了演出队的院子。我顿时看傻了——这么热闹！一群女孩儿年龄与我相仿，她们的特长是表演单弦、唱歌、跳舞、演戏、变魔术等，是市属文艺院团的专业演员；说相声、数来宝、唱琴书的当然是大男人；民乐手的行当很是齐全，大多毕业于音乐院校；最令我惊讶的是，其中还有北京人民艺术剧院的大艺术家们，平时想见都是难的，他们来这里为的是排演话剧《山村姐妹》。

演出队的徐编导个子出奇地小，列队在女演员之后。他对我说："你来了正好，'大头娃娃舞'缺一个人，今天你就上吧。""我？！我不会！这个节目我连看都没看过，我不敢。""胆子大点，在学校上过舞蹈课吧，'大头娃娃舞'简单得不能再简单了，我们左右两边拉着你，跟着走就是了。"开演前，演员们帮助我穿上演出服，是色彩鲜艳的被夸张了的儿童服装，胸前还带个大兜兜。大头一扣，身子立即显得小了，一队大头小人儿，确实挺好玩的。

土台子垒好了，很周正，约一米五高；我们的帆布舞台大棚如同一件大罩衣，与土台子严丝合缝，前台后台、左右侧台、灯光麦克一应俱全，很是那么回事儿，这在当时的北京为独一份。观众人山人海，本村邻村，村村空巷，有借机回娘家、串亲戚的，还有从百十里外赶着骡车来的，群情兴奋，比过年过节还热闹……演员们面对此情此景，个个动容。

该我们上场了。我早早地拉住两边同事的手——嘿，不至于那么紧张吧，手心儿净是汗！音乐响起来，该演员们上场了。坏了，戴的大娃娃头在我头上乱转圈，两个窥视孔一会儿对着眼睛，一会儿转到脑后，心里那个懊悔呀——怎么上台前就没问清楚如何固定那大娃娃头！后来才知道，演员须咬住大头壳里面的一根横杆。这是后话了。当年的观众一定奇怪一群大头娃娃中怎么有一个被东拉西扯、跌跌撞撞、晕头转向的。徐编导的鞋被我踩住了，踩得牢牢的，他使劲一拔——一股凉风袭进，鞋底掉了！

这就是我走出校门后的第一次演出，笑死人的回忆。

之后，我和同事们在农村度过两年粉墨岁月，几乎每天起床就打行李转点，足迹遍及北京郊县的山山水水。因为学习乌兰牧骑的"一专多能"，我们都要会唱会跳，一晚上，每个人要表演好几个节目。当然，我的主业依然是演戏，在《山村姐妹》中演一个男孩子，观众是频频喝彩的。同时，我担任演出队的业务秘书，安排日常排练、演出节目、事后小结，还得当报幕员，频繁进出于台前台后。演出前第一个化妆，散场后最后一个卸妆，天冷手冻僵了，怎么也捏不住卸妆用的油棉花球。我在给外婆的信中写道：霎时间，大雪纷飞，雪花飘落在观众的肩上；天空中的雪，人身上的雪，树梢上的雪，忽如一夜春风来，千树万树梨花开！

听说有三户人家的老奶奶下不了山，想听真人唱戏，一辈子没听过——我们八个人背起乐器，送戏上山！陡峭山势，羊肠小道，举步维艰，岩石上还残留着"打倒日本鬼子"的标语，可见这里几乎与世隔绝。到达时，已是傍晚时分。我们在炕头上，贴着老奶奶的耳朵"喊"戏，"喊"得她们老泪纵横。山上用水是小毛驴驮上去的，量着喝，晚上我们都不肯洗脸。第二天告别，轻易不下炕的老人们执意送我们到村口。在山巅的劲风中，她们头发飘散，久久伫立。那情景如诗如画如雕塑，感动撞击心扉。

下山应了一句俗语：上山容易下山难。路面上遍是滚动的石头子儿，走一步，滑一跤，二十里之遥呢！一根绳子依次拴住八个人的腰，我们互相拉扯着、搀扶着往山下挪动。天黑了，幸有一个小手电筒引路。所有人一样地饥寒交迫、困顿疲乏。

驻地的队长急了，传说山上有狼，他派人在路口打手电、喊话。终于，我们被喊回来了——肉饼嗞嗞冒着油，柴锅里温着芸豆粥，顺墙放着一溜搪瓷盆，还备好了洗脚的热水……灶膛的光、煤油灯的光，映衬得屋里暖洋洋。

时光流逝，到了 1991 年春季。在一个研讨会上，我与同学王志红重逢。他毕业后被分配到宁夏话剧团工作。后来，同去的二十余人只剩下两个人，他是其中之一，其他同学纷纷选择南下。王志红在话剧团当团长，带领剧团在贺兰山区辗转演出，写农民、演农民、歌颂农民，坚持为农民服务，剧团创作和经营红红火火。多年不见，王志红满脸刻着岁月的沧桑，我对同窗的崇敬油然而生——"我们来做一件事。"我脱口而出。"什么事？"他问。"组建大篷车流动舞台，从贺兰山演到黄浦江！""行，一言为定。"这个在全国文艺界具有标志性意义的举措，是两个心怀"舞台是圣殿"的信念的中央戏剧学院毕业生在北京东直门内的小胡同里漫步时动议和确定的。

秋冬之交，一切就绪，车轮滚动起来！"大篷车流动舞台万里行"演出的第一站是北京郊区，我要求将第一场演出安排在昌平县小汤山温泉村——我演出生涯开始的地方。演出前，王志红大步走到台上，向观众深深鞠躬，大声地说："乡亲们，你们好！我们给你们演戏来啦！"我百感交集，掩面恸哭，止不住的眼泪……

向我们同代人付出的青春和诚挚，致敬！

2011 年 9 月

舞台上有盏长明灯

在我走过的生活道路上，竟有这么多与北京人民艺术剧院相关联的记忆！从背着花布书包的中学生时代开始看北京人艺的戏，一直看到今天华发丛生，以后可能还会坐着轮椅继续看下去。开演的钟声，不断唤起我对舞台的期待，油然而生的是将出席仪式般的情绪。我的生活始终与戏剧为伴，戏剧艺术对我的影响难以磨灭，我是幸运的。在中央戏剧学院求学时，人艺的老师是我的榜样，成为人艺的一员是我实现美好理想的动力。在我心目中，戏剧是神圣的，北京人艺是我年轻时的精神家园。

一

毕业以后，北京市文化局将我分配到北京人民艺术剧院做演员，我欣喜异常。但是，得先到北京市农村文艺工作队排演话剧《山村姐妹》，然后，戏和人一起回剧院。剧组里有北京人艺的导演和好几位大演员。排演结束了，农村文艺工作队也由临时组织改为固定机构，市长决定：八位大学毕业生留下作为基本队员，一个也不能离去。这是我第一次与北京人民艺术剧院失之交臂。后来，《山村姐妹》被选中参加"华北地区戏剧调演"，剧组搬回剧院继续排演，还安排三位剧院演员演 B 角，以备我们回农村队后剧院还可以继续演这个戏。那时，大家集中住，晚上有演出，通常在驻地午睡。一天，我醒来时一个人都没有了，寂静得有点吓人。原来，那天是周恩来总理看戏，剧院认为我出身不好，不适合参加演出，故意把我甩下了。我依然没有放弃进入北京人民艺术剧院的愿望，但因为出身的原因，剧院一次次地拒绝我。那是 20 世纪 60 年代"阶级和阶级斗争"的环境，我是年 22 岁，不断警戒自己："保持住心中的骄傲，决不能沉沦！"

　　光阴如箭，18 年过去了，当我决定到《文汇报》当记者时，北京市领导让我立即归队，到北京人艺报到："我这就打电话通知他们。"我按下他拿起的电话听筒："不，我不去了。"说着哭了，领导也流泪了。那是 1981 年盛夏，从此，我与剧院开始了新一页的合作——

二

　　北京人民艺术剧院始终是《文汇报》驻北京记者唐斯复关注和报道的重点。

　　在记者当中，我是几乎看遍了北京人艺所有重要剧目演出的一个，也几乎都给予过报道，在接连不断的"北京专电"中，有动态，有观点，传递着喜悦或不满，形成了我特有的新闻和评论

相结合的文风。早在 50 年代，我的前任们，已与北京人艺建立
起良好的关系。携手文化艺术界是《文汇报》的传统，北京人民
艺术剧院延绵不断的创作足迹，留在《文汇报》版面上超过半个
世纪之久！有时，我会到排练厅，观摩导演和演员的创作。我习
惯那里的气氛，感兴趣于创作过程中闪现的智慧火花，仿佛自己
就是其中的一员。在剧院阅览室，我浏览艺术家们写下的导演阐
述和所扮演的剧中人物的小传，领略他们舞台成功背后的深厚底
蕴。我也喜欢演出前到后台串串化妆间，坐坐聊聊，有时尝尝各
家带来的晚饭。票子卖完了的时候，我就在侧幕处放把椅子，从
演员候场开始观察，目送他们走上台去，演绎戏剧中的人生……
参加剧院举行的新闻发布会，像听老朋友说新话题，我饶有兴味。
《茶馆》更换年轻演员的新闻发布会上，主持人让记者提问题。
没看过老《茶馆》和对老演员的表演一无所知的年轻记者，是无
从提出问题的。我被点名发言，站起来面对即将上阵的一排后来
人，既是即兴，又发自肺腑，我确实好奇年轻演员将如何继承老
师们的艺术衣钵，又将怎样根据自己的条件和对角色的理解，进
行新的创作。我一一提问，演员们一一作答，涵盖了所有需要发
布的内容，博得了全场的掌声。

三

　　我与剧院也有过冲突，最激烈的一次发生在一出新编历史剧
的演出之后。1986 年秋冬之交首演那天，我邀请《文汇报》一

位资深人士同去观看那出戏。戏结束时，他脱口而出："这个戏不灵的。"往常，北京人艺的历史剧总带给观众艺术的享受，但是，那出戏却很令人失望，失望透顶！事后，我与剧院搞宣传的朋友交换意见。他同意我的看法，但是，从剧院声誉考虑，他要求我对此不进行批评的报道。我答应了。过了几天，办事处的同事回来气愤地说，《文艺报》的记者做了演出情况跟踪调查，写了一篇对这个戏的批评稿件，送剧院领导于是之审看通过，而且批示：新闻界对剧院的戏说短道长，是剧院得以进步的动力。但是，那一期《文艺报》在即将付印时，这篇批评文章被强行从版面上撤了下来。据说，好几位大人物来打了招呼。记者们愤怒了！几天以后，我与《文艺报》记者联合署名在《文汇报》上发表了题为"北京人艺打了哑炮"的文章，指出："该剧与北京人艺曾演出的一台台历史剧相比，有明显的差距。如该剧情节过于枝蔓，仅仅罗列了一些众所周知的历史事实，没有赋予它们戏剧的品格，也缺乏用今天的眼光对历史现象做出独到的判断。"一场轩然大波由此而起。当时北京市和上海市的最高领导为此往来书信、通电话、做批示，报社领导受到指责，记者则是明确所指的批评对象。在此之前，我已经生病了，戏剧界却传说：唐斯复是被气病的。于是，北起哈尔滨，南自广州，朋友们纷纷向我表示慰问，北京人艺的熟人还向我推荐医生和药品。最后，报社迫于压力，接受剧院"来函照登"的文章，批评《文汇报》报道失实。我一直以为报社是保护记者的后盾，一直以为剧院有珍视社会舆论的善意，此时，报社和剧院却联合起来，将记者出卖了！

我病休七个月，最后是总编辑到我家来探望，与我妈妈谈话，经大家动员才上的班。再遇到剧院那位搞宣传的朋友，我说："文章是您写的吧？为了纠正我们文中的上座率仅 50% 的说法，而公布那出戏上座率 53%，50% 和 53% 有多大区别吗？这对于堂堂的北京人民艺术剧院来说，不算光彩吧？"

之后的一年多，我远离北京人艺的演出，到上海总部工作。

四

1988 年，英若诚在上海遇见我，说："北京人艺上演了一个新戏《天下第一楼》，很好，你回北京去，我让剧院请你看戏。"在首都剧场，我重新获得观看北京人艺演出的喜悦，我喜欢这个戏。当时一闪念：这个戏要是能搬到上海演出该多好！眼前仿佛出现在上海美琪大戏院演出的情景。于是，便开始了我和北京人民艺术剧院一次重要的合作——《文汇报》社邀请北京人民艺术剧院五台大戏赴沪演出，原班人马演绎《天下第一楼》、《推销员之死》、《狗儿爷涅槃》、《哗变》、《茶馆》，被誉为话剧舞台的奇观。这是剧院历史上第一代表演艺术家群体的演剧高峰，他们卓越的成就至今未被超越；在中国新闻界的历史上，则成为无法重复的推动文化艺术进步的典范之举；也成就了我个人成为戏剧制作人的一次重要实践。

好戏，拆除了我与北京人民艺术剧院之间的樊篱。

因为我是从演员改行做记者的，本能地崇尚最优秀的演出，作为记者，势必选择具有重大文化新闻特质的项目，而且，在宣传推广上竭尽全力做到最大化。《文汇报》一向热心主办文艺演出，投入人力、物力、版面，召开座谈会等，但通常不出现金，北京人艺到上海演出的开支，须由我个人去筹集。我在骄阳下奔波了一个月，最后获得上海对外文化交流协会的认同，实现了"《文汇报》与上海对外文化交流协会联合主办，北京人民艺术剧院赴上海演出"的盛举。

北京人艺应邀南下演出的消息传出，如重石击水，在北京、上海引起强烈反响，涟漪波及全国戏剧界。我起草了首都戏剧界权威人士为北京人艺南下壮行的公开信："我们举双手拥护北京人民艺术剧院到上海演出，这是具有极其深远意义的大事情。所选剧目的创作来自生活，是现实主义风格的代表，又经过观众检验，都是过得硬的，希望能赢得上海观众的喜爱。北京人民艺术剧院是郭沫若、老舍、曹禺大师以心血浇灌的话剧重要阵地，它那浓郁的中华民族艺术风格已蜚声中外，对全国话剧运动的发展具有开路作用。话剧界需要交流，巡回演出能促使南北交流活跃起来，对上海剧坛是锦上添花。祝北京人民艺术剧院赴沪演出成功！"落款处一溜签名——曹禺、郭汉城、刘厚生、吴祖光、俞琳，刊登在《文汇报》影剧版的头条位置，如同宣传启动的信号，带动持续跟踪报道，络绎不绝。

1988 年 10 月 13 日，在双方签约仪式上，剧院领导人称赞："《文汇报》和上海对外文化交流协会此举有胆有识，北京人艺要确保演出质量。"之后，这五台大戏的演员从四面八方会聚到排练厅，日以继夜地精心复排；舞台美术工人挑灯修复布景、道具，整理服装……剧院资深表演艺术家胡宗温曾于 60 年代到上海演出过，这回没有她的戏，可犹新的记忆令她与即将出发的同事们一样乐和："上海的新闻界真好！上海的观众真好！北京人艺遇到大喜事儿啦！"我是项目策划人和执行人，面对众人兴高采烈和繁忙的情景，不时热泪盈眶。

11月23日，《文汇报》社的红色轿车开道，引导六辆标着"北京人艺"字样的超长卡车，浩浩荡荡进入市区，市民们驻足行注目礼。

11月24日，美琪大戏院和长江剧场门前排起长队，18场戏的入场券半日售罄。有观众说："1961年在上海大舞台看过北京人艺的戏，没想到再次欣赏的愿望一等27年，太久了！"

11月26日，《天下第一楼》开演，隆重拉开"北京人艺1988赴沪五台大戏演出"的序幕。上海的政要、名人、市民云集美琪大戏院，盛况空前。

11月30日，在长江剧场上演《推销员之死》，远道赶来的中外大学生们没有买到戏票，聚集在剧场门外的夜风中"听戏"，剧场经理把扩音器接到场外。演出结束，大学生们鱼贯而入观看演员谢幕，如愿以偿。

12月1日，要求观看《哗变》的观众远远超出座位数。情急之下，剧场发放临时入场券。一瞬间，乐池里也坐满了人。开演前验票，只有一个人没票，忠于职守的验票员准备采取"往外请"的措施。"我是英若诚。"当年的文化部副部长英若诚被"逼"得自报家门，并拿出"全国人大代表证"来。他在上海看一场自己翻译、合作导演的《哗变》可不容易，但他高兴。

12月9日，《茶馆》压轴。谢幕时，舞台上下，演员和观众相互呼应，长时间鼓掌欢呼——"北京人艺 1988 赴沪五台大戏演出"圆满闭幕。

演出期间，《文汇报》天天有报道，日日发消息，演出动态家喻户晓。这五台风格迥异的响当当的杰作，在上海掀起"话剧热潮"，一时间，成了上海人挂在嘴边的话题，出现大众观剧的节庆气氛，被评为"1988 上海重大文化新闻"。北京人民艺术剧院依依惜别上海时，委托《文汇报》转告上海观众："话剧有知音！话剧大有希望！我们将竭尽心力创作出无愧于时代、无愧于观众的更多的好戏。这是你们给予我们的最大的教益、最大的鞭策。"

五

于是之是良师益友，是北京人民艺术剧院第一代表演艺术家的代表人物。北京人艺一百五十人队伍兴师南下起源于于是之的一个愿望——他从来没在上海的舞台上站过，他很想来，来为上海观众演戏。

原计划，于是之的上海之行先演《洋麻将》。这出戏上演时，《文汇报》曾有题为"直面人生的牌戏"的报道："这是一出只有两位演员展示精湛技艺的'功夫戏'，于是之和朱琳的表演可称经典。"由于即将赴上海演出，两位老艺术家很兴奋，临行前恢复台词的工作量又大，于是之疲劳过度病倒住院了。他这一病非同小可，可能影响整个演出计划，《洋麻将》换成《哗变》，筹备工作被阴影笼罩。幸好，几日后他康复出院，如期抵达上海。多少天，他闭门养精蓄锐，准备幕启的时刻。一连五场《茶馆》，他演得棒极了！

《茶馆》为中国赢得过荣誉。1980 年，《茶馆》首次赴西欧巡回演出，在德国曼海姆民族剧院正门前，中华人民共和国的五星红旗冉冉升起，这是中国第一次因戏剧演出而获得的殊荣。于是之昂首凝视，心潮难平。回国后，他在接受《文汇报》记者采访时表示："是中华民族的文化滋养了我们，是中国的精神支撑着我们，我们的血管里流淌着的是戏剧大师们的血呀！应该重视和发展我们民族自己的艺术，而且要一代又一代传下去。"于是之在剧中扮演王利发，在"裕泰茶馆"里生生死死 400 次。1992年 7 月 16 日夜晚，北京人民艺术剧院 40 年院庆，第一代《茶馆》的主要演员悲壮地告别演出。我在"北京专电"中写道："今天，首都剧场景象异常，剧院人员与观众一起争购《茶馆》演出纪念文化衫，依次请《茶馆》的演员签名，剧组成员则互相签名，台前台后洋溢着'最后一次'的留恋和兴奋。"那时，于是之已经病了，记忆力衰退，讲话困难，完成演出力不从心，是同台演员们"护"着他把戏演完的。幕落时，全体观众起立鼓掌、呼喊："于是之，再见！"于是之汗如雨下，泪水和着汗水一起流。他谴责自己。人们围着他要求签名，他双手颤抖不已。我也参与其中。他抬起头看到是我，说："您的，一定得签。"那时刻，他情绪低落，草草卸了妆，穿过集合于夹道等待他的观众，乘上汽车，疾驰而去。事后，他很痛苦，觉得对不起观众朋友，给观众写了公开信，表示深深的歉意。

《文汇报》创刊 55 周年，于是之应邀出席在北京饭店举行的庆祝座谈会。那时，他已因病失语，签到时，由夫人提醒方想起自己的名字。剧院表演艺术家林连昆搀扶着他做代表发言："我们终生不会忘记《文汇报》和唐斯复对剧院的支持和帮助，不会忘记对我们个人的爱护，1988 年的上海巡回演出在剧院历史上书写了重要的篇章，这是不可磨灭的记录！《文汇报》是真心实意支持文化的、了不起的报纸，在我们心目中享有崇高的威信。"林连昆说话间，于是之频频点头呼应。说着说着，两位身材魁梧的艺术家当众泪流满面，与会全体为之动容。现在，林连昆也不幸因脑血栓而失语。一天，两位语言大师在医院前厅相遇，他们只能发出"啊啊"的呼喊……后来，于是之意识消失，长年躺在医院里，林连昆也被迫远离舞台。曹禺、焦菊隐、夏淳、童超、董行佶、刁光覃、舒绣文等亦相继辞世。他们曾经授业于我，我将永远铭记。再后来，林连昆、于是之相继逝世。

六

日月更迭，新人登台，老一辈将接力棒交给了后来人，剧院的希望寄予年轻一代。我曾采访过"北京人艺新来的小妞"龚丽君、徐帆和陈小艺。在小小的宿舍里，我们无拘无束地交谈，姑娘们扯着嗓门抢着说话，放声地大笑；从窗户射进的阳光，映照在她们笑开了花的脸上。我的喜悦化在字里行间："蹦蹦跳跳上了北京人民艺术剧院舞台的龚丽君、徐帆和陈小艺，如同植入话剧艺术沃土的小草，青得耀眼，嫩得闪亮。舞台上有她们，令人感到新风扑面，剧院大楼里住进了她们，立时笑语盈盈。"

　　每当戏散时，回望首都剧场，暗暗的，却又亮亮的，燃着戏剧永生的长明灯。

2008 年 10 月

"结束语"的遐想

当把"结束语"三个字在电脑屏幕上敲出来时，突然感到题目起错了——为什么是"结束"呢？北京和上海的戏剧交流延绵流长，是书写不绝的"双城记"。1988年北京人民艺术剧院完成赴上海五台大戏演出，我在火车站送别师友们时，心中涌起"结束"的惆怅。今天，不是又出现一个新的轮回？——"2012北京人民艺术剧院成立60周年上海展演"连续20场新作近作圆满完成，我一次又一次体会幕启幕落循环往复的喜悦。"结束"的惆怅，烟消云散去吧！有朋友对我说："下次请好戏来，可别让大家再苦等24年了。"我回答："这话中听，有苦等好戏的观众，是戏剧的希望。"两次演出之所以间隔24年，是因为，北京人艺必须培育全新的艺术性高、观赏性强又有票房的优秀剧目，必须培育能精彩诠释新剧目的德才兼备、令观众喜爱的群星璀璨的人才队伍。

我有幸经历了1988年和2012年北京人艺两次赴上海的盛大展演。"项目创意"，是我所担任的角色。

今天著文不只是怀旧，而是要探寻对戏剧状态进一步的认识，不间断地学习。

　　上海和北京是中国的两个文化重镇，凡是在这两个城市之间发生的、能称为文化的事件，必定在全国范围内产生具有重大新闻特质的影响。两次演出的设想，各是五台戏的规模，全部原班人马的规格，同样是连续演出 20 场之巨数！第一次的高瞻、胆识、大手笔，是一位朋友给我的启示。已被拆除的长江剧场的李俊照经理向我建议："不要只请一台新戏来，要多推出几台经典剧目。"我感到这也是当时上海话剧舞台和观众的需要。之前，英若诚曾对我说："于是之从没在上海舞台上站过，他想来，你要想法儿成全他。"我点头承诺。看似这是邀请北京人艺南下的动因，其实不然，最主要的动因是积压心头许久的作为记者的思考。1988 年春夏之交的上海话剧舞台，风行实验性剧目，似是而非地追求这个"主义"那个"流派"，令有些创作呈不成熟状态，在舞台上较难见到脚踏实地的活生生的人物，观众日渐减少。于是，我决意邀请北京人艺来上海，搬演以现实主义原则创作的作品，由最棒的表演艺术家群体进行示范演出。这样的动机，我以前从没有表露过，怕得罪人，怕伤害上海的戏剧家，也怕成为众矢之的陷入孤立。

　　1988 年，我以《文汇报》社和上海对外文化交流协会联合主办的名义，向北京人民艺术剧院发出邀请。双方签订合作协议之后，我害怕了——责任重大，时间紧迫，除了千头万绪的事务性工作，我还得筹集演出经费。我独自在烈日下四处奔波、游说、拉赞助，焦虑攻心，寝食不安。北京人艺从 14 个影视拍摄组召回自己的演员（他们素有从舞台到影视跨界创作的优势），组成以于是之为首的艺术家群体，经过严格的恢复排练，浩荡南下。

《天下第一楼》、《推销员之死》、《哗变》、《狗儿爷涅槃》、《茶馆》的大幕正点拉开，观众目光聚集，犹如照亮舞台的灯。戏剧界和观众反响强烈，取得预期的"排炮般"的轰动效应！这"轰动"，不仅是剧场内外、舞台上下的热闹，更是触动了观众的内心深处。精湛的艺术，转换为启迪观众思索的戏剧力量。

我1981年进《文汇报》社，担任驻北京记者。在我，戏剧和新闻均为至爱，同等重要。我体会，记者的职责就是要将发生的新闻及时传达给读者，要在现实中发现和研究问题，要提出改善的建议；同时，我又有将美好的事物与朋友们分享的强烈嗜好。1988年春，我在报社述职，并参与了我国第一个社会化剧组的统筹工作。剧组由焦晃、娄际成、乔奇等自愿组合，排演的是美国名剧《悲悼》。这是我自求学时便向往在舞台上看到的剧目。当剧组经济困顿准备解散时，我临危介入，那是未经思考的勇敢。于是，新闻和戏剧，第一次在我的工作中交叉。参与实践，使我发现自己有组织演出的能力。我发现，记者是可以在工作中策划实施从没有出现过的"重大文化新闻事件"的。戏剧赋予我善于遐想的特长，我的不安分总要将瞬间遐想变成现实。于是，生活中"创意"连连，"挑战"频频，情绪亢奋，摩拳擦掌，决不畏惧。我体会，挡着去路的石头都是有缝的，从石头缝里钻过去，便是通途。

我们付出辛劳的回报是，在上海舞台上出现了以于是之为首的剧院艺术家群体演剧生涯的高峰。这是中国话剧20世纪八九十年代的奇迹，他们创造了具有历史意义、学术意义和艺术意义的成就，是须仰望的境界。至今，在话剧舞台上，他们仍旧是后人的楷模，是后人努力攀登的目标。演出之后，望着北去的列车，艺术家们渐行渐远……我想：20年内的上海话剧舞台上，不会再出现如此集中的、具有卓越艺术成就的艺术家和他们的作品，不会再出现那奇迹般的场面。

我言中了。24年过去，北京人艺舞台上的艺术超越前人了吗？

进入21世纪，我的生活重心转向上海。凡是有北京话剧到上海演出，我都会想：北京人艺怎样了？始终惦记着。

1952年我到北京上学，正赶上北京人民艺术剧院成立。我所就读的北京第十二女子中学，与首都剧场近在咫尺，我看过剧院60年间上演的绝大多数剧目，见证了剧院成长的轨迹。因为向往北京人民艺术剧院，我自幼与戏剧亲近；因为戏剧艺术的浸润，我的思维和情感，深深地烙着戏剧的印记，人生乐趣也总是与戏剧交汇在一起。

2011年3月回北京，我照例去首都剧场看戏。我与陪同的马欣书记开玩笑："我如同《茶馆》里白喝一辈子茶的'唐铁嘴'，白看了大半辈子北京人艺的戏。"恰恰就是那天的《原野》，激发出第二次邀请北京人艺赴上海演出的动议。北京人艺两次南下的创意，均源于观看一台戏的兴奋——1988年因为《天下第一楼》的精彩，2012年因为《原野》的绚烂。

但是，2012年北京人艺南行不是1988年的重复。2012年，京沪话剧共同面对艺术创作、市场营销失衡的形势：剧场演出形式呈多元化，观众分流，涌现狂潮般的追星族群，从业人员队伍流失……北京人艺南行是具有积极意义的：带给上海可借鉴的经验，并带有对自我不足进行检视的诚意；上海戏剧界可借此向北京话剧学习，对发掘自身优势进行思考。2012 年北京人艺上海之行，促进了南北话剧事业相长，相信会有新的情势出现。北京人艺 15 位观众喜爱的演员，分别主演《知己》《原野》《我爱桃花》《关系》《窝头会馆》。"一票难求"成了新闻报道的流行语。我的亲身经历是：看五个戏，其中两个戏是坐"加座"，两个戏坐在过道的台阶上。座无虚席的观众席中不乏追星人群，他们是严肃话剧的新观众。我们的宣传持续了三个多月，演出定位是"大师，大作，大戏，大演员"，宣传的重点牢牢把握住"演出剧目"、"舞台演员"和"表演艺术"，鲜明地高扬"舞台艺术"的大旗。赢得票房，是剧院的荣誉。

还需老调重弹吗？ 1988 年的上海评论界担忧：随着北京人艺的老艺术家淡出舞台，剧院的现实主义创作原则还能坚持多久？中青年演员能否遵循前辈的演剧传统并使其发扬光大？北京人艺特有的剧目风格今天还有生命力吗？事实胜于雄辩——市场运作，收支平衡，老调与新话，起到对比今昔的坐标作用。

2012 年的五台剧目与 1988 年的相比，还显得弱一些，在成熟度、准确性等艺术处理方面，还有值得商榷之处，存在提高的必须。记得当初选剧目时有人问："你们挑得出五台戏吗？"（已经在上海演出过的剧目不在选择之列。）话语中包含着对剧院新剧目质量的疑惑。的确，由于社会影响、内部管理和人员自身的原因，剧院一度出现涣散的状态，创作濒临困境，人心浮动，队伍动摇。院长张和平临危上任，恢复剧院艺术委员会，组织新剧本创作，在新剧目排演中整顿队伍，树立"戏比天大"的信念。

北京人民艺术剧院重整旗鼓，经历蜕变，终于在建院一甲子时呈现欣欣向荣的景象。这就是我们在演出节目册上题为"致敬，北京人民艺术剧院"的文章中写的："'坚持主业'是北京人艺60年生存的信念。不论在扼杀文化艺术的政治环境中，还是在演出市场冲击固有秩序的社会生活中，或是创作观念的多元化带来生存环境的大变革，以至由此种种在剧院队伍中引起对坚守舞台的动摇……北京人民艺术剧院坚持主业，坚持主流创作，坚持演出，频频奉献优秀的话剧剧目。甲子之年轮换上演12台戏，是剧院'富有'的明证。"

北京人艺舞台的凝聚力，使剧院昂首行进于自强之路上。何冰走进北京人艺："这里是可以不中止学习的地方，有取之不尽的营养。"濮存昕将演戏体会为"一种心灵上的救赎，在小小的舞台上攀登的是审美制高点"。宋丹丹视《茶馆》为可传世的作品："伟大的表演，不露招，不炫技，准确而深沉，'八仙过海'，于是之是最棒的！"徐帆特别迷恋人艺后台的感觉："大家都跟兄弟姐妹似的，气氛温馨又不躁动。人艺的魅力从骨子里影响我，愿意在那儿待着，不愿意往外跑。"梁丹妮成为北京人艺的一员时，"醒着的时候是笑的，睡着的时候还是笑着的"。剧作家郭启宏时常为剧院艺术委员会的会议而感动："艺术家们直抒胸臆，真知灼见，大局观念。"老一辈演员退出舞台，年轻人挺身而上，他们有共同的心境：每当在上场口酝酿感情候场的时候，都会抬头看看天幕，看看吊杆，透过灯光看舞台后方的黑顶棚，像苍穹一样深远、宽阔。"我们热泪盈眶，离不开这个剧院。不管什么时候，只要个人和剧院的利益发生冲突，我们一定选择维护剧院的利益，我们醉心于首都剧场。"

众人拾柴火焰高。2012 年"北京人民艺术剧院成立 60 周年上海展演"的主办、协办单位的工作是无与伦比的。文汇新民联合报业集团主导宣传推广，绘就一幅综合媒体"一马当先"、"万马奔腾"的生机勃勃的图画。上海大剧院为演出全面亮起"绿灯"，令北京人获得"宾至如归"的感动。上海东方演艺有限公司是与唐斯复工作室第二次合作的团队，当初的预算是入不敷出的，但是，总经理曲跃决定：亏损，也干！于是，才有了今天"变不可能为可能"的成果。

因为创议并参与两次大规模的北京人艺上海行，同行们感兴趣于我如此思维和行为的原因，分析："你得益于居住和工作在文化重镇北京和上海，培养了宽阔的视野；你又得益于既是戏剧队伍的一员又是新闻记者，融汇戏剧的气质和新闻的敏锐……""我爱干没人干的事，还有点锲而不舍。"这是本人的自白。

戏剧精神，这是我多年来不断感受到、反复寻找、终于今天才明白的舞台的支撑。只要北京首都剧场屹立，只要北京人民艺术剧院健在，中国话剧前进的步伐便不会停止。这是一个承载使命的剧院，一条新甲子的道路，延伸着……

2012 年 10 月

记者生涯第一步

　　1981 年，我终于成为新闻记者了！供职于《文汇报》社，担任驻北京记者。这始自少年时的梦想，时隔二十余年，意外地如愿以偿。没有机会进新闻专业，甚至连常规的文学系都没读过，只在中央戏剧学院表演系完成学业，偶然获得《文汇报》招聘记者的信息，仅一次上门谈话便被录取。想当年，北京办事处的主任真够胆儿大的。报社安排一位老记者带我采访，又帮助我修改新闻稿件，那是我永远铭记的启蒙老师。不久，便放单飞了——

　　飞机缓缓着陆，西安到了。1982 年 5 月 23 日，中国电影"百花奖"、"金鸡奖"颁奖大会在古都举行。"文革"结束，百废待兴，电影界创作复苏，饥渴于文化的观众热情异常。头一天，参加活动的全体人员抵达，下榻在丈八沟宾馆，这是西安的"钓鱼台"（国宾馆）。领导人、电影人、舞台表演人员、新闻记者……各路人马相聚，其乐融融。主楼前厅是与会人员报到之处。获奖摄制组陆续到达集体亮相，导演为首，身后，摄制人员列队跟随，很像老母鸡带小鸡。每一个摄制组进入便引起一片欢呼和掌声。记得那一届获奖电影有故事片《西安事变》、《邻居》、《沙鸥》、《喜相逢》，纪录电影《莫让年华付水流》以及一些科学教育电影等。

忽然，有人发现：怎么没见长影的人来？长春电影制片厂是历史悠久、实力雄厚的大厂，但是，那一届电影节，连一个奖都没有获得。正说着，长影副厂长、导演苏里独自出现。他脸上有一大块胎记，便向着众人自嘲："我脸红看不出来。"人们对他的到来报以善意的哄笑。

记者们紧张地工作，为各自所服务的报刊、电台、电视台采写稿件。虽然各个媒体报道的形式、内容、见报时间各不相同，但我仍感受到记者之间暗中的较劲，大家在比时效，比与众不同。顿时，我眼前浮现 20 世纪 50 年代初北京举行世界乒乓球赛期间，各国记者争抢电话亭中的电话的情景。面对银幕上的《新闻简报》，我热血沸腾，摩拳擦掌，挑战太具魅力！可能这就是我想当记者的动因。《文汇报》要求记者在活动当天发回"北京专电"。我们那时只有文字传真的条件，靠这个与报社保持联系。然而今天看起来如此落后的方式，较之古都西安的通讯条件却先进和方便许多。那唯一的国宾馆，连传真机都没有，只有一条外线可以打长途电话。这将是怎样的挑战！当时三个人一个房间，深夜口述发稿很不方便，于是，我事先借妥当天不需发稿的同行的房间。

等待出发时，我感到作战前的不安和兴奋，反复熟悉资料，努力烂熟于心。

出发了。48 辆大客车的浩荡车流，从郊区向市区进发。记者乘坐 46 号车，车程 40 分钟。1 号车是开道车。我想，散会后必须上 1 号车，除此，没有其他任何能尽快回到宾馆的途径。在停车场，我先认准了 1 号车的停放位置。

　　大型颁奖典礼和助兴节目表演在体育馆举行，几乎集中了当时最受欢迎的演员和节目。观众如潮，掌声如雷。典礼进行中，我借着观众席昏暗的灯光，自始至终在记录、写稿，满满两张纸，文字细密如同天书……散场时，我已经移到出口处，箭离弦一般登上1号车。在归途中，"本报西安专电"腹稿基本完成。

　　冲进宾馆前厅，我抓起电话听筒："我要上海长途，请接326号房间。"一溜小跑上了三楼，喘息未定，电话接通，开始口述，报社夜班同事配合记录，整整45分钟方结束，我这才感到汗流浃背。当班副总编辑说："你以后发稿要早点啊！"啊？啊！我哑然。

　　颁奖活动移师延安，全体人员入住当地最好的饭店：延安饭店。但是，没有长途电话。放下行李，我便到街上寻找邮电所，那是唯一能与上海报社联系的通道。小小的邮电所坐落在延河边，与宝塔山对望，一派经典景色。这里通常只有一位报务员工作，因为近日有大型活动，增添了一位技术熟练的来加快译报速度。那时发电报，必须将电文一字字译成电报码，才能顺序发出。问明情况后，我买了一本电报纸（有专用的格式），离去。夕阳西下，我又去邮电所，柜台前围着里三层外三层记者，嚷嚷着："写在稿纸上怎么不能发？！""还得重抄！多费劲呀！"……

　　同行们无奈地回宾馆抄稿件了，柜台空下来，我递上事先用电报纸抄写好的稿件。

　　晚风习习，我走在延河边，两手插进裤子口袋，吹着口哨，望着水中的宝塔倒影，溜溜达达……我从来不曾有如此轻松、得意的状态，以后也再没有出现过。

庆幸此生经历了记者生涯，二十载的年华！

我要求自己：绝不人云亦云，即使是参加同一个新闻发布会，也要从中选择独特的角度，写下刻有个人印记的真切见闻。到西安之前，我已经对获奖者及他们的影片陆续进行了报道，当同行们前往采访获奖人员时，我反其道而行之——敲响长影厂副厂长苏里的房门。"谁呀？""《文汇报》记者。""找苏里？""对。"门开了，《命运交响曲》的乐声溢出门来。曾导演过《平原游击队》、《刘三姐》等影片的苏里流露出疑惑的目光。我开门见山："长影一个奖没得，厂里有反响吗？""有啊！有人蹲在厂门口的大牌子下面哇哇地哭！全厂上下决心洗却耻辱，重振雄风。"苏里的话传递着悲壮的激情。我坚信，这位曾因受伤坐在担架上指挥拍戏的导演和他的同事们，将在不久以后大踏步地登上领奖台。为此，我写了文章《颁奖会上没有得奖的人》。之后，我专程赴长春电影制片厂采访，完成了报道《长影在振兴之中》。第二年的"双奖电影节"，长影人果然收获丰硕。

到此，平生第一次独立采访宣告结束。

2011 年 3 月

老宅抒怀

今天，老宅中外婆的故事，
只能说给孙女儿听……

老宅抒怀

　　我初到北京 12 岁。那是 1953 年深秋，街头的树已经没有叶子了，满眼灰蒙蒙的。车在一个小门边停下，外婆家到了。那墙真高，也是灰灰的。门框上有一个木拉手，外边一拉，牵动拴在里面的铁丝，铁丝上系着一个铜铃，门铃便响了。一位老人来开门。妈妈告诉过我，那是老家人，人称"老孟"。走过窄窄的通道，再上六级台阶，就看见迎接我的外婆了。从那一刻开始，在这个大院子里，我和外婆一老一少相伴度过 15 年。

　　今天，我的孙女刘文萱正是 15 岁，我爱她至极。体会当年外婆见到我时的笑容，包含着怎样的喜悦！

　　我们住的房子曾经是旧北京市长的住宅，一排三个院儿，位于东总布胡同东头，与旧城墙仅一箭之遥。1949 年北平解放，此类房产皆归公。50 年代初，我的舅舅陈岱孙教授经友人介绍租下中间的一个院儿，后来他搬去北京大学校园，此屋便留给我外婆居住了。

　　这里的院子好大！春天来了，花树满园。白丁香和紫丁香有18 棵，海棠 2 棵，竞相绽放，清香扑鼻；廊下，左边一架葡萄，右边一架金瓜，当当正正竖立在院中央的是一棵龙爪槐，犹如一柄大伞；入园处则是两棵参天杨，风雨天它们的撼动令人胆战心惊。外婆种了许多蔬菜，西红柿和丝瓜仿佛永远摘采不完。我放学回家第一件事便是给蔬菜浇水。水蓄在一个齐腰高的大缸里，浇一次菜须用满缸的水。那时没有"绿色食物"的概念，自家种菜是简朴勤劳的生活方式。星期天，我一个人在院子里跳"牛皮筋"，或是在两棵树之间挂上帆布吊床，荡荡悠悠地躺着看小说。那会儿，街上时兴安装高音喇叭，从早到晚往各家各院放送国内外大事和政府法令：朝鲜停战协定在板门店签字，中华人民共和国宪法诞生，苏联部长会议主席斯大林逝世，"三反"、"五反"运动如火如荼，工商界社会主义改造开始……高墙大院里不是世外桃源。

我自小在上海，熟悉的是新式弄堂房子的生活环境。外婆家完全是另一番景象：又凉又硬的红木家具，擦得锃光瓦亮，与其相衬的是一幅幅清朝末代皇帝宣统的墨宝；角亭式书房的玻璃窗台上，立满了老照片，清一色着长袍马褂拖辫子的老人，每一位都有显赫的身世和地位，悬挂在正中的是末代帝师、太傅陈宝琛的照片。我外婆是帝师的儿媳妇、清代焚烧鸦片的民族英雄林则徐的外孙女。每月的初一、十五，以及我说不清的诞辰忌日，外婆家都要上供。她教我给供桌系红缎桌围子，秉烛燃香，一字排开 10 双筷子、10 个酒杯，还有菜肴、瓜果和点心。为什么要摆 10 双筷子、10 个酒杯呢？原来，这里的"10"是"众"数，是向众多的先辈致敬。福建螺州陈家素有"进士第"之誉，历史上曾出现"父子叔侄兄弟同榜进士"的奇观，明清进士中，陈氏家族拥有 21 名！面对祖先牌位叩头，是我不习惯的。每当祖孙为此较劲时，外婆就搬出一句话："大舅要是在……他要在……都是……磕头的。"外婆一急，说话结巴。回想少时的我，真是不懂事。

在老宅里转转悠悠总有新发现。我问老孟："为什么这么大的房子门却那么小？""有大门啊，顺着外墙往东走就是。"果然，好气派的一座厚重大门，须使劲才能推开，门轴转动时瓮声瓮气的。跨过高门槛，是宽宽的长通道，路灯镶嵌在院墙上，有桃形、梅花形、圆形、菱形，我在颐和园里看到过；台阶很宽很高，两侧墙上"爬墙虎"覆盖，很是阴凉；正面一扇月亮门，虚掩着，更增添神秘气氛。我穿过月亮门，眼前豁然开阔、阳光明媚，哦，原来通着大院子，这里与两棵大杨树是对称的出入口。后来，我又发现了地下室，那是供暖气的锅炉房，里面也挺深挺深的。老宅的设计中西合璧，客厅宽敞有壁炉，而北京常见的小四合院，则被置于正房的后部，小北屋日本式门窗、榻榻米风格。有同学到我家，看到屋子套屋子、曲里拐弯的感到害怕，我却觉得很新奇。

我的外婆大名吴绥如，出生于 1890 年的旧式家庭，却是广东女子师范学校的首届毕业生，有过裹小脚、上体育课走平衡木的经历。我若是不按时起床，她便会在床边念《朱子家训》："黎明即起，洒扫庭除，要内外整洁。"一直念到我翻身下床为止。床须铺平整，一天不可再上床。清晨的功课是背一首唐诗，奖励是崭新的五毛钱。她鼓励我滑冰、打乒乓球。游泳衣须是带短裙的，还得穿薄薄的胶鞋。外婆喜欢与年轻时的学伴相聚，饮酒赋诗赏月，或是去中山公园看牡丹花，我则是小尾巴。那时正放映苏联电影《白夜》，片中的老祖母用一个大别针将孙女的衣裙连在自己的衣裙上，同学们笑我也是拴在外婆身上的女孩儿。在灯下，外婆教我用红纸剪"寿"字，贴在金瓜上，秋天采摘时，瓜身上就显出一个个吉利的"寿"字（因隔离阳光），我们将"吉利"陈设在祖先牌位周围。我最享受春节前的厨房气氛，热气腾腾，大灶前躺着一块城墙砖，正适合我蹲在上面看大人做菜，打鱼丸、蒸红糖年糕、做萝卜糕……这是我的厨艺启蒙。外婆一生读书写字，不善家务，每当准备年饭时，她也来厨房转转，忙碌的老家人们便会说："小心碰着您，回屋吧。"她讪讪回屋，坐到灯下，翻开不离手的《澂秋馆》图录。外婆一生寂寞，外公风流倜傥有外室，生下若干子女，还有日本孩子。凡找上门者，外婆便无奈接受、抚养。难以言说她是经受了怎样的刺激，又经历了怎样的内心挣扎，才为凡人所难为。外婆有智勇，能海涵，书读入品。1937 年北京沦陷，1948 年解放军围城，外婆布衣稀饭困苦坚守，因为家里存有帝师太傅留下的文物。1958 年，外婆携我母亲、舅舅、舅母，毅然向北京市政府捐献文物 355 件，其中就有《澂秋馆》图录中商代出土的文物。奖金分文不取，只保留一纸奖状。外婆乐善好施，上门求助者，从没有空手而回的，即使在 60 年代前后严重自然灾害期间，亦不例外。

北京城确实没有世外桃源。1958 年"大跃进"运动开始，势不可当。一天，我放学回家准备拿喷壶给蔬菜浇水，不料，竟满目疮痍！我的金鱼被倒在铁皮桶里，挤压得奄奄一息，原来厚厚的瓦质鱼缸则用来和白灰了；树被砍倒，立起的是儿童攀爬的架子；客厅大门洞开，原来深棕色有浮雕的墙壁被刷上大白……

老宅被征用为街道幼儿园。相继而来的是全民大炼钢铁运动。我家的前后门台阶据说是耐火砖垒的，便被拆了下来砌炼钢炉；铜门环和包门的铜角是炼钢的必需，气派的街门也难逃劫运。家，我们依旧住着，但，消失了往日的秩序，成了一个锁不上门的"家"。外婆从不设防，摆设和小物件时常被人顺手牵羊。

真正住不下去是到了1967年冬，街道电子管厂看中了老宅的高大空间和实木地板，于是，全院街坊统一撤退，搬进永安里的新楼房。日后，我顺路去看过老宅，大门紧锁，铁锁挂在门外面，里面已经没人了。之后，墙上出现了用白灰写的大大的"拆"字，触目惊心，与其他胡同里的情景一样。再去时，门还在，门缝里，已被夷为平地。

拆除老宅，在北京也成为一时的运动，势不可当。有人说，不就是拆些破砖烂瓦的老房子吗，用得着唱哀歌、愤懑填胸吗？殊不知，拆毁老宅，消失的是中华民族生活历史的记忆载体，阻断的是中国人精神、文化、操守、风情的延续，破坏的是传承中华人文秩序的环境，以及千丝万缕的温情和珍贵的点点滴滴。老宅，时常入梦，难舍老宅里曾经的景象。

今天，老宅中外婆的故事，只能说给孙女儿听……

2011 年 7 月

忆大舅陈岱孙

陈岱孙（1900－1997），福建闽侯（现称螺州）人，是我的大舅。他 1920 年毕业于清华学堂，1926 年在美国哈佛大学获文学博士学位。1927 年受聘担任清华大学经济系教授，继任清华大学经济系主任、法学院院长等职。1952 年院系调整后任北京大学教授。

陈岱孙教授是我国著名经济学家、教育家，是经济学界一代宗师，享年 97 岁。

这位与 20 世纪同龄的老人，在漫长的一生中只做了一件事：教书。从 27 岁开始的粉笔生涯，一直持续了 70 年，春风化雨，桃李满园。

1997 年 7 月 27 日上午 8 时 12 分，陈岱孙教授怀着对人生的深深眷恋，溘然长逝，结束了平凡而又奇迹般的一生。花纷纷，泪纷纷，哀悼的人们悲叹：一代学人的终结！

1997 年春天的一个下午，我坐在陈先生身边，对他说："大舅，出版社让我写一篇关于您的文章，猜，我怎么写？"他侧过脸，眼睛放光。"我想好了第一句：在我少年时的印象中，我大舅是个威严的人。好不好？"他笑了，连声说："好，好。"每当他绽放出开心的笑容，我便会感到整座房子充满阳光。

少年时，我眼中的陈先生确实是威严的。家人称呼他时都有个"大"字，同辈人称他"大哥"，晚辈叫他"大舅"、"大伯"，再下一代呼唤他"大舅公"、"大伯公"，我哥哥的孙子该叫他"大太公"；外面的人说到他，则是"大教授"、"大学者"。这"大"意味着"了不起"。他个子好高，身板笔挺，穿着也笔挺，年节时看望长辈，坐下喝杯茶，话不多，又笔挺着走了。

寒假时，我到北大镜春园陈先生家小住，作息比在城里上课时还规律。每天，陈先生6时30分起床，全家便都起来了。每个人走出卧室，衣冠整齐，陈先生连沐浴后也是整整齐齐走出洗澡间。7时30分早点，12时午饭，晚上6时晚饭，10时各自回睡房，与时钟一样准。镜春园甲79号平日安静的时候多，陈先生即使不外出上课，8时整也坐到书桌前，一盏旧式绿玻璃罩的台灯便亮了，他潜心看书写字。每当此时，家里嗓门最大的朝年（管家兼厨师），也悄声来去。陈先生的相册一本又一本。从照片上看，他年轻时好运动，打篮球、打高尔夫球、游泳、打网球、打猎、跳舞，尤其桥牌打得精彩。他28岁担任系主任，一直做到84岁。系里教员有时意见不一致，一起到镜春园开会，家里人照例回避。只听客厅里先一阵是双方语气激烈的争论，静下来后，是陈先生说话的声音，话不多，然后就没有声音了，不一会儿，传来开门声和纷沓离去的脚步声。常听人们说，陈先生一语千钧，一槌定音。

实际上，陈先生一点也不可怕，从少年时起，我便喜欢和他在一起，喜欢镜春园家里的宁静和秩序。每一物件都有固定的放置地方，那煮茶的壶，那套在壶上保温的绣花罩子和粗瓷杯碟，至今仿佛伸手可取。去上课之前，他把茶喝够，讲课几个小时无须再饮水，他说自己是"骆驼"，这习惯一直保持到他90岁。正餐四菜一汤，这大概是他在清华学校包饭时留下的规矩。那时吃些什么已记不得了，但是，忘不了吃饭时的情景。饭菜摆上桌了，朝年去里屋请四婆婆（陈先生的母亲）。穿戴梳妆整齐的四婆婆慢慢走出来（她腿不好），陈先生在门边迎候母亲，抬起左臂。四婆婆扶着儿子走到桌边。陈先生接着为母亲把椅子放合适，扶她坐下。最年长的人先动筷子，全家人方可吃饭。饭桌上没有声音，没人挑肥拣瘦，没人落下米粒，饭菜吃得干干净净。有客人时，略备薄酒，从不劝酒、划拳，酌量自饮。天气好时，陈先生带我去商店买东西。他一定按顺序排队，请他站到前面去，他摆摆手。沿着未名湖散步是最迷人的了，他给我讲湖光塔影、临湖轩、花神庙……迎面过来不论是行人还是骑车人，见到陈先生都会站定让出路来，恭敬地唤一声"陈先生"。他点头还礼，略侧身再往前走，继续给我讲他年轻时的故事。

陈先生求学的故事，是最令人难忘的。陈氏家族是福建闽侯的望族，书香门第，中国传统的老式大家庭。末代皇帝溥仪的老师陈宝琛太傅是陈先生的伯公。陈先生留过小辫子，6岁到15岁在私塾读书，国学基础厚实，酷爱读历史。他外祖母家的景况完全不同，十分洋派。他的外祖父罗丰禄是清廷第一代外交官，舅父也曾是驻国外的公使，全家说英语。外祖父为陈先生请了英文教师，他的英文自幼就很好。辛亥革命时，他11岁，自己把

"猪尾巴"剪了，说"我是少年革命党"。15岁，入教会办的福州鹤龄英华中学读书，写了两篇文章便免修中文课，英文课只参加期末考试，专读他最怕的算术课，从最低班一级一级跳到最高班毕业。"一点基础都没有，学起来好难啊！"1918年，他考入清华学校留美预备班，插班三年级。原来以为自己挺不错的，可进了清华学校，他感到同学们一个个好厉害："可不能得意，山外有山，天外有天，埋下头去，发奋念书！"1920年，他赴美国留学。他在美国六年，得了学士、硕士、博士三个学位。因成绩杰出，荣获美国大学生的最高奖——"金钥匙"。15岁到26岁的11年间，他如同在跑道上狂奔，不断超越跑在前面的同学。"竞争十分激烈，我是连滚带爬地读完了书。"美国哈佛大学研究院是世界高等学人聚集求学的学府，他22岁考入。"那时，我是个小伙子，班上有50多岁出过著作的学者，他们不把我当回事，我要和他们比试比试。"整整四年，他从不外出游玩，在图书馆中专用的小房间里发奋读书。他攻读的是经济学和哲学，涉及的知识面非常广，通读马克思的《资本论》就在那个时期。博士学位答辩在研究院是众人关注的大事，考官是四位大胡子长者，分别是经济学、哲学、文学、天文地理学等学界的权威，其中一位主持答辩。没有预先可准备的考试范围，一入考场便是四个小时。他回忆："紧张得汗顺着脊梁往下流。"答辩完毕，如果这四位大胡子什么也不说走了，意思就是"明年再来"；而对陈先生，他们则是依次握手祝贺。他在班上最年少，却一次通过！之后，周游一番，见识美国。1926年，他赴英国、法国游学半年。1927年，返回故里，在闽江边的码头，走向迎候多时的父亲。我曾问他：

"您想过不回来吗？"他回答："我们所有的人都想的是学成回来，报效国家。"他当年 8 月北上，应聘赴清华大学任教。从此，一直面对学生 70 年！他到底教过多少学生，无法统计。来向他遗容告别的学生，有 90 岁的老人，也有 20 岁的年轻学子。陈岱孙教授倾毕生年华、学识和才智，化作一届一届学生的成长，他似吐丝的春蚕、燃烧的蜡炬，但他乐意得很："得天下英才而教育之，一乐也。"

《文汇读书周报》曾刊一文，题目是"陈岱孙：一代学人的终结"，这似乎成了怀念他的共同话题。抗日战争前，清华大学的教授们过着很好的生活，月薪平均四百银元，相当于今天的人民币四万元。但是，抗日战争打响，他们义无反顾地抛弃一切，奔赴长沙、昆明，建立长沙临时大学、西南联合大学。陈先生在清华的家是很讲究的，南下时，连家都没回，从会议室上的路。到了长沙，身上只有一件白夏布长衫。据说，首先扫荡教授住宅区的是校园外的村民。陈先生的家空了，连同他在欧洲搜集的关于预算问题的资料和已写了两三年的手稿，全部化为乌有。在长沙、昆明共八年半，他住过戏院的包厢，也曾和朱自清同宿一室，生活拮据到连一支一支买的香烟也抽不起了。他们在炮火下，坚持上课；他们不顾国民党反动派特务暗杀威胁，坚持上课；他们在极端贫困中，坚持上课。这一代学贯中西的学者，是踏着《义勇军进行曲》的旋律和节奏赶路的，是"把我们的血肉筑成我们新的长城"的实践者。1945 年抗战胜利，陈先生作为清华大学保管委员会主席，身携巨款，最先回到北平，接收并恢复清华大学。他在东单日本人撤退前大甩卖的集市上买了几件家具，再就是每个人都有一张的行军床、一条从日军缴获来的粗毛毯，凑成一个新家。

1952 年，全国大专院校院系调整，陈先生对按照苏联的大学模式将综合大学调整成专业院校一直存有异议，主张专才必须在通才的基础上培养。他们这一代学人走的就是从通才成为专才的路。几十年中，他反复惋惜：一些很好的综合大学被肢解，恢复起来很不容易。他对学生们爱得很深，对学生们成才的期望很殷切。1976 年，北京大学的工农兵学员受到歧视，被认为基础差、难成才，陈先生说："这样对待他们不公平，他们是'文化大革命'的受害者，我来给他们上课。"他在有限的时间内，增加课时，增加知识量，那段时间，他累得很瘦很瘦。改革开放了，年轻人有机会出国留学，陈先生非常高兴，记不清为多少人写过推荐信，帮助他们确定专业、选择学校。他赞成他们出国学习，也期待中国能有他们的用武之地，坚信：学生们会回来的。师生交谈，话语不多，临行握别，每一个学生都会从老师那温暖有力的手上，得到动力，感受到挚爱。

他心中藏有的痛苦和无奈，是学生的早逝和被扼杀前程。有一天，家里来了一位面带岁月风霜的男士。陈先生外出开会了，来者要了一张纸留言。他这样写道："1957 年我当了'右派'，发配到外地，曾来向老师告别，终于没敢推开虚掩的门，在门外向老师鞠躬。"从此，对被平反归来的学生，陈先生都备薄酒接风。他去世后，到家里来吊唁的人很多。北京图书馆馆长任继愈已八十有余，他流着泪说："我最后的一位老师走了！"经济学院 95 级研究生男女十人，静悄悄地在院子里集合，身上只有庄重的黑色和白色。他们站成一排行礼时，脸上是从心底升起的神圣。他们非常幸福，拥有如此值得尊敬和热爱的师长。

陈先生晚年的信条是："挣扎着不服老。""和年轻人在一起会感到年轻。"90 岁生日，他是在给二百多人上课的讲台上度过的。平日，他密切关注国家经济发展的状况，不断提出具有前瞻性、对制定经济政策有重要参考价值的建议。那几年中，他出版了《陈岱孙文集》（上、下）、《陈岱孙学术论著自选集》，主编了《中国经济大百科全书》、《市场经济大百科全书》等。他95 岁时还为来自台湾的女学生主持了博士论文答辩。1989 年，他的家从镜春园搬到燕南园 55 号。房子宽敞了，住进几个孙辈年轻人，他们常在老人面前穿梭来往，他高兴。1900 年农历闰八月二十七日是他的出生日，与孔夫子的生日同月同日。他属鼠，19 年过一次生日。1995 年 10 月，北京大学举行盛会庆祝他九十五华诞，他说："我只有 6 岁呢。"他对孩子们从来不说教，也从不刻意为他们做榜样，但是，孩子们感受到："我们的舅公给予后人的是一种力量，这种力量来自他从青少年时代起秉承了一生的世间最简单最朴素的信念：读书救国。这是所有发奋图强的国家和所有发奋图强的青年所需要的信念。"

1997 年 7 月 9 日下午，他拄着手杖出门，不要旁人搀扶，走向送他去北京医院的汽车。在医院里，他的身体急剧走向衰弱，再高明的医生也已回天无术。

在生命的最后时刻，他想起了那把小小的"金钥匙"在"文化大革命"中被抄走了，似问非问："现在不知道在什么人的手里？"

在生命的最后时刻，他恍惚中对护士说：“这里是清华大学。”

这些，是他心中的情结。

1997 年 7 月 27 日清晨 6 时 30 分，他从昏迷中醒来，要看钟。我们拿给他。看后，他点点头。他在生命的最后一天保持了 6 时 30 分起床的习惯。

陈先生经历了近一个世纪的时代风云，面对过太多太多的死亡，称得上是：历尽沧桑。他是他们那一代学人中最后一个走的。他的仙逝，标志着一个时代的结束，一代学人的终结，但是，他们的精神、风范、操守、才智，将永恒。自古以来，先贤和圣者光照大地，我们不能辜负了这份光明！

1997 年 8 月

母与子

引子

陈纮，1914 年生于福州，2009 年卒于香港。宣统帝师陈宝琛嫡孙。1935 年燕京大学毕业，1944 年入英国剑桥大学研究生院深造。1949 年任福建省银行香港分行经理，其间保护银行资产，率众秘密起义，并在新中国成立后于香港升起第一面五星红旗。陈纮生前曾任香港南洋商业银行副经理、中国银行董事、中国银行香港分行副总经理及顾问，是具有卓著建树和贡献的经济学家、金融家、银行家。1978 年任第五届全国政治协商会议委员，第六届、第七届、第八届全国人民代表大会代表，1997 年任香港特别行政区第一届推选委员会委员。

陈纮一生追求光明，坚持正义，爱祖国爱银行，以甲子之期坚持服务，鞠躬尽瘁，风范长存。

福建历来有"四大家族"之说：陈、林、王、翁。每一家族子嗣繁衍根深叶茂，家族之间联姻频频，盘根错节关关相系，所以，我们的舅舅特别多，四大姓的都有。但是，唯有陈纮，是妈妈的同胞弟弟，我们唯一的亲舅舅。妈妈和舅舅的父亲在陈太傅膝下排行第二，二爷寻欢离家出走，那时，我妈妈 3 岁，舅舅 1 岁半，自此，外婆一个人含辛茹苦地抚养一双儿女。他们跟随陈太傅远离家乡客居北京，之后很少再回福建。妈妈和舅舅姐弟二人相濡以沫，胜于手足。外婆是林则徐的外孙女，书香门第出身，酷爱读书，读得有点书呆气。她不是精于世故的能干人，因为忠厚，太傅将家交与二奶奶（外婆）打点。北京城的名门，偌大的几十口之家，上有帝师公公、公公的原配夫人和数位姨太太，叔子、姑爷各有奇招，还有十位小姑子！大宅门里，走动的同好、近亲远戚、赶饭的……络绎不绝；兴风作浪，大有人在。外婆认准了"国有国法，家有家规"，她大智若愚。姑子们报复嫂子的管束，将漂亮的女同学带到家里，看似来为她们做功课，背地接近二爷。最终，建外宅，生儿育女，外婆一辈子守活寡！妈妈是陈太傅的长孙女，心直口快，没人敢惹。舅舅则不然，将他们母亲受的欺辱，记在心里；埋头读书，立志要让母亲扬眉吐气。

　　是夜，灵境胡同七号大院终于安静。外婆屋里的孤灯下，自印本"家训"打开着，外婆在教舅舅背诵："忠孝只嘉名非愚无以尽实际，聪明原守正方不入歧途。""忠恕俭勤治国齐家无二理，经史子集修身养性在其中。"这是陈宝琛为纮孙题写的曾祖父陈若霖的遗训（陈若霖为清朝乾隆年间刑部尚书）。对此幼教，舅舅一生实践之。

　　我们见到舅舅时，他已经从英国剑桥大学留学归来，住在上海我们家。1947 年我们还不到上学年龄，每天清晨等着舅舅起床，他会把我们抱着坐到窗台上，藏在窗帘里面，让妈妈找不到，我们就忍不住地笑，笑啊……此时想起来，仿佛还触摸得到那抖动的窗帘、缝隙间钻出的一阵阵童稚笑声。他带回来好多书，还有好玩的立体封面的相册，精致得让人看不够，全装在一个铁箱子里。2009 年 6 月他去世前，突然问起那口铁箱子的所在，说里面有他在英国读书时写的论文手稿。在生命即将走到尽头的时候，他才有空闲一件件捡拾起过去岁月的细节，回忆、品味。

他一生于金融界叱咤风云。1949 年，国民党和共产党在香港金融战线激烈较量，他带领福建省银行香港分行同仁秘密起义，保护福建省银行的外汇资源。按照国务院总理周恩来指示，以此创办香港南洋商业银行，舅舅被任命为副总经理，由此，第一面五星红旗在香港土地上冉冉升起、迎风飘扬。北京中央人民政府对此嘉勉：这是"加入人民民主事业的壮举"。20 世纪 50 年代初，新中国遭遇国际社会的经济封锁，物资极度匮乏，舅舅利用福建省银行香港分行的资金和人才，成立私商名义的香港丰成贸易公司，并在厦门等地设立分公司，在周边国家和地区大量购进大米、面粉、布匹、肥料等奇缺物资，趁黑夜绕过国民党军舰和港英稽查船舰的封锁，将物资运进福建，缓解燃眉之急。福建是华侨之乡，侨汇是众多侨眷的生活来源。解放初期，侨汇断绝，侨眷生活陷入困境。舅舅通过掌握的银行关系积极联系各侨汇批转局，代为转驳成功，解救众侨眷脱离困境，又为人民政府赢得急需的外汇。

因一系列抢救性举措的有效实施，舅舅被评选为第一届全国劳动模范，1950 年到北京参加全国劳模大会和新中国建国一周年庆典，并在中南海受到毛泽东等国家领导人接见。这在当时是十分荣耀的经历，外婆高兴啊，她一激动就说不出话来，仰头看着高大的儿子，重复着一个字：好，好，好……

回到香港以后，据有关情报透露，台湾国民党特务拟在香港金融界暗杀两个人，一个是中国银行的郑铁如，另一个便是：陈纮。有关方面考虑到他的安危，要将他调到广州中国银行工作。他考虑南洋商业银行正是初创时期，许多工作有待开发，便置个人安危于度外，毅然留在香港。他给母亲的家书却总是一封又一封地报"平安"。1966 年，他被调任香港中国银行高级副总经理职务（总经理由北京委派），上面要求他加强对国际金融市场套换外汇工作的领导，尽力争取汇价合理，及时购得足够的英镑，以满足国家对外支付的需要。时值"文化大革命"爆发，中资银行业务几近停顿，大有坐吃山空的危机。舅舅临危受命，忧心忡忡。当时欧洲各国为求汇率稳定，曾定出彼此之间汇价比例，但又准许在一定幅度内上调或下调。舅舅仔细研究了这个原则，认为这个可试做风险不大的套利业务。总行同意他的分析和主张，通过与兄弟行的联手，在买卖马克的业务中，为香港中行赚取了可观的利润。

1969 年，外婆病了，舅舅赶回北京。病床上的外婆见到儿子，两眼放光！不久，目光黯淡，老人家陷入昏迷。母亲生命垂危，儿子日夜守护。那时没有电视机、电话，了解新闻只能听广播。忽然有一天清晨，舅舅几乎是从椅子上跳起来，急匆匆对我妈妈说："姐姐，你把妈的东西收拾一下，她的后事拜托了。我今天必须赶回去！"后来提起此事，舅舅说幸亏他赶回去了，当时国际汇率发生波动，迟误的话，国家损失可就大了！"文革"

之后，香港中行的业务蓬勃开展，舅舅的工作忙碌得不可开交，最多时一天出席 11 个酒会，他却是滴酒不沾。香港维多利亚港湾矗立的中国银行大厦和北京长安街上的中国银行大厦，均由他出面邀请贝聿铭大师主持设计。为此，舅舅多次赴美，他以贝大师的父亲曾是中国银行前辈之渊源，晓之以理，动之以情，苦口婆心，终于取得贝大师的认可，为中国银行设计建造了这两座具有纪念碑意义的建筑。其间，有外国的银行、公司想以高薪聘请他，"多谢，我为我的国家工作到最后。"

外婆生前常对我说："你们舅母节省得很，还给舅舅缝补睡衣呢。"确实，中资银行工资不高，而他们要负担很多人的生活，香港一个家，北京一个家，他们三个孩子，我们兄妹三人，六个孩子一视同仁。1959 年我考入中央戏剧学院，舅舅写信质问妈妈："为什么同意她去？我们家几辈人都没有演戏的！"妈妈向他解释，这是孩子上大学的唯一机会。很快，我收到舅舅寄来的邮包，是美国最专业的戏剧油彩，能将对演员皮肤的损伤降到最低。这是舅舅的爱心呵护。事后，舅母告诉我，那些油彩好贵。舅舅经常教导晚辈：能够帮助人是好事，世上没有 give and take，只有 give and give，不要期求回报。写到此，舅舅和外婆的音容举止涌上眼前：外婆乐善好施，远近闻名，凡上门者有求，没有空着手离开的，即使在三年自然灾害期间。母子同心同道，舅舅则尽力保证母亲资助亲朋的可能。

舅舅生前常说："没有你们舅母，我活不到今天。"他们形影相随 60 年，文字难以描述舅母对他的无微不至。一度，舅母因直肠癌手术住院，放置她枕边的却是舅舅每日服用的药筐子。清晨，舅舅去银行上班之前先到医院，服下舅母为他准备的药——舅母只放心自己的准确。

舅舅在英国上学的时候得过肺结核，时值第二次世界大战，英国被德国封锁，没有药物，他大量吃蒜，居然痊愈了。20世纪60年代以后，他为了增强体质，每天清晨必去游泳，在浅水湾，寒暑风雨皆无阻，锻炼意志，还可以结识朋友。舅舅交往很多高层的朋友，这很正常，他还和诸多工友做朋友，这可就难得了。香港乡村俱乐部餐厅的一位服务员就是舅舅游泳的朋友。只要我们去香港，舅舅总会带我们到那里吃饭，我们看着他们一同渐渐老去。记得他们最后一次见面，对方说："陈先生，今天是我最后一天上班，明天就可以休息了。"那时，舅舅走路已经颤颤巍巍，他离开座位，扶着桌子，过去和他握手，紧紧地握手。依照舅舅的意思：逝世不发讣告，不开追悼会，骨灰撒入大海。一切恩恩怨怨，随波逐流，一了百了。

乡村俱乐部，舅母和晚辈依然时常到这里来。客厅前面是一片海，舅舅最喜欢的。表弟对我说："想念他时，我们就到这里来，我们在这里讲话，他听得见。"

外婆的骨灰葬于北京万安公墓，这是陈氏家族在北京的墓地。舅舅凡到北京公干，必去万安公墓，为外婆墓地除草。他带头示范，子女晚辈效仿。最后一次，他拒绝搀扶，吃力地弯下身去，拔下最后一把草，在母亲墓碑前跪下身去，老泪纵横……

2014 年 6 月

跃马扬鞭蹄声疾

　　这是散文集《檐下听雨》的最后一篇作业，较为难写，但又不能放弃，因为，文章主角唐满城是中国舞蹈事业进程中举足轻重的人物。历时 50 年的北京舞蹈学院的从教岁月，他参与创建了学院的古典舞系，催生了一个新的舞种和相关的教学；他又是国内外舞蹈教育界广为关注的"身韵课"的奠基人之一，一代代年轻人依据"身韵"的科学规律学习成材，影响深远。唐满城的身后，桃李满天下，学生的队伍浩大、绵长。设想，面对如此手舞足蹈的生动阵势，文字该是多么苍白无力！

　　唐满城身世不凡：他是戊戌政变自立军首领唐才常烈士最年幼的孙子；他的父亲唐有壬曾是汪伪政府的外交次长，于 1935 年在中国复杂的政治漩涡中被暗杀身亡，唐满城时年三周岁。他与我父亲是大排行的堂兄弟，我父亲行大，他老幺，年龄相差 20 岁，小名"宝宝"，我们叫他"宝叔叔"。在我的印象中，宝叔叔爱照镜子，进门后先奔镜子而去，个子高高的，头发黑亮，摆首弄姿，一番自我欣赏。当时我们不懂得这是舞蹈演员的嗜好，老是笑他，后来司空见惯了，听见他的脚步声，便等着看他照镜子，如果他没有照镜子，反而觉得缺点什么。由于他的"熏陶"，我小时候进剧场看舞蹈表演，总感到舞台框是一面大镜子，仿佛满台演员在集体照镜子。

　　他是中央戏剧学院舞蹈班第一届学员，可是，在戏剧学院50周年院庆时的学员名册上，就是找不到"唐满城"的名字。终于有位资深工作人员一拍脑门儿："哦，想起来了！他是老院长带来的，跟在老院长身后的那个小伙子。"老院长就是欧阳予倩，中央戏剧学院第一任院长，我国舞台、影视界的全才、前辈，是唐满城的舅舅，他母亲欧阳立徵的亲兄长。唐满城自幼体弱，十一二岁时锻炼身体，家里为他请了南昆"传"字辈著名演员教戏练功。1950年，唐满城18岁，考虑上大学、选择专业时，欧阳老对他说："我看你就到我们舞蹈团来吧。你学的昆曲中有很多舞蹈动作，特别是《问探》中的令旗舞，已经失传了，这是古典舞蹈的宝贵遗产。现在舞蹈团里有芭蕾舞、新兴舞、少数民族舞，还需要有中国古典舞。"于是，唐满城成为中央戏剧学院没有注册、入学最早的学生。

　　在舞蹈界，他被公认是"才子"、舞蹈学者。他看过的昆剧、京剧最多，会演的也最多，谈起来滔滔不绝、头头是道，张嘴就能唱，抬腿就有"范儿"，这是童子功，非一日之功，很为同行们羡慕。在舞蹈界，唐满城还是文章写得较多的一个，几十万字的《唐满城舞蹈论文集》是他对中国舞蹈事业的思考。他习惯于有感就发，日积月累，编辑文集时，他自己都惊讶："我怎么写了这么多！"他拥有从舅舅那里获得的艺术滋养。是老人家第一个传授给他舞蹈的概念——外国电影里的那些足尖舞、踢踏舞是外国的舞蹈，我们中国也有自己的舞蹈，它散布在各地的各种艺术之中，你学的那些戏中的种种优美的姿态、动作和技巧，就是中国舞蹈的元素。1960 年，欧阳予倩当选中国舞蹈家协会主席，腿疾严重不能行走，这位前无古人、后无来者的坐在轮椅上的舞蹈家，以双手舞了一段昆曲"折柳阳关"。唐满城领略了他即兴动作优美的韵律性和节奏感，体会了舞蹈之真髓的脉动，感叹长者功夫之深厚！欧阳予倩研究《中国舞蹈史》，树立以民族传统为主体的古典舞总的概念和想法。他亲自做研究"示范"，写下学术性、资料性俱强的论文《唐代舞蹈》。他经常告诫后辈：要多读书，要熟悉、研究历史，要提高文化修养，否则，不配研究中国古典舞。他从来不认为戏曲中的舞蹈（包括身段）就是独立存在的古典舞。传承戏曲，是学习、借鉴的手段，为中国古典舞的形成寻找依据和发展空间。

　　唐满城在前辈铺就的路上，潜心探索。探索者必须勇敢和富有智慧。当舞蹈界对唐满城丰富的戏曲知识钦佩之至，当舞台上把戏曲身段直接作为舞蹈语言的现象无处不在时，唐满城勇敢地站出来，宣称要对戏曲舞蹈进行"再认识"。他那一篇《对戏曲舞蹈再认识》的文章，在舞蹈界引起很大的困惑，认为这个"大戏迷"对戏曲舞蹈进行"批判"简直不可思议。从此，唐满城反而更加深入对戏曲舞蹈、身段的学习和研究。经过十年，他在通常将戏曲表演归纳为"手、眼、身、法、步"的传统说法的基础上，进而发展为对"形、神、劲、律"的把握，人们发现，《论中国古典舞"身韵"的形、神、劲、律》中的观点，并没有否定"戏曲舞蹈"，而是从独立的舞蹈形态上发展、升华了它。戏曲舞蹈有着极其鲜明的行当属性，语汇结构又依附于对戏文的比拟和叙事，它的艺术魅力是与戏曲程式特定的服饰、锣鼓、唱词、声腔、角色行当分不开的，孤立地去做戏曲舞蹈动作，是没有生命力的。唐满城主张：从审美的内涵去发掘戏曲舞蹈动作的"舞魂"，并摆脱它的程式和行当属性，从比拟性和叙事性走向抽象化和元素化。这正是继承和发展戏曲舞蹈并使其可能成为舞蹈主体的全新的观念，也正是日后推出的崭新的"身韵"教材的基因。其中那些简单明了的舞态和文字，闪烁着的，正是一种深入浅出的光芒，并凝聚在唐满城的舞剧作品和舞蹈作品之中：民族舞剧《文成公主》，芭蕾舞剧《家》，舞蹈《风雪山神庙》、《家住安源》、《大唐贵妃》等等。

北京舞蹈学院 50 周年大庆之际，正值唐满城带领规划展示教学成果之际——清晨，筹委会成员在等他开会……他却再没有从床上起身。2004 年 7 月 12 日，他的心脏停止了跳动，众人目光惊愕，又一位人杰走了，步履匆匆。唐满城一生好动、好强、好建树，但是，他亦难以战胜"英年早逝"的厄运。摄入过他重重叠叠身影的镜子，顷刻间，碎了！

活力四射、风流偶傥的宝叔叔，长眠在白玫瑰花丛中。他在圆儿时的梦吗？睡花床，盖花被，花香弥漫，沁入身心深处。学生们静悄悄列队前来——军队的舞蹈家们，左手托着军帽，英俊挺拔，步伐整齐，此时却听不见脚步响；各路舞蹈家们无语地围着老师，问候？惜别？做最后的切磋？师生共舞在中国舞的舞台：杨丽萍的《雀之灵》问世时，唐满城兴奋雀跃："她太棒了！"唐满城的《身韵课》完善，杨丽萍手舞足蹈："唐老师，他太棒了！"

2014 年 6 月

小淑女

　　"小淑女"是我向往的女孩儿形象，举止文静，谈吐优雅，有礼貌。孙女乖乖 3 岁时，我教她如何学做小淑女，看电视时坐在小板凳上，挺直腰背，双膝并拢，裙子盖在腿上。开始，她很乐意这么做，只要是看电视，自己搬个小板凳，规规矩矩、像模像样地坐好，可以坚持较长时间，真是有趣极了，让人看不够、爱不够。同时，每周日带她到北京孔庙上儿童国学班。她很喜欢去，到了大门口蹦着跳着往里跑，非常开心，将《弟子规》背得有声有色，而且遵照书中内容学着做，言谈举止有明显的变化。没有比这更令人感到欣慰的了。

　　忽然，情况骤变，家里有人对乖乖说："做什么小淑女！你累不累呀？"孩子立马应声："做小淑女太累了！"立马从小板凳跳到沙发上，立马没了个坐相。多日的努力顿时化为乌有！一天在饭店吃了晚饭下楼，我想搀着她从从容容地一阶一阶步下——"我要自由发展！"还没容我反应过来，她跨上楼梯扶手，一滑而下。

　　我感到无奈！教育孩子需要全家一致，共同营造和谐的环境。

　　乖乖 10 岁了，暑假之后升为五年级。在学校，她是好学生，成绩优异，还是学习委员。老师评语中曾有这样的话："我们班上要是能多几个像你这样可爱的孩子就好了。"

为此，我常反省：对待孩子是不是过于强求完美了？是不是太注重细节了？是不是抹杀了孩子的天性？孩子需要管教，特别是要从小做起，正如小树需要修剪一样，看到一棵壮美的参天大树，没有人会认为幼树时的修剪是多余的、是影响生长的。培养良好习惯伊始，孩子可能会感到拘束和不习惯，但是，日积月累，习惯便成自然，得体的谈吐、举止，使女孩儿十分可爱。中国是礼仪之邦，孔子教导：不学礼，无以立。这个"礼"字之中，有太多的学问，可学的、可体会的、可效仿的，可谓无尽无休。女孩儿外表的优雅和礼貌，会对她们的心灵、气质产生影响，内与外是互相作用和促进的。一个小淑女的书桌、书包一定是整齐的，卧床一定是平整的，一定是注重个人卫生的，她还会乐意学些简单的针线活……她会是勤劳和善良的。一个女孩儿如同一滴水，她反映出家庭的教育，反映出学校和社会的影响。小淑女可不小，她是会对家庭和社会产生影响的。女孩儿长大是女人，是母亲，是妻子，担任塑造男人和子女的角色；女人占社会人数的一半，又是足以影响社会风气的角色。

文明、优雅的女孩儿，照样可以天性解放、生龙活虎。现在，我寄希望于乖乖爱读书而明理，她走的地方多而见多识广，能分辨美丑，能有对举止约束的觉悟。她说长大以后要做教师，兴许为人师表对她自身塑造也是促进。

不幸的是，当今有很多得不到家庭教育的女孩儿，或是得不到良好家庭教育的女孩儿，缺乏小淑女式的启蒙教育，以及由此延伸的"礼"的修养，致使有一些女孩儿在公共场所表现出种种不堪的举动，使周围的人们反感，甚至闭上眼睛。一所师范大学曾经请我去和同学们见面、谈话，在最后向同学们提出期望的时候，我语重心长：千万注意自己的仪表、言行和衣着，不要令你周围的人感到难堪，女孩儿一定要自重，要自爱。

2005 年 9 月

怀念挚友

刘焕鲁是我们全家的朋友。20世纪60年代，我家刘元声大学毕业后分配到济南工作，人生地不熟，幸识焕鲁，相交甚笃，又都姓"刘"，两人差点拜了把兄弟。我们称呼他母亲为"大娘"，他与我们的母亲、舅父是忘年之交；他认我妹妹唐立苏的儿子陈晴为"干儿"，我的儿子刘昀上前自认了"干爹"；之后，儿孙辈也相交甚欢。——我们和焕鲁之间是传代的交情。

济南到北京，过去交通没有今天便捷，隔着黄河、京津平原、燕山山脉，坐火车得十小时，但是，阻挡不了焕鲁频繁进京的脚步：老人去世，他来行礼吊唁；儿子结婚，他来做主婚人；悲伤时和我们在一起，欢乐共同分享！他那有板有眼、抑扬顿挫、出口成章的济南老城腔，听了特别受用。今日，音犹在耳，言犹在耳……

"文革"动乱的年代，我们虽然年轻，但是没有风华正茂，没有才华横溢。所幸的是，在异地他乡的岁月里，拥有家人亲情般的暖意！70年代，我和刘元声到济南住过启明街，焕鲁腾出自己的房间。那是他家的老宅，门口有一眼井，俯身下去，那不竭的清亮亮的泉水，使人感受到友谊的久远。后来与大娘和侄女樾樾同屋就寝，更是亲热，那已是搬到出版社宿舍楼了。焕鲁进山东文艺出版社工作，为我编印了新闻采访集，那是我记者文字的处女作。适逢星期日，焕宝、焕蔼姐妹以及夫婿们热热闹闹一大家子人，围着年迈的"娘"说笑吃喝。焕鲁媳妇周致行，恰如她的名字，是不可多得的勤劳贤惠的家庭主妇，永远伺候着一大家子人。焕鲁看似"饭来张口，衣来伸手""说一不二"的大男人，其实，他可心疼、体贴媳妇呢。

大娘仙逝寿终正寝，是她老人家的福气。可是，焕鲁你，竟不辞而别？！竟英年早逝？！至今，我想不通！

我一直羡慕焕鲁字写得漂亮，文思泉涌，历史典故张嘴就来，享受自为自在的境界。渐渐地，春天来了。当春天真的来临的时候，我们已不年轻。但是，我们却拥有风华正茂、才华横溢。焕鲁写了那么多文字，又出版了那么多书！今天回味，他是沉浸在笔墨之中，抓紧时间完成人生的使命。

平日，焕鲁爱打电话，有时喜不自禁地在电话中描述得意之作。听他声音，可以想见他的神采飞扬。不知何时，听不到焕鲁的声音了。打电话过去，只是媳妇接听。我急了："小周，我要跟焕鲁说话！"那是我与他最后的对话，与以往不同的是，他有些口齿不清，反复讲："我没事，没事的。"

我信以为真，以为他真的没有大事，人难免得病，会好的。突然，噩耗传来：焕鲁逝世。晴天霹雳！——我们姐妹立即启程，由儿子陪同，从北京赶往济南奔丧。见到他的爱妻，我大呼一声："小周啊！——"就再也说不出话来。刘昀和陈晴在干爹遗体前，跪下身去。

我们想念焕鲁，人生知己，弥足珍贵。

——为刘焕鲁逝世三周年而作

2013 年 9 月 9 日

1. 我的外曾祖父、太傅陈宝琛（中）和家人们
2. 我的妈妈陈荷 18 岁时与她的祖父陈宝琛在一起
3. 唐氏家人合影
4. 我们兄妹和妈妈
5. 我和我的先生刘元声、儿子刘昀
6. 我的叔叔唐满城
7. 舅舅陈纮和舅母陈椿
8. 大舅陈岱孙、妈妈陈荷与我在北京大学燕南园家中
9. 我的妈妈和她的孙辈

1. 幼年时的我
2. 我的外婆吴绥如
3、4. 我和外婆
5、6. 我的孙女刘文萱（3岁、13岁）

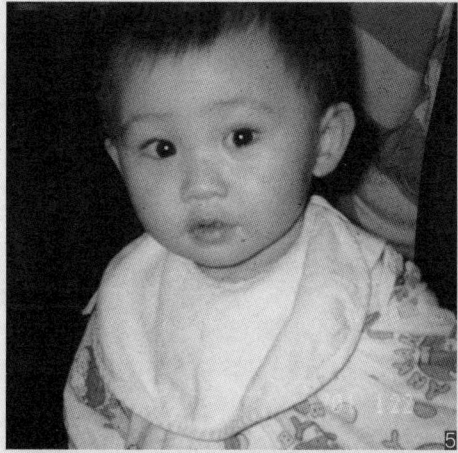

5

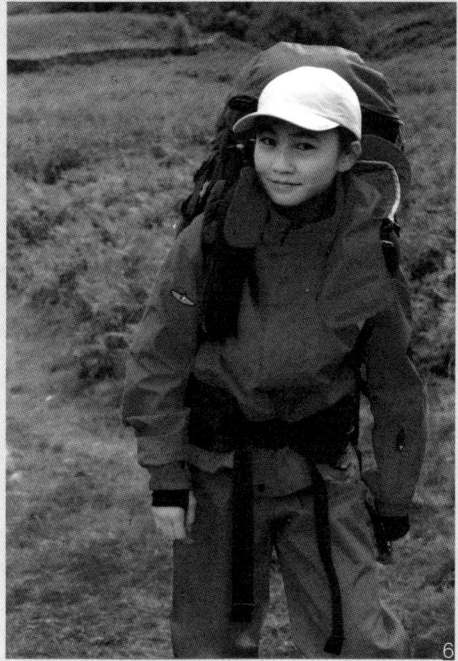

6

亦师亦友

老生：我还有话说，好像
　　　有一百年的话要说。
老旦：别说了，留着下辈
　　　子吧……

大师·小鸟·打油诗

前辈郭汉城，学识渊博，大师也。

一天，他家窗外飞来一只受伤的小鸟，啄叩窗玻璃求救。老人家开窗将其迎入，全家老少立即付诸对小鸟的"抢救"和"安居"行动。第二天清晨，老人启笼探望小鸟，不料，小鸟死了！他一声长叹，酿成一首五言古风《鸟殇》，诗云：

日中市嚣静，敲窗闻啄剥。起视见一鸟，开关延其入。伤胫瘦骨裸，毛羽凝污血。多因顽童暴，见人犹觳觫。到此不速客，举家齐忙碌。为其洗伤痛，为其觅粟颗。呼孙到市上，为其买笼屋。清水既已饮，黍粒亦已啄。顾眄嫌笼小，敛翅难腾扑。是夜大风寒，数醒梦断续。晨起径往视，已在笼中殁。遽尔惊此变，黯然沮颜色。一夜成永别，是谁主离合？若说无缘分，何以入我室？若说有缘分，无乃太倏忽。未曾养伤好，放汝归林泽。未曾听鸣叫，一舒我心郁。但愿梦飞远，翅影带寒日。但愿扶摇上，长唳穿云窟。须臾孙儿来，欲葬于屋侧。亦将我心词，聊以代刻石。劳生亦有涯，未必情随没。送行何须泪，为君歌大觉。

　　诗人为小鸟写的悼歌，从小鸟之死念及生灵的枯荣、万类的存亡，诗人感慨情缘的永恒。

　　前辈郭汉城倾注毕生心血，为中国戏曲文库奠基。他与张庚前辈合作主编了《中国戏曲通史》、《中国戏曲通论》、《中国大百科全书·戏曲卷》、《中国戏曲志》，以及逾百万字的《郭汉城文集》。他爱戏，一生从事戏曲工作；他爱诗词，日积月累出版《淡渍诗词钞》。他在 90 岁时写下一首《白日苦短行》，开头两句便是"偶入红尘里，诗戏结为盟"。他是当代著名戏曲理论家、戏曲剧作家、戏曲史学家和诗人。

　　前辈郭汉城献身中国戏曲研究，同时，他的建树又被学者们研究。中国艺术研究院章诒和研究员这样评说："他不像某些学者，一部书就代表了他的全部；他不像某些教授，学生就表明他的成果；他也不像某些艺术行政领导干部，政绩就代表他的业绩。在学术问题上，他的高屋建瓴和真知灼见令人钦佩。"纪念明代戏剧家汤显祖诞辰 365 周年的学术研讨会上，与会者对于汤显祖所著"临川四梦"（《牡丹亭》、《紫钗记》、《邯郸梦》、《南柯梦》）中的《邯郸梦》和《南柯梦》的评议，出现完全相反的意见，会场气氛十分紧张，大家等待着前辈郭汉城的发言。待到会期的最后一天，他没有拿讲稿，一连讲了两个多小时。他说："研究汤显祖的'临川四梦'，首先要做的是把它放到整个晚明时代中去；汤显祖'情'的观念，在明末是一种社会思潮，并与明末资本主义萌芽相适应。明末在中国哲学史上是一个思考的时代，以哲学思考指导戏剧创作，汤显祖当数第一人，因此，'临川四梦'是以一个哲学脉络贯穿的整体。《牡丹亭》和《紫钗记》反映'善情'战胜'恶情'，做的是正面文章；而《邯郸梦》着重批判'恶情'，《南柯梦》写的是'善情'被'恶情'所击败，做的是反面文章；'临川四梦'正反相合，构成整体。"他的观点，在二十余年后的今天，依然有指导意义。可以说，他——郭汉城，在戏剧界是比较独特的人。他有学问，有书为证，同时又印证于他对戏剧实践极其贴切的理论指导之中；他从事教学，带出了专科生、本科生、进修生、硕士生，同时又以交友、通信、谈心、座谈的方式，提高了许多剧作家和他们的作品，指点了许多演员和他们的艺术。

　　我也是亲历者，耳闻目睹前辈学识渊博，平易近人，提携后进，不遗余力。2002 年，我将全本昆剧《长生殿》演出整理剧本初稿送到他家。那时还是五本的结构（后压缩为四本），好厚的本子！他非常高兴我重新从事戏剧工作，拍着我的肩膀说："我自告奋勇给你当顾问。"正值酷暑时节，他挥汗读剧本，出席讨论会。按常规，审阅剧本是要付看本费的，他将夹在剧本中的信封掷还，我第一次看到他不高兴的神情。他说："我老了，看不了许多戏啦，我要养精蓄锐，等着看全本《长生殿》，希望在有生之年能有一睹为快的幸运。"他在指点剧本调整时反复提醒："请全剧组注意，昆剧演出一定要体现整体的古典美，又要面貌出新。"这指点成为我们日后创作过程中的准绳。2007 年，全本《长生殿》终于排演完成。他到上海看戏，参加研讨会，写文章；《长生殿》在北京演出时，他接着看戏，参加研讨会，写文章。他从心底感到兴奋，他的评论文章洋溢着诗情，绝无九十高龄老者的老态。

江苏省昆剧院石小梅自称拥有一位老观众，那就是前辈郭汉城。一年冬天，剧院到北京演出《桃花扇》，在一片叫好声中，演员心中反而没底了。石小梅特别希望老观众来给自己量一量"尺寸"，照一照"镜子"。但是，前辈因频频看戏过度劳累，心脏病犯了，不能前往剧场看戏。一种不可名状的失落感涌上石小梅心头。然而，谢幕时，郭汉城先生竟被搀扶着步上舞台，来到她的面前，说："你演得很好，就这样演下去，要自信……"这情景令石小梅惊愕，她噙着眼泪，握着前辈冰凉的手，穿着戏服，送前辈慢慢离去。此情此景，她终生难忘。离京前，前辈又赋诗相赠，其一云：

石城寒月照疏梅，带得江声潮势来。
一曲南朝惆怅事，桃花扇底动人哀。

我喜欢"远征"北京丰台欣园小区探望汉城老师，有话愿意向他老人家倾诉，也喜欢给他打电话、提问题，他一定会给我答案。迈入 2013 癸巳新春，汉城师 96 岁了。大家关心他的身体状况：还硬朗吧？ 8 月 20 日，他有一信赐我，是四首打油诗，题头有话："斯复同志，上海大热，打油诗四首，聊供一笑。"他平易近人的关切，带来一丝凉爽。我将打油诗抄录如下，与大家分享。

拟【忆秦娥】安倍访美四首

晤马　想称霸。安倍白宫去晤马。去晤马。口里蜜甜，心里暗骂。好个马儿更奸诈，大礼备好你背着。你背着。一窝马蜂，万根针扎。

拜鬼　得了趣。安倍满嘴发狂语。发狂语。外拉一帮，内结一伙。神社老店开新铺，旧调重弹新套数。新套数。老美下水，小菲开路。

座帐　点绛调。两员大将左右靠。左右靠。一边提嗓，一边挺腰。军国"慰安"大大好！纳粹修宪可仿效！连珠炮。脸也不要，皮也不要。

尾腔　群情恼。万国四岛齐咆哮。齐咆哮。气急败坏，心惊肉跳。眼泪巴巴呼东条。咬牙切齿落荒逃。落荒逃。奥巴马儿，魄敛魂招。

诗后附记：此诗陆续写成。"晤马拜鬼"，如"访鼠测字"（昆剧《十五贯》之一折）、"打侄上坟"（京剧名段，又名《状元谱》），颇有戏名意趣。戏为诗用，大得意！

令人欣喜！汉城老师的身体和心态，今日依旧硬硬朗朗的！

2013 年 8 月

曹禺·李玉茹和小白

曹禺，中国舞台上的骄子。

纪念杰出的戏剧大师曹禺百年诞辰，我曾经萌生过一个念头：相约九个城市的话剧表演院团，同时上演曹禺大师的剧作，形成大江南北、横贯东西、全国遍地开花的气势，引导公众知晓、铭记："20 世纪中国有一位伟大的剧作家——曹禺。"启动仪式在北京清华大学图书馆举行，那是曹禺书写处女作《雷雨》的地方。在约定的时间，九个城市的九个剧场，在中央电视台播报启动仪式之后，一起敲响开场的铃声，场灯同时压暗，大幕徐徐拉开——舞台上是《雷雨》、《日出》、《原野》、《北京人》、《蜕变》、《明朗的天》、《家》、《胆剑篇》、《王昭君》，那是何等壮观而撼动人心的戏剧长城啊！曹禺的作品经久而不朽！

结果呢，本人只得在想象中的九个剧场之间神游，朋友们笑言：又是一次想入非非。

1934 年，《雷雨》问世，那年曹禺 24 岁。20 世纪 30 年代、40 年代是曹禺创作的旺盛期。他笔下描绘的情景惊心动魄，编写的故事如骇浪跌宕，设计的人物遭遇非凡，并弥漫着剧作家的诗情、良善的心怀，给人隽永的回味。曹禺塑造了形形色色的人群，他与他们朝夕厮守，一起哭一起笑一起体验人生……但是，他在生活中却多么寂寞孤独，鲜与人交往。曹禺是进入甲子之年的北京人民艺术剧院的院长，又是具有62年院龄的中央戏剧学院的院长，拥有终身的两院荣誉职务。在我们学生心目中，他是时常坐在主席台上的、远不可及的山巅上的一棵树，须仰视才得见。

与曹禺近距离接触是在1989年春夏之交。

1988年，北京人民艺术剧院老中青三代表演艺术家赴上海演出五台经典大戏《茶馆》、《天下第一楼》、《狗儿爷涅槃》、《推销员之死》、《哗变》，成为上海当年的重大文化新闻，引起的轰动久难平息。主办单位要编辑出版纪念画册《北京人艺在上海》，让我去请曹禺大师题写书名。我不敢去，是让北京人艺的朋友替我去的。一天下午，《文汇报》北京办事处来了一位我从未见过的、带着农村气息的小伙子。他递给我一个信封，说是曹禺老师题写的书名。我郑重地接过来，准备立即将题字付邮上海——那边催得紧。这时，电话铃响了——"我是曹禺。"大师的声音竟出现在耳畔，我一惊！"刚才送给你的题字没写好，我重写了几张，你来医院拿吧。"

十年"文革"中的批斗和强制劳动夺去了他的健康，他长年住在北京医院。走廊里静无一人，我战战兢兢敲门。开门的是刚才送题字的小伙子，他叫小白，从农村出来打工，恰巧被安排到曹禺身边做护工。曹禺夫人李玉茹也在场，她是京剧舞台上叱咤风云的名演员。

"进来吧，请坐——"山巅上的那棵"树"近在眼前，穿着病人服、拖鞋。他在写字台一侧坐下，指着桌上的题字："你看哪张好些？好久不写毛笔字，手生了。"顺手将我送回来的那一张团起来扔进字纸篓。大师的平易，缓和了我心中的紧张。

北京医院坐落在东长安街东口，国家领导人以前多在此就医，医疗设备和医护人员都属上乘。后来有了解放军 301 医院，国家领导人多往那里去了，北京医院逐渐趋于平实清静，病人身份也发生了变化。经济学家陈岱孙，文学家谢冰心、萧乾，国际法院中国大法官倪徵燠，著名书法家赵朴初等，均在这里辞别人生。

曹禺初入医院时，还可以外出看戏和开会。一个春夜，他拄杖，由夫人搀扶过马路，到中国青年艺术剧院观看小剧场《雷雨》。他很兴奋，夸奖年轻人："你们真能干，将我这个古老的戏，变得如此年轻！"他有时也出席会议，与熟人们见面、握手、说笑。但是，渐渐地，人们见到他的机会，越来越少了。

曹禺在北京医院住了八年，小白在他病床旁和衣睡了八年，李玉茹老师悉心照顾、抚慰老伴，流连病房八年。陪伴老人的还有永远不离手的笔记本、钢笔和眼镜……年岁增长，病痛频添，吃不完的药，做不完的治疗。曹禺挣扎着与病魔抗争，不放弃生的希望。还有没完成的剧本和剧作家的使命鞭策着他，也折磨着他。

进入 1996 年 12 月，中国文学艺术界联合会将召开大会。曹禺想到会上能与云集北京的各地老朋友见面，很是激动，他要对大家说："做人要做高尚的人，要有文化，做敬业爱业的人。"老伴为他做了新装，陪他练习唱国歌，他处于兴奋的期待之中……然而不幸，12 月 13 日，大会开幕在即，大师却悄悄远行了，与老朋友们既没有问候，也没有告别。我是第一个闻讯赶到他们家的记者，当晚发"北京专电"：《在舞台上播洒阳光的人》。第一句，我写道："曹禺回家了，他终于离开与病魔搏斗八年的医院病房，如勇士般凯旋。他抬起右手在和人们说话，这已是他永远留在照片上的神态。照片下面是他去世前几个小时戴的眼镜、使用的笔记本，手表停在 3 时 55 分，他的心脏在此刻停止跳动，一代人杰走了。他的额头上印着夫人永远的亲吻。"

北京万安公墓墓园里添了一座新坟。花岗岩的墓碑上，作家巴金为老朋友书写"曹禺"二字。老人也只有写这两个字的力气了。

李玉茹的作息恢复正常，她抓紧时间工作，昔日舞台上高歌起舞的名角儿，竟习惯了日以继夜的伏案书写。不久，她编辑完成了一本书《没有说完的话》，内容全部是曹禺生前的笔记、书信、诗稿、讲话录音。这是一本令人们震惊的书！李玉茹在后记中写道：

1979 年，我俩开始共同生活，那时曹禺处于精神崩溃的边缘。他一方面十分兴奋，游走于各式各样的社会活动，写表态文章、应景文章；另一方面又在受着内心百种痛苦的煎熬，他为千疮百孔的文化事业而痛苦，为逝去的年华而痛苦，更为自己写不出东西、或者说再也写不出自信为好的作品而痛苦……他总觉得有"鬼"在背后拍他肩膀，却又摆脱不开。每日靠吃安眠药度日，吃了安眠药反而亢奋起来，常常在半睡半醒时把孩子叫醒，断断续续地谈各种想法，第二天又全然不知了。吃了安眠药，睡不着，想到第二天不得不参加的各种工作，分外焦虑，再吃安眠药。白天，他则昏昏欲睡，常处在欲睡不睡、欲醒不醒的状态。有一次在新疆出席大会就坐主席台，主持人请他讲话，他只说了"这，这……"便又睡着了。

合上《没有说完的话》，我顿生对李玉茹老师无限的钦佩：她真勇敢，敢于告诉人们一个真实的曹禺，一个丝毫不粉饰的舞台天才。

我也钦佩小白，年轻人甘愿奉献青春年华，日夜守护，无微不至地为老人服务。他有使命感，把病房看作寸步不能离的岗位。大戏剧家和小白息息相通，小白记住了大师的遗言："无论什么时候，在什么地方，都要做诚实的人。"今天，小白已经在北京人民艺术剧院机要室工作了15年，剧院上下说起他，不约而同地竖起大拇指。两年前，李玉茹老师给剧院领导打电话，希望小白能到上海去，她要与小白告别："老爷子招呼我了，我得上他那儿去了。记住：无论什么时候，在什么地方，都要做诚实的人。"

2012 年 3 月

高山仰止欧阳予倩

正在考虑本期《琉璃艺术》杂志"主编的话"选题时，北京来电话了：中国戏剧家协会要举办"纪念欧阳予倩120周年诞辰"活动，约我写一篇文章。接听电话时，我顿时心潮翻涌——"好，我写，我很愿意写！题目就定为'高山仰止'。"是他老人家决定了我的命运，在我人生起步的关头，帮助我越过了第一个障碍。

欧阳予倩是为中国戏剧事业奋斗了一生的人。他作为京剧演员，与梅兰芳齐名，素有"南欧北梅"之誉。他早年留学日本，是中国话剧的创始人之一，写下中国话剧最早期的剧本《黑奴吁天录》，并将它搬上舞台。他表演话剧，导演话剧，拍摄电影，创建中国古典舞体系，影响至今的话剧《潘金莲》、《桃花扇》等都是他的剧作。他参与创作的各类作品达156部。作为戏剧教育家，他从1919年组建南通伶工学社和更俗剧场开始，到担任中央戏剧学院第一任院长，在创作和教学中，结合早年留学日本和游学欧洲的收获，弘扬中国戏剧艺术的传统，奠定学院教学的基础。梅兰芳先生在对中央戏剧学院学生讲话时说："你们的老院长比我强，我是一条腿走路（只是京剧），他是两条腿走路（戏曲、话剧）。"欧阳予倩描绘自己的一生，是"愿为川上桥，渡口舟，湖南牛"。牛，不仅勤劳，还个性拧，认准了的决不放弃。当年中央戏剧学院邀请苏联专家来上课，由于专家对中国戏曲表演不甚了解，表现得很不以为然，那不屑的言词，令老院长生气了。于是，他坚持将亲自改编的话剧本《桃花扇》作为培养学生的教材，指导学生融合戏曲身段、语言表现等方式，演绎话剧。他是实践中国话剧民族化的先行者。

20世纪60年代初，梅兰芳大师因心肌梗塞，欧阳予倩大师因冠状动脉硬化，不幸相继去世。一时间，北京文化界、戏剧界被阴云笼罩，萦绕着散不去的哀乐。"这是中国人民和戏剧界的重大损失啊！"国歌《义勇军进行曲》的词作者田汉痛心疾首。今天回忆，他们在"文革"狂潮席卷神州大地前夕体面地离去，是万幸；田汉前辈就是在"文革"中惨遭迫害离世的。

1959年，我入学中央戏剧学院。在我心目中，讲坛上坐着轮椅演讲的老院长，是须仰视的高山，我从未上前与他说过一句话，只心中默念：他是恩人。

在我的祖籍地湖南浏阳，有三个关系密切的大家族。欧阳家族的先人欧阳中鹄是清朝命官，他颇有民主思想，同情变法维新，由于对朝政不满弃官返乡，设学馆授徒。戊戌年起事的烈士谭嗣同、唐才常，便是他的得意门生和情投意合的忘年交。唐才常是我的曾祖父，日后，他又成为师长之子欧阳予倩的启蒙教师。欧阳氏家族和唐氏家族具有三代师生情谊。谭嗣同、唐才常则是同生共死的战友，1900年因参与戊戌年起事而双双就义。今天，浏阳市内的才常街、才常广场、谭嗣同纪念馆、欧阳予倩大剧院，就是对他们的纪念。家族之间又有姻亲关系。1923年，欧阳予倩的妹妹欧阳立徵与我的三叔公（祖父的三弟）唐有壬结为夫妇。按辈分论，我应称欧阳予倩老院长为"舅公"。

1959年，我高中毕业，想报考设有新闻专业的大学，我想做记者。但是，班主任阻拦我，她的态度诚恳："你不会被录取，因为你的家庭出身不好，新闻专业在政治上要求特别高，试试报考无关紧要的专业吧，还得做好思想准备，考取的可能性也不大。"按惯例，艺术院校较之普通大学招生考试早一些，一位同学认准我能考上中央戏剧学院，擅自替我报了名。中学时，我从来没演过戏，但我喜欢看戏、看电影，剧场影院几乎是我的第二课堂。我在无所准备的情况下，尾随同学赴考场去了，结果，顺利地通过了全部考试环节。但是，却迟迟得不到录取通知书。全国高考发榜了，果然如班主任所言，我没有被任何大学录取。这时，中央戏剧学院录取与否就至关重要了，不进这个学院，意味着我没有机会上大学！我壮着胆子又心情忐忑地到中央戏剧学院去询问。教务处老师说："你的事难办。"我问："谁能做主？"他顺口说："找院长吧。"

我真的去找院长了！

骑车出了南锣鼓巷右转，到地安门三婆婆家，就是老院长的妹妹欧阳立徵的家。往日我很少走亲戚，三婆婆不认识我了。经过自我介绍，她说："真是女大十八变，你这个孩子好看，可以去演戏。"我马上接话茬："我就是要演戏，学校老师说不敢录取。""走，带你上老院长家！"三婆婆的豪爽和助人为乐是出了名的。于是，她乘三轮车，我骑自行车，不一会儿就到了铁狮子胡同 3 号。不巧，老院长去小汤山温泉疗养了，只有舅婆在。她见我的第一句话也是："这姑娘可以演戏。"此时是三婆婆说话了："她是要演戏，学校说不敢录取。"立即，舅婆拿起电话拨给学校："黎虹吗？我是刘韵秋。有没有一个考生叫唐斯复的？她考得怎么样？既然考试成绩好，为什么不录取？这是我的亲戚，家庭问题和孩子没关系，我担保了！"第二天，我又去学校。办公室老师说："你真找院长啦，自己拿吧。"示意我打开办公桌第一个抽屉。我打开第一个抽屉，我的录取通知书就在里面，安安静静地躺着。

我骑车去电报大楼给上海家里打电报，报告妈妈：我终于可以进大学了。雨后的天安门广场，地面积水湿漉漉的，那时，自行车和行人混杂行驶，我在车流、人群中穿行，时而躲避，时而停顿，时而乘隙前行，路，挺难走的。说不清是高兴还是难过，那年我 18 岁。二十余年之后，我的出身又被认为很好、很显赫。可我，依旧是我。

五十年坎坷，我完成了学业，做过演员、编剧，1981 年成为《文汇报》驻北京记者，今天，还在做喜欢的事情。人们说我是幸运的，原因是在人生的关键时刻，遇见了鼎力相助的贵人——英名彪炳中国戏剧史册、在台上谆谆教导后辈的老院长。后来，学校小花园的藤萝架下竖立起他的铜像，可在一侧坐坐，近距离瞻仰。

十分惭愧，我从未去过老院长夫妇的墓地，因为"文革"中，八宝山烈士陵园被砸了，景象不堪目睹。前不久，因为参加他们的儿子欧阳山尊（著名戏剧导演）逝世百日祭，陪同山尊夫人观看即将落葬的墓地，去了八宝山陵园。万万没想到，去到的竟是老院长夫妇的墓地——我被镇住了，生了根似的移步不得。注视墓碑，积聚五十年的感恩之情涌上心头——长眠在这里的两位长者，一生互相关爱，彼此忠贞。他们的婚姻虽是父母包办，但父母包办的是一桩美满的婚姻。新娘子刘韵秋有才华，写诗赋词不让须眉；性格开朗，大胆，能干，在家中率先放脚，剪发，穿旗袍，入学堂读书。欧阳予倩赞扬妻子："我的妻子是很聪明能干的人，是我的精神支柱，不遗余力地支持我的事业。"五十年前，这位舅婆婆为我入学做担保，是她爱护年轻人的行事原则使然。她在中央戏剧学院的岗位只是服装管理员，但她始终勤勤恳恳为教学服务。我立即转身跑开，跑向鲜花销售处，好久没有这样脚下生风了。我又捧着花环跑回，为长眠在这里的长者献上，深深地躬下身去。

2009 年 11 月

欧阳山尊见证百年

引言

真是悬着心拨通欧阳山尊家的电话。意外的是，电话那一端，夫人的声音愉悦、轻松："老头儿今天早点吃了面包、牛奶、鸡蛋、肉松，还吃了个桃子。"

我仿佛看见她的笑容，这和一个月前愁眉苦脸、忧心忡忡往医院跑的她，判若两人。

"可是，他不听话，我净跟他急！他也急：'你什么都管，我没自由了！'"夫人口吻娇嗔，滔滔不绝，"我说，什么时候你能回家，自己上下楼，你就自由了。"

几天以后，我到北京去欧阳山尊家，夫人上楼通报后又自己下楼来了。"您不用扶他？"我问。夫人靠着厨房门框看着走道，等着我的惊讶。93 岁的欧阳山尊竟悠悠哉哉地走进门来，精气神依旧："我躺在医院里做了个梦——一个长着翅膀的小姑娘来对我说：'跟我走，上帝让我带你到他那里去。'还没等我回答，来了一个看门的大胡子，胳膊一横：'不能去！话剧一百年的纪念活动你还没参加呢。'小姑娘问大胡子：'你是谁，这么厉害？'‘我姓马，名克思。’小姑娘扇动扇动翅膀，被吓跑了。"

　　没人追究这是真的梦还是他信口编的，事实是，欧阳山尊能够自己上下楼了，他又获得了行动自由。这位当今话剧界的最长者，病危转康复，能关注和参与话剧一百年的筹备工作了。有他在，今日话剧界便有了一位标志性人物。如今，他又回到"写回忆忙不闲，活着最惬意"的日子。

　　欧阳山尊与中国话剧相依相伴的人生，源自他的戏剧世家。1907 年 6 月 1 日，他的父亲欧阳予倩编剧、导演的《黑奴吁天录》在日本东京本乡座剧场公演，由此宣告中国话剧诞生。2007 年 4 月至 6 月，一系列纪念中国话剧诞生一百周年的活动在全国范围内展开。

足迹

　　欧阳山尊 1914 年生于湖南浏阳，自幼受到父亲欧阳予倩爱国主义和进步文艺思想影响，学生时代即参加进步演剧活动。1932 年 , 在杭州当工人期间，他参加共产党领导的"五月花剧社"，次年考入上海大夏大学。大学毕业后，参加上海救亡演剧队奔赴华北抗日前线。1938 年赴延安。1942 年 5 月 23 日，出席延安文艺座谈会并发言。他领导的战斗剧社得到毛泽东的高度评价。1945 年—1950 年，他参加上海地下党的文化统战工作，担任新华社驻东北记者并担任东北军事工业领导。

　　1952 年，欧阳山尊与曹禺、焦菊隐、赵起扬共同创建北京人民艺术剧院，他们被后人称为剧院的"四巨头"。欧阳山尊担任副院长，后兼任副总导演。1953年—1955年，欧阳山尊入中央戏剧学院苏联专家指导的导演干部训练班学习。之后，他在北京人民艺术剧院导演了《春华秋实》、《日出》、《带枪的人》、《烈火红心》、《关汉卿》、《三姐妹》、《智者千虑必有一失》、《红色宣传员》、《李国瑞》、《山村姐妹》等40部话剧。1956年—1964年，他任中央戏剧学院兼职教授。十年浩劫后，1977年，欧阳山尊担任话剧《曙光》、《杨开慧》总导演。他为北京及外省剧院（团）导演过《松赞干布》、《油漆未干》、《饥饿海峡》、《巴黎人》、《末班车上黄昏恋》、《梦迢迢》、《雨还会下》等10部话剧；还导演过电影《透过云层的霞光》、电视剧《燃烧的心》。1982年12月离休。之后，主编《剧本园地》、《中外电影》、《延安文艺丛书·话剧卷》，出版《〈日出〉导演计划》、《落叶集》等。

留影

欧阳山尊在中国戏剧界的地位和作用举足轻重，头衔很多，作出了卓越的贡献，但是，他笑着宣读这样的"遗言"：别称我这个"家"、那个"家"，称我"中国文艺工作者"就知足了。

他曾指挥部队穿越枪林弹雨，切身体会严明纪律之重要；戏剧是集体的艺术，同样需要纪律严明。有一年夏季，北京雨水多得反常，一日，正值欧阳山尊为中央戏剧学院导演系（59班）检查作业，却连着一天一夜滂沱大雨，见不着个人影的胡同里一片白雾，有点恐怖。有同学估计老师来不了了，因为，他从不让剧院或学院的汽车接送，自己骑辆自行车奔波在大街小巷——这样的大雨天怎么骑车？！有的同学说老师"准来"，说不出理由，凭感觉。中央戏剧学院大门旁边有个小理发馆，平时，欧阳山尊提前到达就到理发馆里坐坐，与人们聊聊，听听胡同里的声音，上课铃声一响，大跨几步就进了教室。这一天，班长撑着伞冲到大门口，当把额头贴着窗玻璃往理发馆里张望时，惊讶不已，老师坐在里面刮胡子呢，他是坐三轮车来的。三轮车夫也在理发馆坐着，雨披滴下的水湿了一地。他说："欧阳同志让我歇着，上完了课他蹬我回去。"啊？！欧阳山尊对无故缺席和迟到深恶痛绝。一次在剧院排戏，有一个年轻女演员迟到了。她本应第一个上场，大家等了她 10 分钟。欧阳山尊克制地说："请您明天准时到排练场——现在开始排戏！"他声音不高，却是威严的命令。第二天，那个年轻女演员又姗姗来迟，而且超过了 10 分钟。坐在导演席的欧阳山尊呼吸急促，脸涨得通红，他走向女演员，"扑通"跪在她面前："请您明天准时到场！"导演如咆哮般的声音把全剧组的人都镇住了。

　　关于北京人民艺术剧院的建设，四位创始人规划了宏伟的目标。欧阳山尊特别强调未来的剧院应是一座"文化剧院"，要多方面充实提高全院人员的艺术修养和文化素质。他说：我们的演出应当是有文化的，雅俗共赏，才能给观众文化的享受。我们要选择幅度宽广、概括性强的剧本，而不搞廉价的东西。我们的导演要踏踏实实搞艺术，要有深厚的生活基础，言之有物，不要噱头，不搞歪门邪道和表面上的花里胡哨。我们的治艺之道概括为两个字：严正。他又主张：我们是首都的剧院，首先要为首都人民服务。同时，为全国人民服务，代表全国的话剧水平。我们还要在世界剧坛占有地位，也就是现代化的国家话剧院。

回顾剧院历程，验证了这些发表于五十余年前的观点是多么有预见性，多么正确。

做表现暑期生活的"画面小品"练习时，由于学院小礼堂的温度太低，有学员穿着毛衣上场。欧阳山尊问："为什么不按画面规定着装？"学生回答："太冷了！"山尊老师非常不高兴，说："你们既然选择了戏剧作为终身职业，就要吃得起演戏的苦。戏曲演员三伏天扎大靠，三九天穿薄披，难道他们不知道冷热吗？你们将来是要当导演的，自己如此，怎么去要求演员？演几分钟的小品怕冻着，到更艰苦的环境中怎么办！"说着说着，他把自己的衣服一件件脱下来，只剩汗背心，怎么劝都不穿上，坚持到把整个小品看完。抗战时期，他们战斗剧社在敌人后方为八路军和群众演出，寒冬腊月露天舞台，演员们穿着单衣，甚至光着膀子，捧着的碗里的水都结了冰。"这是为了什么？为了真实，为了感人，为了动员老百姓奋起抗日，这就是革命的戏剧工作者。"

欧阳山尊热心提携后来人。

30岁的任鸣第一次获得导演戏的机会，那是一个苏联的剧本。刚从学院毕业不久，他满脑子的新概念、新形式，苦思冥想着标新立异，认为只有这样才够得上是探索。欧阳山尊把他请到家里谈了三个小时，详尽地介绍苏联社会和戏剧，将自己导演多部苏联戏剧的经验告诉年轻人，并帮助他分析即将开排的剧本

《回归》，对他说："任何导演只要是排戏，都是在探索，现实主义也是需要探索的。"这句话端正了年轻人对"探索"概念的认识。以后每排一部戏，任鸣都经历一次探索过程，当排戏走弯路的时候，就以这句话来检验、纠正自己的思维。任鸣说："山尊老师给我受益终身的教诲。"

李六乙也是一位勇于探索的年轻导演，因为导演小剧场《原野》的失误，受到圈里圈外的谴责。2006 年，他导演《北京人》时聘请欧阳山尊担任艺术指导。演出后，李六乙上门来听骂："您很宽容，给我留面子，在剧场没有当众骂我。现在，我到您家来，您骂吧。"欧阳山尊和颜悦色地说："你导演的戏是象征主义风格，我能理解。借鉴多种流派风格进行创作，提倡艺术的多样化，使艺术创作更丰富、更复杂。虽然我一向推崇现实主义创作原则，但是，现实主义和象征主义是可以相融合的，现实主义也是在发展的，况且《北京人》剧本本身就有象征主义的元素，我尊重你的导演创作。"接着，欧阳山尊指出剧中主要人物最后出走的处理出现偏差。经他一点拨，舞台上呈现的人物关系就符合剧作者曹禺先生的初衷了。借此，欧阳山尊引申说："不论导演什么风格的剧本，都需要把握好主题，把握主题思想，把握演出的最高任务。"

《巴黎人》是表现巴黎公社的戏剧，需要全体演员的表演有极度的激情。濮存昕在剧组第一次跟着欧阳山尊排戏，也是第一次扮演主要角色。在排演厅，他感慨地说："山尊老师指出我表演缺乏激情，就此，我演戏开窍了。我最难忘的是他为人为艺的真，对艺术的圣洁情感。"

　　2005 年，纪念世界反法西斯战争胜利、抗日战争胜利 60 周年，91 岁的欧阳山尊披挂上阵，他担任中国老教授协会文化艺术专业委员会的"抗战独幕剧专场"总策划，并且在《粮食》剧中扮演一个村民。他一贯的严肃认真劲儿又上来了，为了这个台词只有一声"啊"的角色反复琢磨、推敲。幕启时，只见他戴一顶回民的白布小帽蹒跚上场，理由是全国各民族人民一起抗日，年纪耄耋激情不减。虽然只是一个过场，他欣慰于自己仍在舞台上履行一名老战士的职责。

对话

　　与从医院回家的欧阳山尊讨论中国话剧诞生这样重大的话题，心里难免忐忑，于是一再嘱咐戏剧老人：累了，谈话就马上停止。

唐斯复（以下简称唐）：为什么将 1907 年 6 月 1 日《黑奴吁天录》公演作为中国话剧诞生的标志，而不是前一年春柳社首演《茶花女》作为话剧诞生的标志呢？

欧阳山尊（以下简称欧阳）：1906 年春柳社初创时期的演出只是一些片段，如《茶花女》只是演其中"乡村别墅"一幕，缺乏正规戏剧演出的一系列要素。而《黑奴吁天录》是最早出现的完整的五幕剧本，并经过两个月的排演，通过正式售票，在社会演出场所与观众见面，日本早稻田大学至今留有演出海报。这出戏虽然根据美国斯托夫人的小说改编，但是，它改变了原小说极力宣扬基督教的人道主义和将主人公塑造成虔诚的基督徒的剧情，而是着力描述黑奴与奴隶主进行斗争，以取得自身解放的胜利而结束。后来《黑奴吁天录》被带到国内演出。同时，春柳社还编写、演出了一些宣扬爱国、主持正义、反对腐败的新戏。可以说，中国新剧是在中国命运危急的背景下诞生的，起到配合、推动民主运动和辛亥革命的积极作用。

唐： 那么，"新剧"是什么时候改称为"话剧"的呢？

欧阳：话剧原名"新剧"，为的是有别于京剧和戏曲，后来在"新剧"前面加上"文明"二字，也称"文明戏"，以示戏剧的文明与先进。春柳社演出剧目内容的进步和演出的认真严肃，与后来专供小市民取乐的"文明戏"，有本质的区别。为此，进步的话剧工作者曾一度提出"爱美运动"的口号。"爱美"是英文"业余"的意思，当时采用这个名称，是希望区别于商业化了的"文明戏"。实际上，"爱美运动"这个名称不符合话剧的实际，那时话剧已经开始走上专业化的道路。1928 年 3 月，在上海戏剧界纪念挪威戏剧家易卜生诞生一百周年的集会上，由戏剧家洪深倡议，用"话剧"代替"爱美剧"，得到与会者的赞同，于是，"话剧"的称谓一直沿用至今。

唐： 话剧最初的发展繁荣是在 20 世纪 20 年代，很想听您说说那年间话剧的情况。

欧阳：那时候出现了许多艺术水平较高、分量较重的剧本，例如
　　　郭沫若的《聂莹》，丁西林的《压迫》，欧阳予倩的《泼
　　　妇》、《潘金莲》，田汉的《获虎之夜》，洪深的《赵阎王》
　　　等。1924年，上海戏剧协社演出了洪深改编和导演的《少
　　　奶奶的扇子》，为此，共产党人萧楚女在《时事新报》上
　　　评论："轰动了上海的观众，打开了戏剧工作者的眼界，
　　　戏剧协社的表演方法和舞台工作，成为许多剧团的范
　　　例。"1927年大革命失败，话剧迂回前进，戏剧艺术进一
　　　步走向成熟，先后成立了北平艺专戏剧系、上海南国艺
　　　术学院、广东戏剧研究所等，培养出许多话剧人才。1928
　　　年末，南国社的剧目以一种新的浪漫主义风格出现在上
　　　海剧坛，剧目内容主要反映大革命失败以后知识分子的
　　　彷徨和苦闷，引起很多青年的共鸣。

唐　：1931年爆发了"九一八"事变，在国难当头的危急时刻，
　　　中国话剧向何处去了？

欧阳：中国话剧以战斗的姿态，投入拯救民族危亡的洪流。在广
　　　东，欧阳予倩编写了《团长之死》，反映东北爱国将士在
　　　抗击日本侵略者的战斗中，弹尽粮绝，誓死不当亡国奴，
　　　集体自杀，气势壮烈。在上海，田汉编写《乱钟》，东北
　　　抗日学生在舞台上高呼"打倒日本帝国主义"、"打倒一
　　　切帝国主义"的口号。1933年，《怒吼吧，中国！》上演，
　　　描写码头工人在英帝国主义的军舰炮口下不甘屈辱的情
　　　景。1936年，上演夏衍编写的《赛金花》，以史喻今，揭
　　　露当局的卖国外交，遭到禁演。

在此期间，中共地下党组织开展学校、工厂的戏剧运动，成立了"艺术剧社"，演出《梁上君子》、《炭坑夫》、《西线无战事》等。由于遭到国民党的迫害，地下党将大批话剧工作者转入电影界，拍摄进步影片。电影《风云儿女》便是其中的一部，它的主题歌便是今天的国歌《义勇军进行曲》。同时，在江西瑞金的中央苏区革命根据地，建立了红军俱乐部、工农剧社、中央剧团和高尔基戏剧学校，演出《我—红军》、《红色间谍》、《武装起来》、《无论如何要胜利》。话剧在"山上"（井冈山）和"亭子间"（上海和其他城市）两条战线上紧密配合，进行战斗。

唐：   有书载，20世纪30年代是中国话剧艺术的第一个黄金时期，可以这么说吗？

欧阳：30年代，话剧进入"而立之年"，在剧作、导表演、舞台美术诸方面，均走向成熟。剧本代表作有：陈白尘的《太平天国》、宋之的的《武则天》、阿英的《群莺乱飞》，特别是曹禺的《雷雨》、《日出》、《原野》，剧作结构严密，人物形象鲜明，在艺术上和思想上达到了很高的成就，加速了中国话剧职业化的进程。在重庆，话剧演出异常活跃，名演员云集，盛况空前。在上海，一些剧团还纷纷演出外国古典名著《威尼斯商人》、《娜拉》、《大雷雨》、《钦差大臣》等。

唐：   在抗日战争中，中国话剧从业人员是怎样投入全国的抗日洪流的？

欧阳：1937 年 7 月 7 日卢沟桥事变后，上海的中国剧作者协会组
　　　织力量赶写出三幕话剧《保卫卢沟桥》，各剧团、电影公
　　　司主要成员近百人日夜排演，演出时台上台下群情激奋，
　　　盛暑时节每天演出两场到三场，一直演到"八一三"前
　　　夕。在"八一三"的炮声中，上海戏剧界救亡协会在卡
　　　尔登戏院召集影剧界二百多人大会，由欧阳予倩和洪深
　　　主持。在桂林，欧阳予倩成立了省立艺术馆，1942 年集
　　　资建立了进步话剧演出的剧场，演出了夏衍剧作《心防》、
　　　欧阳予倩剧作《忠王李秀成》，通过历史教训激励群众抗
　　　战，警惕投降派。1944 年，欧阳予倩和田汉倡议主持盛
　　　大的"西南剧展"，近千名戏剧工作者（大多数为话剧工
　　　作者）赴桂林汇演，这是中国话剧史上的大事。
　　　　在孤岛上海，自 1938 年共产党直接领导的上海剧艺社
　　　开始占领阵地，团结、影响一些剧人和话剧团体，又由
　　　剧艺社成员黄佐临、吴仞之、柯灵等出面组织职业性的
　　　苦干剧团，在极端艰险复杂的环境中，一直坚持到抗战
　　　胜利。

唐：　您如何评价 20 世纪 50 年代至今的话剧发展状况？

欧阳：从新中国成立到"文化大革命"前的 17 年，是话剧创作
　　　丰收的 17 年，涌现了大量高质量的剧本和演出。就北京
　　　剧坛而言，有曹禺的《明朗的天》、郭沫若的《蔡文姬》、
　　　田汉的《关汉卿》、老舍的《茶馆》等，是中国话剧历史
　　　上的代表作。当时，几乎每一个省都成立了话剧院（团），
　　　诞生的好作品如遍地开花，那繁荣景象至今令人振奋。

"文化大革命"的十年，是中国话剧被扼杀的十年。浩劫过后，话剧艺术工作者心中的积愤化成一出出新作，《丹心谱》《枫叶红了的时候》《于无声处》首先声讨"四人帮"，发挥中国话剧的战斗传统。进入改革开放新时期，文艺出现了空前的繁荣，在反映现实生活的广度和深度上，都有显著的进步。中国话剧虽然是"引进"的剧种，但它应改变祖国命运的需要而在中国生根，一百年的历程与爱国思想和社会进步相结合，具有战斗化、民族化、现实主义的光荣传统。在此特别说明，现实主义是随着时代而变化、而发展的。即将出版的《中国百年话剧剧本选》挑选180部剧本，记录中国话剧一百年的足迹。

唐： 您对于21世纪中国话剧的发展有什么希望？

欧阳：社会生活发生了很大变化，在社会生活中生存的话剧，必然随之发生变化，"走向市场"成为话剧创作和演出的趋势。我希望中国话剧在第二个百年，能够继续遵循话剧的光荣传统，坚持战斗化、民族化和现实主义的创作原则，这个原则在今天的体现会呈现多主题、多流派、多样化的缤纷面貌。话剧艺术要在市场中保持自我，优秀的创作一定是协调了艺术和生存的关系，协调了陶冶情操、艺术欣赏、票房收入的关系。话剧工作者需要对观众进行具体分析，对观众的爱好进行具体分析，由此，确定创作的方向和演出形式。我老了，我由衷地期待中国话剧繁荣昌盛。

伴侣

　　1961 年，欧阳山尊选择比自己小 20 岁的徐静媛为伴侣，这是他第二次结婚。一时间，关于徐静媛的传闻四起，诸如"她的亲戚是台湾特务"、"她有反革命现行"等等。当时，莫须有的罪名能置人于死地。实际上，她只是一个酷爱文艺的年轻人，在一个联欢会上邂逅欧阳山尊。她感到和欧阳山尊相处非常开心，忘年之交日久生情，他们向往能够永远生活在一起。始料不及的是，这婚姻给欧阳山尊带来比枪林弹雨更加严峻的考验。领导把他找去，让他在党组织和徐静媛之间选择，两者只能取其一。徐静媛被人盯梢，她与欧阳山尊见面受到阻挠。为此，她一一走访有关上级机关，勇敢地反复申诉：我们有相爱的权利。欧阳山尊是 1939 年入党的老党员，他不认为这两者之间存在矛盾，毅然与徐静媛到街道办事处登记结婚。自此，欧阳山尊仕途上的厄运便开始了：首先被免去党组书记职务，他在"文革"中的经历更是残酷。

　　欧阳山尊的母亲开始也不承认他们的婚事，好长时间没让儿媳进门。欧阳予倩去世时，欧阳山尊正在朝鲜访问，他是临时赶回来的。徐静媛接他后送到医院门口，说："你快进去吧。"随即转身离去。因为不让她参加追悼会，她连欧阳予倩的遗容都没能瞻仰！一次，欧阳山尊的母亲病了，家里没人，徐静媛得信赶去，骑辆平板车把老太太送到医院（当时找不到汽车），然后又背着老人一溜小跑穿过长廊，送进抢救室。家庭的僵局一直到他们的儿子满月时才结束。欧阳山尊家缺男孩，他是过继给伯父欧阳予倩的，弟兄间两房共一子。人们说徐静媛争气，一连给欧阳家生了两个儿子！大孙子满月时，老太太摆了两桌酒，请来亲朋好友，徐静媛这才被正式承认。

"文革"风暴席卷而来，欧阳山尊是当然的被关押、被批斗对象。徐静媛与他站在一起陪斗，挂的大牌子上写着"败类"。她只有一个信念："他到哪儿，我到哪儿！"工资被剧院扣了，只发给他们40元生活费；两个孩子因为是"黑帮崽子"被机关托儿所赶了出来；住房不断缩小，最后他们被勒令搬进一间没有阳光的小屋；徐静媛在宿舍大院打扫清洁，儿子跟着妈妈拾垃圾……一个温柔的女人面对迫害，泰然处之。

欧阳山尊属虎，在剧院的外号是"老虎"。老演员黄宗洛回忆：名如其人，确有虎性，他大刀阔斧、胆大妄为、锐气不泯。老虎脾气了得！

这对老夫少妻有时也会闹得要离婚——在去办事处的路上，两人走着走着，由快到慢，站住了。"算了，回家吧。"暴风骤雨一闪即逝，又是阳光普照。徐静媛是贤妻良母，把丈夫照顾得无微不至；她又是丈夫工作上的助手，骑辆自行车烈日下风雨中"跑腿"，里里外外、公事家事忙个不停。欧阳山尊也自有对妻子爱护的方式——劳累的妻子总会睡得晚一些，他起床早，把大门打开，搬个小板凳坐在门边，等清洁工来，为的是对清洁工说：你轻一点，别把媛媛吵醒。

三八妇女节，欧阳山尊请妻子吃西餐。过马路时，身后驶来的面包车的反光镜把他们刮倒了。欧阳山尊住进了医院。徐静媛不顾自己脑震荡、浑身疼痛，奔波在医院和家之间，煎药送饭，趁丈夫午睡时抽空打个盹，好长时间，她满脸病容。我曾问她："您对他怎么这样好？"她说："他为我受了太多的委屈。"

庆祝欧阳山尊 90 岁生日时，人们由衷地赞美、祝贺徐静媛。老演员胡宗温买了一条丝巾，上面是彩色圆圈图案："圆圆，媛媛，因为有你，才有山尊的今天！"

欧阳山尊又准备登台了，参加"话剧精彩片断朗诵会"。他成天捧着《过客》剧本背台词。那是 1925 年鲁迅写下的唯一的剧本，描写一个受伤的赶路人，在艰难的人生路上坚韧不屈地行进。巧的是，这正是欧阳山尊一生的写照。

2007 年 10 月

素描吴祖光

　　凄婉、缠绵的话剧《风雪夜归人》观后，令人不禁对作者的形象产生想象。少年时，认定吴祖光先生是一位文弱、多情、清秀、身材修长的书生；戏结尾处舞台上的老宅、风雪和归人所传递出的命运的信息，又为想象中的吴祖光先生蒙上悲剧和宿命的色彩。这般由想象描绘的吴祖光印象一直保持了二十多年。

　　1981 年成为《文汇报》驻北京记者后，在一次戏剧评论座谈会上听到有人呼唤"吴祖光"的名字，我顿时惊立，目光随声寻去——呀！这就是吴祖光？！一瞬间，那个遥远的印象消失在现实之中。原来，吴祖光先生五短身材，快人快语，态度明朗。可能在座的只有我是生人，散会后，他主动问我："你是哪个单位的？"我告诉了他。他说："一起走吧，我家就在前面，不远。"行走间，他听我述说少年时对他的想象，开怀大笑。到了东大桥十字路口，他指着放了一匹唐三彩陶塑马的窗户说："那就是我的家，欢迎有空来坐坐，凤霞好客。"

　　凤霞就是大名鼎鼎的评剧表演艺术家新凤霞，吴祖光的夫人。吴祖光不经意间有句常用语：中国就一个新凤霞。

　　我没敢去，初当记者，见名人紧张。

入冬时，一位同行来电话说："明晚 6 点，吴祖光先生请吃饭。"我如约到达吴祖光家附近的利康烤鸭店。宴会前，他说明："这个饭店的牌匾是我写的，可我吃饭照付钱。"那天，是他们一家人和几位记者聚餐。在美国留学的女儿正好回来探亲，他把三个儿女介绍给大家。从此，我和吴钢、吴欢、吴霜成了朋友。新凤霞自幼生活艰难，节俭成性，菜肴一一上桌时，她不由得指着说：这个菜可以打包，这个菜也可以打包……吴祖光急了："你还让人吃不！今天，菜剩下也不准打包！来，大家请！"那时，新凤霞已经半身不遂，左半边手足行动不便。席间，吴祖光不断给她夹菜："这个好吃，这个有营养，这个是专给你点的。"新凤霞把刚才受的抢白全忘了，笑着说："我哪吃得了这么多！"眉眼间闪动的神采，使人联想到她的代表作——评剧《刘巧儿》中有情人终成眷属的画面。晚宴上气氛轻松愉快，谈话无拘无束，这是个挺民主的家庭。看得出来，吴祖光面对与家人的团聚，打心眼里感到满足。我日后在读了他的《枕下诗》后，更有了真切的了解。

1957 年，吴祖光被错划为右派发配北大荒三年；1966 年始，又被"隔离审查"五年。那时，大儿子吴钢落户河北农村，小儿子吴欢远走北大荒，新凤霞则在地底下挖防空洞。那些年月里，他们一家被剥夺了见面的权利，只能相互思念。吴祖光回忆："对家庭、亲人的怀念是我的永恒主题，在那可怕又可憎的环境里，这是一种最温柔敦厚的题材了。身体没有了自由，作为几十年以写作为职业的人，心有所思定要形诸笔墨，有如骨鲠在喉，不吐不快。因此，在那些年月里，我学作旧体诗。它短小精练，易于抒发一时一地的感情。虽然它又要讲究格律，有点束手束脚，但在这种束缚之中写出诗来，却是一种愉快，而且在必要时也尽可突破，不必管它。旧体诗使我找到一种消磨时间、消除烦恼的乐趣。"1968 年 10 月 17 日，他在被隔离的中国戏曲研究院三楼斗室中写道：

斗室人独自，

北望无生趣，

红楼过去和平里，

亲情无消息。

朝朝念儿女，

夜夜想婆媳，

"五一"过了又"十一"，

何日是归期？

（注："和平里"那时是他家居住地，"婆媳"指母与妻。）

写诗的小本子是藏在枕头下的，诗集命名"枕下诗"，收入200 首，积聚了吴祖光在囚禁中的情思、坚毅、委屈和愤懑。

听吴祖光谈话，他说得最多的是新凤霞。他们相识之初，新凤霞是看小人书 (连环画) 认的字，而吴祖光因为 20 岁写下《凤凰城》《风雪夜归人》等被誉为文坛神童。他恰恰选择了她。在《新凤霞与新评剧》一文中，我为当时人们对这门婚事的不解找到了答案。吴祖光写道："新凤霞的表演是有深度的，外形和内心有着一致的和谐。从妙龄少女到中年妇人到老妇人，从温柔的到活泼的到凶悍的到压抑的，都能恰如其分地表现出来。新凤霞的歌唱是多变化的，她为观众创造了'新腔'（新凤霞演唱特征的唱腔），把京剧和秦腔音乐融入评剧，使评剧的唱法丰富起来。她对字句和音调掌握得非常准确，使歌声悦耳而又明白如话。她在台上的时刻始终给观众一种亲切而又新鲜的感觉，使剧中人的感情左右着观众的感情。"她演戏令他骄傲；她后来成为作家，他更骄傲。

新凤霞上不了舞台了，吴祖光劝她："你写文章吧，像你当年学文化交作业那样，想到什么写什么，想到哪儿就写到哪儿吧。"他欣慰："凤霞听我的话，提笔就写，写得那么多、那么快，她的思路就像一股从山顶倒泻下来的湍急的清泉，不停地流啊流……最多时一天写一万字！"

新凤霞学习写作之初吴祖光流露的喜悦，与他为新凤霞受摧残无法上台的悲恸，同样无法用文字形容。他把妻子的手稿拿给我看：她不会写"杜"字，竟在稿纸上画了个"肚皮"，真有她的！新凤霞的第一本书出版以后，有人说这是吴祖光代笔的。"哪有的事儿，全是她自己一字一字写的！"他们二位有各自的书房，上午伏案工作，近午时分，新凤霞把完成的"作业"稿纸插在不能动的左手拇指食指之间，走到丈夫身边。吴祖光抽出来还没展开，便说："写得好！"是新凤霞的文章，使这对三十年夫妻更增进了相互间的默契。"她使我认识了过去从未接触过的新天地，常常使我感动落泪。"就这样，日复一日，年复一年，新凤霞写出29部作品逾百万字之巨！她创造了人生的奇迹，因为跟她在一起的是吴祖光。

　　1988 年，我们在上海人民公园以舞台美术形式布置游园会，其中有一个竹牌坊的画廊。我写信征求他们的书画作品，很快便收到吴祖光题字的新凤霞画作。没想到，悬挂后一瞬间便不翼而飞，不知被哪位眼疾手快的鉴赏者"收藏"了。我至今忘不了这幅字画，这是这对患难伴侣的琴瑟和鸣的记录，在他们双双仙逝之后尤显珍贵。

　　1994 年，我参加中国戏剧家代表团去台湾访问。主席曹禺因病未能成行，副主席几乎都是代表团成员，吴祖光也在其中。因为是两岸戏剧界第一次交流，规格很高，主管部门十分重视。行前，文化部有位负责人悄悄问我："吴祖光会不回来吗？"我不假思索地说："不会。"心想：吴祖光怎么可能不回来呢？新凤霞在北京！他又问："他会瞎说话吗？"我迟疑后回答："不会吧。"瞎说，当然不会，但是，他会直言什么，谁也没把握，因为，"说实话"是吴祖光为人的标记。吴祖光生前时常有作品集问世，他的文字中贯穿"率真"的秉性，笔下的剧本、剧评、散文，都说明他是"率真"的歌者和斗士。1957 年之前，他的文章令人感受到世界在他眼里是阳光普照，他是那么快活、敏锐、勤奋。难得的是，经过三年北大荒劳改和五年"文革"隔离审查，他依然满腔热情地创作剧本、写剧评，参加社会活动，更加敏锐和勤奋。人们钦佩他是经得起磨难、肩负责任的汉子。

　　飞机抵达台北，代表团一行刚步出桃园机场，吴祖光便被台湾的新闻记者围住了，众口问一个问题：您今天终于能够来台湾，有什么感想？吴祖光听出其中的误会，立即回答："我首先要说清楚，我之所以迟迟于今天才来，不是我们那边不让我来，而是你们这边不批准我来，一再拖延行期，北京已为我举行过两次饯行宴会。不过，今天终于来了，我很高兴。世界上我走过不少地方，但是，我最想到的地方，是台湾。"他的语气平和、友善，特别实事求是。

后来，在一个正式报告会上，吴祖光回答与会者关于他被错划右派到北大荒劳动改造的问题时，避开政治和个人不幸，饶有智慧地说："当我清晨在广袤的大地上大便时，我感到无比的自由，弧形的地平线向天际延伸，仿佛整个地球就在我眼前，太阳跳出来了，我是那样地喜悦！"当问到对台湾的观感时，他回答："台湾很繁荣，这是我们很愿意看到的，这是台湾同胞以辛勤的劳动创造的。"他在台湾的言行真的非常棒！

我们去台湾的任务是参观文化设施、戏剧院校，进行友好交流，但有一条纪律：凡是有"青天白日满地红"旗帜的地方不可进入。到中正纪念堂广场，大家都以两侧的戏剧院和音乐厅为背景拍照，避开旗杆上飘扬的旗帜，唯独吴祖光站到旗杆下，叫住我："给我来一张，有旗，这才说明到过台湾。"

每天回到住地，吴祖光的房间里总有友人赠送的鲜花和点心糖果。他招呼大家分享，他的慷慨是出了名的。

十多天后，代表团降落北京机场，吴祖光是最着急回家的。改革开放初期，吴祖光第一次去香港，第一次得到稿酬，他为妻子买了一条金项链，因为"文革"中新凤霞的首饰都被抄走了。他将项链为爱妻佩戴上，新凤霞一直戴到去世。吴祖光在台湾也不断为妻子选购礼物，在台北"故宫博物院"，他买丝巾、藏画集、风光画册，到了日月潭，他买琉璃镇纸，还有种种小玩意儿。

感觉得到，吴祖光出门是携妻子在身边，要让病残的她也看看世界。后来，他真的将新凤霞和轮椅一起带着上飞机、乘火车。我曾跟他们一起去大连参加服装节，凡是遇到上下台阶，吴祖光都亲自参加抬轮椅，指挥大家抬平稳，累得满头大汗。新凤霞为已经不年轻的丈夫擦汗，拿着小花手绢的手，依旧是好看的兰花指。

在与吴祖光交往的日子里，他不止一次地讲："凤霞的出身带给她一些缺点，她如果有怠慢人的地方，跟我说，我来补偿。毕竟中国只有一个新凤霞！"有次新凤霞招待她的责任编辑，从柜子里只拿出一块糖；转身，吴祖光便宴请一番。

吴祖光对妻子的呵护到了无以复加的地步。新凤霞病后，他们家的钱一向是随便放的，也没个数。有次，出版社刚送来的四万稿酬被放在书桌小柜子里，吴祖光记得清清楚楚，可一转眼没了。家里就三个人，吴祖光、新凤霞和小保姆。那小保姆是新凤霞很喜欢的。吴祖光经过反复思考，决定与小保姆谈话。他关上书房门，压低声音对她说："擅自拿钱视为偷，偷钱的人可是要吃官司的。你如果拿了钱，现在自己交出来，我不再追究；如果没拿或不承认，我去报案，请公安局的人来查。"小保姆哭着把钱交了出来。吴祖光编了个理由让小保姆离开了，并提出一个要求：不让她把真相告诉新凤霞，怕凤霞为信任者的背叛而伤心。

他们相知、相爱一辈子，他们是感情上最富有的夫妻。

1998 年和 2003 年，他们相隔五年先后逝世，到天国继续做神仙眷侣。

2004 年清明

写意黄佐临

凡戏剧青年，没有不知道大师黄佐临的，我也是。

1959年秋，我初入中央戏剧学院表演系，便对这位上海话剧的标志性人物景仰不已。那时没有机会见到，心中的高山很遥远。1963年夏季，我毕业前夕在天津实习演出，剧目是俄罗斯名剧《大雷雨》，同时，排演现代戏新剧目《霓虹灯下的哨兵》，学院领导竟然为我们请来了大师黄佐临担任导演教师！全班同学的目光，把老师从走廊深处一直迎到教室里的导演席上。笔记本早已翻开，钢笔套也已旋下，我们正准备洗耳恭听老师洋洋洒洒的导演阐述……这时，戏剧性的场面出现了：就全剧的主题和贯穿动作，佐临师只说了一句话："冲锋压倒香风。"（戏剧故事取材于上海南京路上好八连的事迹。）四十余年过去了，那"惜墨如金"的阐述，和在同学中间引起的惊异，至今记忆犹新，泛黄的笔记本上还恭敬地留着这一行字。全剧排演就在这一句话的统帅下进行和展开。渐渐地，剧本上的文字立体为一幕幕生动的戏剧，激烈的"冲锋"和"香风"的较量在剧情中节节显现，命运的交响曲响起来了！经过排演场一个多月的磨砺，"一句话"的导演阐述，转化成别具一格的导演个性化的创作，具有浓厚的写意色彩，进剧场面对观众，鲜明的舞台效果受到天津人的赞赏。

每次下课，佐临师缓缓走出教室，后面跟着他的大女儿黄蜀芹。她那时在北京电影学院导演系学习，正值暑假，来看望父亲、听课。他们个子都高，都不爱说话，一老一少，一前一后，默默地消失在走廊尽头。

1964 年，又见佐临师，是在北京中国青年艺术剧院剧场（现已拆除），上海人民艺术剧院进京演出大型话剧《激流勇进》。那是壮阔的史诗般的戏剧，台上台下激情澎湃。演出结束时，掌声雷动，经久不息，观众高呼导演的名字——只见佐临师与夫人丹尼站在台下左侧的安全门边，紫红色的丝绒门帘衬着他的白发，眼睛在镜片后面闪亮，他微笑着向观众致谢。我真想向师长道一声问候，却又不敢上前，远远地仰慕他们。那个夜晚快乐得如同过节一般。

真正走近佐临师，解除与他交往的忐忑和拘谨，是在我成为《文汇报》驻北京记者以后。1985 年，上海的冬天特别冷，他病倒了，动了大手术。他在上海人民艺术剧院的学生们暗暗担忧：老师的身影该不会就此从排演场消失吧？第二年春寒料峭的时候，老人能坐起来了，我跟着他们去探望。那时，老师家的房子还未归还（其时，"文革"结束已近十年），他们仍住在很小的房子里，窗户也特别小，进不来阳光，时值黄昏，室内昏暗。佐临师坐在一张藤椅上，裹着厚厚的大衣。他招呼大家坐下。只有床上可以坐，褥子边儿露着棉花，再有的家具就是一张书桌了。近看老师，他明显地虚弱，依旧不苟言笑，但是，让人感到平和、亲切。他的注视，仿佛暖流淌入心中。人们给佐临师送来一个新剧本，是描写左翼作家、青年诗人殷夫的。那个晚上，他房间的灯彻夜不熄。佐临师反复研究剧本，书写修改意见，考虑舞台呈现。第二天清晨，他给剧院办公室打电话，说，《生命·爱情·自由》可以建组、准备排练了。他挺直身躯，拄着拐杖，打开房门，慢慢迈出门去，走向剧院。

佐临师一生的主要时间是献给剧院排演场的，那是他的岗位，是他追寻梦境的地方。我爱看他排戏，享受那永远如课堂般的充实与美好。当戏开排时，佐临师说："我们共同来创造，同心合力寻找准确的演出样式，史诗剧我也是第一次排，我试着来开个头。"他确定了第一场中四个人物之间的关系，以此，奠定了全剧环境和气氛的基础——既是历史，又有诗的意境。待全剧排演完成以后，剧组进入瑞金剧场（现已拆除）合成彩排。因为是第一次在那里演戏，佐临师从楼下走到楼上，从左侧走到右侧，从一个角落走到另一个角落。人们开始不明白他在做什么，后来才知道，他是在试听观众席每一个部位的音响效果。那年，他78岁。又一年，也是在排演场，天依旧那么冷，偌大的场地只点着一个小火炉，佐临师脚下踩着一块不足一平米的旧地毯，不住地搌鼻涕。排演的戏是即将到日本演出的曹禺名剧《家》。这个戏几乎演遍大江南北，巧的是，佐临师一次都没赶上观摩。剧组建立之后，大家去看电影《家》作为参考，他是故意不去的，他要保留头脑中的那张白纸，用自己的方式作出对《家》的理解和诠释。终于，他找到了体现"人的价值"的角度，作为导演构思的出发点。佐临师去掉了原剧本的第一幕第一场，而在第一幕前加了一个序幕——舞台上是雪海和梅林，梅表姐在倾听觉新的箫声，那是一段两个人天真、活泼的身段戏，相恋的年轻人身上焕发着活力……但是，一曲未终，观众席后面响起迎亲的吹打声，梅表姐含怨消失在梅林深处。觉新望着她的去处，感叹："你要的是你得不到的，你得到的是你不要的！"从这个视角出发，导演对全剧进行了一系列的调整和处理。这是烙着"黄佐临"印记的《家》的演出。

今天，走进上海话剧艺术中心的大厦、剧场和院子，虽然旧貌换新颜，我仍会追忆佐临师，眼前浮现旧时他留在这里的音容和踪迹，甚至在"文革"中他挺直脊梁，推着小土车，默默劳动的身影……人们说，他是永远的绅士（他早年两次留学英国）；我想，英国绅士风度怎能概括一个中国知识分子、中国艺术家胸中为人为艺术的尊严，和对光明不懈的追求！就是在这里，他穷一生坚持"写意戏剧观"学说的实践和研究，为在中国话剧舞台上寻找"融合梅兰芳、斯坦尼斯拉夫斯基、布莱希特三种演剧学派"的可能性，开拓中国话剧新的演剧天地。

佐临师少言寡语，却能"点石成金"，他握着帮助演员开窍的钥匙。一位女演员刚刚卸去英国莎士比亚笔下"朱丽叶"的装束，便被安排扮演中国老妇。如何缩短这两个形象之间的距离？全体饶有兴趣于导演的招数。只听见佐临师对演员说："你把声音放低，再压低。"——演员就以这样的方式，反复体会，准确地找到了老妇的感觉。佐临师侧过脸轻声对我说："她会成为好演员。"说的正是奚美娟。一位没有受过专业训练的女演员，把握人物内心线索时断时续，佐临师让她把台词和内心独白一起说出来——哦，原来演员内心的"链条"是这样一环扣一环的！方法看似简单，问题迎刃而解。

　　为了了解佐临师与表演艺术家合作的状况，我专程访问了中国青年艺术剧院的杜澎。这是位极富创造性的大演员，一般合作者都对他"怵"三分。1984 年，佐临师应邀北上担任话剧《伽利略传》的艺术顾问。那是德国布莱希特的重要剧作，当时选择排演这个戏是需要胆量的，它具有冲破多重桎梏的现实意义。杜澎便扮演主人公伽利略，所有正面力量和反面势力的压力和较量集于一身，表演难度很大。16 世纪的欧洲笼罩在教廷反科学的高压统治之中，伽利略支持哥白尼的"日心说"，挑战教廷宣扬的"太阳围着地球转"的荒诞理论。为此，哥白尼被教廷烧死，伽利略被教廷囚禁。舞台上，伽利略老了，白发苍苍，被迫屈服，发表声明否定了自己的学说。他陷入极度的绝望，放声恸哭——当他听说自己的学生要出国时，眼睛一亮："我的真理可以传出去了？！"从天而降的狂喜，令他情不自禁地由恸哭转为狂笑。开始，杜澎的表演在极端的悲喜之间瞬息跳跃，出现如黑白般分明的生硬界线。"转换得要'润'，在恸哭和狂喜之间，应该有个'庆幸'在过渡。"佐临师给他以启发。但是，佐临师不让杜澎当即表演，说："中午再想一想。"杜澎将这一段戏的内心过程详细地写了出来，午后，在排演厅表演了一次。"好多了，就是这样的过渡，层次分明，又不要有分界线，要带着观众的思路走。"杜澎想再试验一次。"不，这样的戏不能反复演，我相信你已经捕捉到了。"在以后的排练中，戏每每进行到这里，就"跳过去"。佐临师极力保护演员激情的饱满和表演的新鲜感，启发演员也透露"写意"的意味，只有大师能做到：四两拨千斤！

　　1988 年岁末，是我见到佐临师次数最多的时期，因为北京人民艺术剧院到上海演出《茶馆》、《狗儿爷涅槃》、《推销员之死》、《哗变》、《天下第一楼》五台大戏，主办单位《文汇报》社邀请他担任艺术顾问，由我执行递交聘书的任务。那时，他们家已经搬回自己的老洋房，隆冬时节，小小的院子里却绿草茵茵，一派春的气息。我第一次看到佐临师这么高兴："我如同回到儿时，恨不得把时钟拨快，让天快点黑下来，能够出去放烟花喽！我盼他们盼了 27 年！（北京人民艺术剧院曾在 27 年前到上海演出。）"他当即挥毫：北京人艺为振兴话剧奠定了牢固的基础，是我们学习的榜样。紧接着，他从口袋里拿出准备好的 50 元钱，请我替他买两套票："带着孙子们看戏。"他深知组织这次大规模演出的艰难，率先买票给予支持。事前，我曾提出建议，希望市长能够买第一张票，以此带动全市人民买票看戏。挺好的设想，却被严厉地阻止了。看着佐临师递过来装着钱的信封，我一时语噎，眼睛蒙上泪光。以后的二十天可把老人累着了，看戏、会议、应酬，他每请必到，始终处在兴奋之中。他发言充分肯定：北京人艺打破了上海话剧舞台的沉闷局面，征服了观众和领导，话剧雄风席卷全上海，掀起万人争看好戏的热潮。

　　1988 年 12 月 10 日，《人民日报》发表了黄佐临给中国戏剧家协会的信，标题为"振兴话剧断想"。他在信中将关于戏剧队伍全面建设、戏剧工作者全面修养、培养接班人的系统想法，概括成 14 点建议，至今仍有指导意义。他对编辑做的标题不满意："我连续想了二十多年，怎么是'断想'呢？"

　　中国话剧研究会授予他"荣誉导演奖"，这是这位中国话剧

事业的扛鼎导演第一次获得奖赏。当天，他留我共进午餐。他的
女儿悄悄地对我说："你不要拒绝，他难得留客人吃饭。"佐临师
与我相对而坐，午餐是各人一碗面条，面上盖着午餐肉，我碗里
放满了肉，他的碗里只有两片，那时不兴节食，是他到厨房特意
关照款待我的。

　　他最后的作品是《中国梦》。那是他带病与晚辈合作的作品，
一生研究的"写意戏剧观"在这个戏中较充分地体现了，他的创
作也在这里画上句号。这次，他依旧没有上台谢幕。

　　1994 年，老人仙逝。我在北京，向着黄浦江燃起一炷
心香……

2006 年 6 月

为英若诚喝彩

英若诚的舞台落幕了。2003 年 12 月 28 日凌晨，他 74 年的人生戏剧永远终结。他塑造了表演艺术家、导演、翻译家、文化使者、文化部长等诸多形象，经历了充满戏剧性的大起大落，他活得堪称精彩！在戏剧舞台和银幕上，他塑造的诸多艺术形象熠熠生辉，从北京走向世界，赢得外国人为中国艺术家喝彩！他为人、为友，令人铭记。

英若诚是北京人民艺术剧院的演员，在剧院黄金时代的艺术家行列中，他渊博的学识使他在同行中独具个性。20 世纪 60 年代初期，我刚走出校门，在剧院演戏，小字辈演"小字辈"，对这些演员老师们，都是仰视的。第一次见到英若诚是个背影，他虎背熊腰，骑着辆半旧的轻便自行车，深蓝的，和他穿的上衣一个颜色。他双手捏闸，停在路边上，右脚踩着马路沿子，跟人聊天，聊个没完。"这是英若诚，大伙管他叫'英大学问'。你瞧，话匣子又打开了吧。"演员金雅琴如此向我介绍。

英若诚是名门之后，祖父英敛之是《大公报》创始人，父亲英千里是大学问家，他自幼却淘气得邪乎。父亲把他送到天津一所教会学校读小学，回北京时一口流利的英语，用英语骂人比外国孩子还"溜"。英若诚的父辈见他这副模样，用今天的词儿形容，真是跌掉了眼镜。后来，他顺理成章地进了清华大学英国文学系。即将毕业时，英若诚携未婚妻吴世良辍学，投奔了北京人民艺术剧院，立志当演员。初入剧院，他演戏怎么也开不了窍，无奈，院领导把他安排到图书馆做个管理员。至今，剧院图书馆的书籍管理系统，仍沿袭英若诚当年的规划。他努力学习，蓄力待发，终于，机会来了——剧院请一位苏联导演来排高尔基名剧《布加乔夫和他周围的人们》，英若诚争取到一个小角色。排演从做小品开始。剧情规定是个严寒的夜晚，英若诚上场后直奔柴火熊熊的壁炉，令人想不到的是，他不烤手脚，而是转过身来烤屁股。外请导演喜不自禁地高呼："好，能干！"就这样，英若诚从图书馆走到了舞台中央，扮演话剧《龙须沟》的茶馆掌柜，《骆驼祥子》的刘四爷，《茶馆》的老刘麻子、小刘麻子，《雷雨》的鲁贵，《智者千虑必有一失》的法官，电影《白求恩大夫》的童翻译……

　　"文化大革命"爆发，一夜之间，舞台上的名演员成了阶下囚。英若诚为什么被关押三年多，至今也没人来说清楚。事后，我问他："当时紧张吗？"英若诚讲话中气很足，语速缓慢："人到了那个时候，相信自己。第一天夜里，我把鞋卷在脱下来的长裤里当枕头，沉沉地睡了一大觉。"他的夫人吴世良比他关押的时间还要长，缘由又是说不清楚。

　　英若诚回到被砸烂的家里，首先找到一张幸免于难的唱片，摆弄好唱机，铿锵的乐声响了起来。听着音乐，他自己动手，重整家园。一排排书架是用竹竿做的，因为当年木头很金贵。1981

年，我成为《文汇报》驻京记者。走进前厂胡同 10 号"英家门楼"时，看到的是一个整齐的小院落、温馨的家，受到好客的女主人棒渣粥、大白馒头夹酱肉的款待。这一家人几乎都是劫后逢生，但是，看不到灾难留下的阴影。小外孙子睡醒了，扯着嗓子喊："英若诚！英若诚！"那时英若诚的母亲健在，轻声呵斥着："没大没小，叫外公。"小孩仍旧呼叫着："英若诚！"他是要外公趴到床上给他当马骑。两个孙子（儿子英达的孩子）也都是在他身边长大的，他注视他们的目光，那叫舐犊情深！

改革开放，英若诚被推上国际舞台。

最早派出的文化代表团访问英国，曹禺是团长，英若诚随行。在莎士比亚故乡与剧团成员见面时，英国同行说："中国人也知道莎士比亚？！"语气里有蔑视，也有隔阂。曹禺用目光向英若诚示意。只见英若诚慢慢站起身来，用英语娓娓背诵一首莎士比亚十四行抒情诗。英国人惊愕不已，这一瞬间，中国的形象在他们心目中改变了。

意大利人制作的大影片《马可·波罗》在中国拍摄，要选一位能说英语的中国演员扮演忽必烈。那时，英若诚正在北京电影制片厂《知音》剧组演袁世凯。厂长介绍意大利制片人与他见面，交谈三言两语，制片人当场拍板："忽必烈就是您！"当他从衣袋里拿出朋友推荐的字条，上面写的也是：英若诚。英若诚拍摄的第一场戏是"马可·波罗晋见忽必烈"，这场长镜头戏等于是对他的考试，全剧组围观，包括几位世界著名的大明星。英若诚的皇家气度、充分的准备、漂亮的语言，使整场戏一气呵成，博得全场热烈掌声。同名电视剧一起诞生。由此，中国人第一次在意大利荣获影视表演最高奖"银猫奖"。英若诚和妻子应邀坐上古典马车，在观众欢呼声中巡游罗马。

之后，英若诚又在影片《末代皇帝》中扮演重要角色。我去拍摄现场采访，看到现场有三辆豪华的房车，导演和主演尊龙各一辆，再就是英若诚专用的。我为中国人赢得尊敬而高兴。

英若诚出访过很多国家，是出色的文化使者。他促成北京人民艺术剧院和英国人合作，排演莎士比亚的《请君入瓮》。在美国，他以访问学者的身份讲课、排戏，为美国人导演曹禺的《家》，并与黄宗江用英语合演《十五贯》片段。因为英若诚的魅力和能力，才有日后北京人民艺术剧院与美国阿瑟·米勒合作排演的《推销员之死》，与赫顿合作排演的《哗变》，这些都是很重要的中国对外文化交流盛事。英若诚担任剧本翻译和联合导演，他用艺术实践阐述剧本翻译的个人宗旨："中国人演外国戏，一定要说活生生的中国人的话。"有趣的是，一句中文不懂的阿瑟·米勒看过英氏译本，觉得自己会中文了，因为，看似很中国化的翻译，却是极其严格的中英文对照。观察英若诚在排练场与外国人一起工作，从容，机智，谈笑风生，游刃有余，同样精彩。

忽然传来消息：英若诚被任命为文化部副部长了。我赶到他家探听虚实——是真的。英若诚担忧离开戏剧第一线会被架空起来，两眼一抹黑。"这好办，我告诉您消息，您接受我采访。"在他家门口，他伸出右手跟我"三击掌"，一言为定。不几天，他首先履行诺言。1986年，文化部奉命主办中国艺术节，这是文化界的大事，英若诚第一时间接受《文汇报》驻京记者独家采访。他衣冠楚楚，身后跟着一位提公事皮包的秘书，我跟在秘书身后，三人一队齐步走——我忍不住偷偷地笑。坐定后，英副部长正襟危坐，严肃地发表讲话："感谢《文汇报》刊登的一篇'言论'，给我们重要的提醒。舆论推动了国家文化部主办中国艺术节的决定，那是综合性的全民的艺术节日。"中国艺术节的活动持续至今。

有人说英若诚做部长没什么发挥，我倒认为他还是有建树的。他上任不久便公开提出"小政府，大社会"的观点，意思是要调动社会力量办文化。这在20年前是很有新意、很超前的观点，公开提倡是要有胆量的。1988年，我参加上海戏剧界几员大将打破院团界线、自由组合的剧组，排演美国奥尼尔名剧《悲悼》。这是全国第一个社会化剧组，观念上、体制上、做法上都有所改变，颇有"小政府，大社会"的意思。当然，强大的因循守旧的社会观念，难免使剧组的工作内外交困。我是"统筹"，得想解决的办法。正好文化部王蒙部长在上海，我想请他到排练场鼓励大家。我只知道他住在锦江饭店，便打电话问市文化局办公室王蒙部长的房间号。对方回答："为了首长安全，不能告诉你，你既然认识部长，那就回北京再联系。"我回北京去文化部，将上海的遭遇学给英部长听，他说："你立马再去上海，我有个外事活动也会去。"第二天我在报社理发室，有电话找我，是文化局办公室打来的。对方说："英部长到上海了，他让我们通知你，明天上午他到文化局听工作汇报，然后，所有在上海的日程由你安排。"听声音，就是上次拒绝我的那一位。我组织了一个关于社会力量支持文化的座谈会，将《悲悼》剧组成员、记者同行以及赞助单位负责人邀请到场，讨论英部长提出的三个问题：

你们为什么会乐意支持剧组？实践证明值得支持吗？以后再有这样的需要你们还会支持吗？交谈很是活跃。就在会后的餐叙时，英若诚对我说："于是之从没有在上海的舞台上站过，他想来演戏，你帮他一把，我看你行。"剧院会相信我吗？他回到北京立即对剧院领导说："相信唐斯复，她能把事情办好。"于是才有了1988年北京人民艺术剧院时隔27年之后的第二次上海之行（前一次在1961年）。很快，《天下第一楼》、《哗变》、《狗儿爷涅槃》剧组的原班人马都回剧院排练了。唯独调动不了英若诚，他已离开剧院。我被派去做工作。在他的办公室，他双手拍着满桌的文件："我去不了！"可是，演《推销员之死》和《茶馆》没有他怎么行？！我急中生智："文件可以由秘书处理。现任的文化部长给老百姓演戏，过去没有，以后也难有，您失去这个机会，后悔一辈子。"他抬起眼睛盯着我："你这么想？"我说："是。"他深深地吸一口气："好，跟你演戏去！"

部长卸任，他又回到舞台，有的是事情要做。不料，在他导演的萧伯纳剧作《芭芭拉上校》的演出后台，他鼻子突然大量喷血。夜间，又喷一次，被送进协和医院急诊。我闻讯赶去看他。说话间，又喷起血来，似泉涌，极其恐怖。这样，他身体时好时坏过了三年。1994年，虎背熊腰的英若诚彻底病倒了，开始与病床相伴的日日夜夜……就这样，他还翻译了一组剧本，英文译中文的有《推销员之死》、《哗变》、《请君入瓮》、《芭芭拉上校》，中文译英文的有《茶馆》、《家》、《狗儿爷涅槃》。

最后一次去看他，据说是他最后清醒的时刻。他双目盯着天花板。"您想什么呢？"我轻声问。"溥仪是很难受的，他一辈子净做不愿意做的事情。"英若诚是在联想自己不情愿九年被疾病所困？还是想到父亲英千里离乡背井五十年孤寂地在台湾去世？是为生养七个子女的母亲生前都没能到丈夫坟前上炷香而悲哀？是感叹夫人 1987 年英年早逝没赶上过好日子？……他对所有悲哀的表现只是一声叹息，一声重重的叹息。

写到此，眼前忽然出现英若诚在病房中的一次兴高采烈："现在医学发达了，人可以活到 150 岁！"那天我离开的时候，他以绅士的礼节吻了我的手。病入膏肓的英若诚，乐观地渴望生命，依然精彩！

英若诚走了，他跟人聊完了，话匣子关上了，骑上他那辆半旧的深蓝色自行车，依旧虎背熊腰，扬起手告别——定格在银幕上，造型在一束追光中。

2003 年 12 月

心怀大爱厚生师

给刘厚生老师打电话。以往，铃响四次他会接听，后来须响八次——年纪大了，动作势必迟缓。2011年，《长生殿》从德国科隆歌剧院演出归来，11月30日，我往他家打电话，任铃声响个不歇，就是没人接听。我不踏实了，不顾事先预约拜访的习惯，干脆找上门去！敲不开。问同电梯上楼的邻居，他只说了一句"没见着"，就消失在自家的门里面。所有的门紧闭，整个楼道的空气仿佛凝固了。我倒吸一口气，返身下楼，冲进传达室，询问情况。值班人没听到关于刘厚生夫妇的异常情况，可也不知道他们是什么时候出去的。我留下电话号码，以备不时之需（因他家只有老两口），并叮嘱他们转告老人与我联系。

走出院门，我忽然感到失落，想哭。

刘厚生是我的恩师，为排演全本《长生殿》十年护航。2002年夏季，我带着剧本初稿到他家征询意见，他一改往日的平和，流露的惊喜令我惊喜！他拍着我的肩头说："我给你做顾问，义务的。"至今，我的肩头仍留着老人的喜悦。酷暑时节，他阅读剧本，提出修改意见，那是厚厚的、相当五个剧本的篇幅（初稿是五本结构），全部阅读得花多大功夫！他在"顾问感言"中写道："得知上海昆剧团即将演出全本《长生殿》，我这些天像是吃了开心果似的高兴，心中充满期待之情。不过同时，我又感到你们这是像背上一个老天使去参加障碍赛跑。这是一次多么沉重、多么困难，又多么有吸引力、引无数英雄竞折腰的艺术挑战。"那年，厚生老师已八十有余，心中却充满戏剧创作的青春活力，而且付诸行动。

2006 年冬，《长生殿》进行第一、二本试演。他作为第一批观众之一，偕老伴坐进了上海兰心剧场。2007 年春天，他专程到上海观看四本的正式演出，出席研讨会，发表洋洋万言的"上昆四本《长生殿》印象"，对创作进行全面点评，总结出对昆剧创作的真知灼见："我以为，像《牡丹亭》、《长生殿》这样，把一流大作的传奇整理成多本的新连台本戏，肯定是昆剧发展的道路之一，大势所趋，异军突起。"2008 年，《长生殿》在北京保利剧院演出，我问他："您还看吗？""当然看！"他斩钉截铁。于是，又连续四天走进剧场，每看一轮是十个多小时。2009 年，《长生殿》精华版问世，在苏州首演，他依然是第一观众。2010年，中国戏曲学会为《长生殿》颁发"学会奖"，他义不容辞地南下，为剧组颁奖。看戏，是需要气力和心力的。《长生殿》累计演出近百场，我几乎场场观看，实在是好看、爱看、看不够。但是，在台北演出两轮（八场）时，我在连续看完七场后再也坚持不住了。厚生老师是以看戏为职业的戏剧界老领导，守望戏剧的使命感渗透到他的身心之中，练就了他面对舞台时的坚韧和耐心。每当走进剧场，看见刘厚生夫妇提前在中排坐定，总会涌上一番感动。厚生师是上海昆剧团《长生殿》诞生、成长的见证人和灌溉、培土的园丁，是我们的良师益友。

回到 2011 年 11 月 30 日下午，我的手机铃声终于响了，是厚生老师的电话。原来，他们一早就被中国戏剧家协会接到新大楼去了。他说，会议室气派，办公室宽敞，还在那里的餐厅吃了涮羊肉，"老家"整个的"今非昔比，鸟枪换炮"啦。厚生师于1985 年当选中国戏剧家协会副主席，在原址东四八条的小灰楼里主持全面工作，度过的是动荡不安、矛盾错综、艰苦拮据的岁月。他们那一代是协会的奠基石，今日的大厦是在他们脊梁上建造的。

记得 1994 年我跟随中国戏剧家代表团访问台湾，厚生老师是团长，他穿着 60 年代上海时兴的卡其布风衣，领口已经磨破了，露着毛头。途经香港机场免税店，他漫无目的地闲逛。"不给阿姨买点什么吗？"我问。"她在美国女儿家等着我将钱寄去买机票回来呢。"当然，后来生活改善了，也发生了"今非昔比"的大变化。

他是 1938 年入党的中国共产党党员，在中华民族灾难深重的岁月里，他始终站在正义一边。有如此经历的老人，今天已经不多了。近十年来，国家对干部的政策完善了，老干部待遇大为好转。不久前，他和老伴"处理后事"，分送一些礼物给大家，我得到的是一床蚕丝被和一台豆浆研磨器。他的全部藏书捐赠戏剧家协会机关，建立图书馆，并赠 50 万元人民币，购买新书。有人调侃说："那里有人读书吗？"厚生老师相信："从事戏剧的人是必须读书的。"

我在北京生活了 50 年，过去，我的父亲、母亲、舅父健在，北京是我的家；如今，他们相继去世，"没着落"的孤独如影随形，出了机场，拖着箱子，无所谓"投奔"何处。厚生老师和他老伴的亲切接待，给我失落的心境以慰藉。11 月 30 日上午我去他们家扑个空，第二天再去时，进门第一句话就问："您二老有手机吗？"没说出来的话是：若没有，我立马下楼买一个。厚生师忙说："有，有，这就拿出来用。"阿姨总是随声附和，强调老伴言语的真实性。

阿姨大名傅惠珍，曾是上海电影制片厂的演员，声音洪亮，九十六高龄却中气十足。这是她前两天才向我披露的年龄秘密。其实，大家早就知道她比厚生老师长 5 岁，都为她的能干而钦佩。他们是南京国立戏剧专科学校的先后同窗，傅阿姨报考时年龄逾线了，入校心切瞒了 5 岁。她手巧，善编织，配色绚丽，曾送给我围巾、手袋、背包，并有字留念：我把对你的思念编织在针针线线之中。阿姨快人快语，与厚生师的平和少言是鲜明的对照。以前去他们家，总是他们做东在附近餐馆午餐。近来，他们少出门，我时常带午餐去，或是他们叫外卖，在家里吃饭，暖暖和和，无拘无束，谈天说地，夹杂其中的是一阵阵欢笑。一次饭后，阿姨乘兴说："我来跟你说说我们结婚的经过吧：厚生是我们的导演，一天排演结束，人们都走了，我也正准备离开，忽然，他叫住我：'傅老妹儿，我有话跟你说。''说什么？''咱俩结婚吧，都老大不小的了。'我吓一跳，毫无思想准备，忙说：'等我考虑考虑。'过了两个月，他又问我：'考虑得怎么样了？''我得问问我妈去。'妈妈让我把他带到家里，烧了一桌菜，观察观察。结论是：刘厚生老成本分，可以依靠，你们结婚吧。"厚生

师一旁小声加注："一半真实，一半演义。"婚礼很热闹，来宾多
为叱咤风云的影剧界人士，他们纷纷在一块红绸子上签名，孙道
临非要与新娘新郎的名字并排写，说："加我一个。"那块签名
的绸子还在，是珍贵的纪念。"从那天开始，我陪伴刘厚生 72 年。
他很少说话，就是坐在书桌前写，写啊写啊……"

　　刘厚生毕生与戏剧为伴，身处中国戏剧家协会的领导地位。
他 1921 年出生，自小就是话剧迷。1937 年，入南京国立戏剧专
科学校。毕业后，做过演员、导演、剧务、剧团领导、戏剧刊物
编辑等。他的系列文集包括《话剧情缘》、《戏边散札》、《我的心
啊在戏曲》（上下册），连同十年前出版的《刘厚生戏曲长短文》、
《剧苑情缘》，六本浩瀚的文字，可称为"刘厚生见证 70 年中国
戏剧大事记"。他在编定系列文集的过程中，"明确地得到一个感
觉，我想读者稍加翻阅也会发现：这基本上是一部'向后看'的
书。绝大多数文章都是回忆或者议论过去的戏剧工作、戏剧问题、
戏剧艺术和戏剧人物。这很自然。我是一个早已退伍的戏剧老兵，
只能写我参加过、接触过、关心过的东西。只是我也要说，向后
看不是恋旧，目的还是为了向前走。我们不必严重地说什么'忘
记过去就意味着背叛'，过去有正确的也有错误和不足的，不深
入总结过去的成败得失，今后就有可能重蹈覆辙。人老了，耳目
闭塞，难以再多接触戏剧，然而心还是热的，每当听说又出现了
一部真正的好戏，我还是心向往之，我还是热切企盼中国戏剧的
繁荣发展"。

　　厚生师对《长生殿》十年关注、扶持，是他忠于戏剧的心曲
佐证。那天我刚迈进他家的门，他便急切地问："你们在德国科

隆歌剧院的演出怎么样？”当我叙述当地歌剧观众反响如何热烈，报纸评论“2011 年最重要的戏剧演出来自上海昆剧团”时，他连续地说：真好，真好，真好……厚生老师对昆剧情有独钟，牵挂“昆剧后继无人”的困境。两年前，他应邀到上海戏曲学校观看昆曲第五班学员的学习汇报后，在大教室里，情不自禁地掩面恸哭，泪水顺着指缝流下来——昆剧在 20 年内的生存没有问题了！陪伴他 72 年的老伴第一次见他如此这般，在一旁问：“如果我死了你会哭吗？”恢复常态的厚生老师说：“我不会哭，我会想念你。”

2011 年 12 月

神人，黄宗江

　　越是熟悉的人，越是难书写。"歌功颂德"黄宗江的文章，一直举笔难下，拖了数年，如果此刻再不完成，就来不及收进这本书里了。这篇文章如果不在其中，会令我非常歉疚和不安。

　　从哪里写起呢？只得向他的作品求救。当从书架上把他所赠的"签名书"都抱下来的时候，一个曾经的情景出现了："宗江老师，您出了那么多书，快'著作等身'啦。""别等身了，等脚丫子就知足吧。"在中国戏剧家协会的座谈会上，曾听他评论一出川剧，我恍然大悟："宗江老师，我这才体会到'口若悬河'的定义。"从此，他将我封为"知音"。戏剧类的座谈会，只要看我进门，他便右手一举，向主持人要求："知音来了，我发言。"宗江老师的发言确实精彩，他谈戏有激情，褒或贬观点鲜明，有时候夸奖一出戏一个演员时显得有点夸张，那是他的语言风格，绝无矫情和奉承。一天开会，我将近中午才到。他问我干什么去了，我回答："给您扫墓去了。"他一愣，随即露出笑容："哦，哦，好好！"我家的长辈多安葬在北京万安公墓，他的夫人阮若珊老师去世后也安葬在那里。三个女儿为他们夫妻做的是双穴，墓碑上刻有两个人的名字，"黄宗江"三个字是红色的

（表示此人健在）。每当为前辈扫墓，我都会去给阮若珊老师鞠躬，免不了捎带上宗江老师。宗江老师待人接物十分随性，晚辈面对他"没大没小"，谈话无所顾忌，放松自在。

有人评价黄宗江"一生神奇"，或是"一生传奇"，我却体会，宗江老师一生的经历"离奇"。"我从小被大人领着进戏园子，看过梅兰芳、杨小楼，直至陈德霖、龚云甫、王长林……我自幼就迷戏，想长大了就干戏。最早想当个街头耍头偶的流浪艺人，再就是进京剧科班学艺，因为嗓子属破锣而作罢。"

戏迷

1938年，他从天津到北京，进了燕京大学西语系。"自己在校园的生活可以说是演剧为主，读书为辅。更准确地说，以爱情为主。我17岁了嘛，我是带着爱情来的。"与他一起进大学的是他南开中学的一个女同学。后来，他发现这个女孩心里没有自己，便服药自杀——生活和戏剧不分了。"当然，我没有死。又选择了戏里常见的结局：出走，一走了之。自我反省：面对大时代，纠缠小儿女，我实在感到自卑了。有的同学刺杀汉奸，有的同学到西山打游击……我非走不可了！"当年燕京大学校务长司徒雷登都留不住他。

二年级没有结束，他离开北京去到上海，下海当了职业话剧演员。一定是在天津南开中学时跟着曹禺大师演戏获得点拨，他在上海仅两年便声名鹊起，曾有题为"贵在得人物之神韵——忆当年黄宗江在上海舞台上"的文章见诸报端。当人们开始追捧舞台上的黄宗江时，他却消失了——转身出现在重庆舞台上，与谢添、蓝马、沈扬并称山城剧坛"四大名丑"。1944年秋，湘桂失陷，他愤忧国事，再遭失恋，告别重庆，远走了。这回可走得真远，参加千名老兵组成的"中国赴美参战海军"到美国受训，在迈阿密、关塔那摩学习基本海事，游弋了古巴、墨西哥、巴拿马……1946年返回南京下关。他所著《我的坦白书》透露：在迈阿密与一个纯洁的美国女孩又谈了一次没有结果的恋爱，两人碰杯而饮，握手而别。日后，凡老燕京大学校友聚会，黄宗江都是积极的参与者。他是资深校友，曾在未名湖畔断断续续转悠了九年，但是，没有得到一纸毕业证书。求学期间，南下演戏，太平洋彼岸当海军，决定返校上课又得了肺结核，继续休学养病……终于没有完成学业。20世纪50年代初期，这所美国人办的学校被并入北京大学。

黄宗江是铁杆戏迷。剧场里的戏迷看戏，本身就够得上是一道风景。

美国夏威夷大学戏剧系金发碧眼的魏丽莎教授，带着一帮老外学生到北京演京剧《凤还巢》。这样的场合，黄宗江是决不缺席的。通常北京戏迷对"叫好"是吝啬的，但是，发现演出真的好时，那不惜力的呼叫声能把剧场的屋顶掀起来。黄宗江看时激情难捺，手舞足蹈："太好了！生旦净丑，唱念做打，手眼身法步，一招一式，都合规矩，没半点露怯。真是太逗了，太绝了，太是那么回事啦！"那天夜里，他肯定没睡安稳。

2003年4月9日"非典"袭来，北京街头清冷无人。那晚正是上海京剧《大唐贵妃》演出，坚持看戏的观众都是将生死置之度外的，其中有黄宗江。第二天召开座谈会，与会者被要求戴上口罩。那天同一时刻，正是吴祖光先生的告别升天仪式。黄宗江选择戏剧座谈会。他有个开场白："我心中默念：对不起啦，祖光师哥，我得跟您告假，我得赶场去保利大厦，为活人，为当今的角儿，为梅派的后继有人，去祝贺，去道乏，去说上几句。"他带来一篇文章——《继往开来——大唐贵妃赞》，将京剧新剧目创作的"旧中见新，新而有根"的概念，阐述得热情又准确。

他是北京"高级"戏迷队伍中的一员。

戏子

年轻时，黄宗江的行踪看似没准谱，可又不能否认他是被战争形势推着走的。他与同时代的热血青年一样，寻找有意义的生活。他思维跳跃，不受拘束，国界、省界、学界、娱乐界，在他，似乎没有界线，可以随意跨越。他看似"天马行空"，实际上，被一个"戏"字牢牢牵绊。他10岁时以"春秋童子"为笔名，在《世界日报》上发表独幕剧；以后漫长的岁月，是从未离开舞台的生涯。1946年从迈阿密回到南京下关，他萌生写剧本的欲望，旋即伏案疾书，话剧本《大团圆》诞生，之后，还拍成了电影。悠悠八十年，他笔耕不辍。他的电影剧作有《柳堡的故事》、《海魂》、《农奴》、《秋瑾》、《激战无名川》，多为与战友合写。那时盛行如此创作方式，集结成册时命名"双枪并马集"。他还著有散文集《卖艺人家》、《花神与剧人》、《你，可爱的艺术》、《人生知己》、《小题小作》、《悲欣集》、《戏痴说戏》、《老伴集》、《我的坦白书》，以及仍在襁褓中的舞台剧本若干。20世纪 50 年代抗美援朝，他去了冰天雪地的朝鲜；60 年代抗美援越，他进入越南的热带雨林；写《农奴》，他去世界屋脊西藏；写《海魂》，再惊涛踏浪……祖国的南北东西，无不留下他的足迹。不论电影或戏剧，不论剧种与形式，他所有作品的核心均为"戏"，写的是"戏"，评的是"戏"，颂扬的是银幕内外舞台上下、创作出优秀戏剧作品的"戏"人们。在创作领域，他全方位出击，耍棍弄枪，犹如一个"孙大圣"，但跳不出"戏"的紧箍咒，他悠然自得，乐在其中。

美国剧作家奥尼尔（尤金·奥尼尔被称为"美国现代戏剧之父"，代表作有《天边外》、《榆树下的恋情》、《悲悼》、《长日入夜行》等），每年夏季，奥尼尔戏剧艺术中心主席乔治·怀特会邀请各国同仁聚会。黄宗江四次被邀请。最初，怀特请他的邻居来为黄宗江做翻译。与黄宗江见面之后，那位邻居回话："他的英文比我的还要好！"黄宗江和英若诚用英文朗读昆剧剧本《十五贯》"访鼠测字"一折，黄宗江念着念着突然来了一个"钻毛"动作（从桌子底下钻过身去），在场的人们十分震惊！

黄宗江兄妹受过良好的家庭教育，父母有教养，时时告诫子女"要做好人"。他们做人行事便以此为准则。他们是家喻户晓的"卖艺人家"，老大黄宗江，小妹黄宗英，老末叫个黄宗洛，黄宗汉也是文化界的能人。二弟黄宗淮因"文革"遭遇摧残而早逝。黄宗江是大哥，是领路人，小妹是他带着到上海从艺的；黄宗洛生前是北京人民艺术剧院的演员，个子小，相貌有点异样，在剧院只摊得上演个小角色，大哥不太把他当回事儿。因为小看四弟，黄宗江受到了"报应"。有一回黄宗江坐的出租车违反交通规则被警察截了下来，司机让他出面说说情。"我是黄宗江，急着赶路，您高抬贵手放行吧。""黄宗江？没听说过。""呃？！""知道有个叫黄宗洛的——""我就是黄宗洛的大哥。""您兄弟现在可火，见着了带个好！行，往后开车注意点，走吧。"不久，他们兄妹四人联袂出现在电视剧《大栅栏》剧组，在京城引出一段佳话。其中最兴奋、戏瘾最大的，当数黄家老大。

2010 年 10 月，黄宗江安息了。他所服务的中国人民解放军八一电影制片厂对他的评价是：中国共产党优秀党员，忠诚的共产主义战士，著名的电影艺术家、戏剧家、文学家。他数十次出访，担任国际电影节评委，担任欧美大学的客座戏剧教授，为中国戏剧文化传播作出贡献。

戏痴

风流倜傥、潇洒多情的才子，一时间，变了个人。经历情感坎坎坷坷，黄宗江突然觉悟需要有个家，需要有个安身立命的窝儿，而窝里的那个她是"穿着蓝色棉袄罩衣和棉窝（鞋）、剪短发的女子，是离过婚的两个孩子的母亲"。这描述的正是生活中的阮若珊。她"一二·九"时就参加了"民族解放先锋队"，后赴太行山，又上沂蒙山，是一位老八路。她是山沟里出身的演员，后来，相继担任广州军区话剧团团长，中央戏剧学院党委副书记、副院长、导演、教授。1956 年 6 月 1 日，黄宗江给她写了一封万言求婚书。一个军队剧团创作室的"白丁"（非党员），竟然向剧团领导、老革命求婚。这事只有黄宗江敢想敢为。阮若珊原以为是哪个团员写的思想汇报呢，看着看着，被打动了——"您在我心里不是凭空掉下来的，我也不是先有'主题'再去寻找您的。您与我近年来所憧憬的一种形象暗合，您就是我景慕的人，一种饱受生活教训而仍然热爱生活的人。我亲爱的同年的姊妹，我相信您完全理解我这句没有说清楚的话。"两个 30 多岁的中年人，免去年轻人谈情说爱的过程，在南京玄武湖定情。1957 年新年，他们便结婚了。看似完全没有共同之处的两个人，看似截然不同的两类人，在一起度过生死与共的岁月。黄宗江求婚成家再不是"生活和戏剧不分"，而是生活本身富含着戏剧性。此时，他的经历发生突变，将人生戏剧推向高潮。在他们家，只听见宗江老师一个人滔滔不绝说话的声音，而若珊老师总是眯着眼，笑眯眯地看着他。这封信"文革"时找不到了，不然，将会受到怎样的践踏！它藏身在一堆烂纸当中，让信的主人享受"失而复得"的喜悦。宗江老师交给我。很快，《文汇报》做了整个版面的报道。他连声说："好！好！"若珊老师则说："干吗公之于众？给孩子们看看就行了。"2001 年老伴去世时，黄宗江说："我们一同生活了 45 年，虽未及金婚，也接近了。"

宗江老师善于突发奇想。我父亲是戏迷，是精通京剧、关心京剧的内行捍卫者。1990 年，他病倒了，在病床上念叨着"于魁智"的名字。我设法通知于魁智。他和陈素芳匆匆赶到医院，在枕边为老爷子唱戏，使我父亲精神大振。事后，我将此事告诉黄宗江。他十分感慨，决定写一篇文章，以作纪念。之后，他三天两头给我打电话："我的文章写好了，你爸爸怎么样了？""我想好了，弥留之际我呼唤闵惠芬。你爸那里有什么动静吗？""老爷子还活着吗？"他要在我父亲逝世之际发表文章，弄得我哭笑不得。不久，王佩瑜出现了，在一个座谈会上，黄宗江改口："我弥留之际呼唤王佩瑜！"

渐渐地，宗江老师衰老了，但他听说我与上海昆剧团一起制作全本《长生殿》，欣喜异常，走路颤颤巍巍，到上海看戏，一连四天，兴趣不减，热情称赞。那是 2007 年春夏之交。不能确定这是不是他最后一次看戏。之后，宗江老师来信：最近多在家，因为耳聋眼花，往后"戒戏啦"！他的生活中是不能没有戏的，爱戏之心从未泯灭，"遗愿"迭起："我最后要演一次独角戏《天鹅之歌》，半夜的空舞台，走上一个终生不得志的剧团提词员，终生在侧幕后面，为台上忘记台词的演员提示台词。"他想象，这天晚上，他一个人，终于站在了舞台的中心，朗读莎士比亚，享受一生期待而又没有得到的昔日舞台上的辉煌。他嘱托我组织人员将他写的音乐剧文本《古舟子谣》搬上舞台，将话剧本《南方啊南方》搬上舞台，以解心中未竟的"戏剧情结"。他又想与老朋友卢燕合演《空台赋》。他只写了两个演员，老了，在话剧百年之际，一表"百年一觉空台梦"——

老生：我还有话说，好像有一百年的话要说。

老旦：别说了，留着下辈子吧……

2013 年 6 月

陈颙，在排练场倒下

　　初春，陈颙去太原排戏了。大家等着观看她和山西省话剧团合作的新作《立秋》，结果，等来的却是她永远告别戏剧的噩耗！那发生在 2004 年 4 月 18 日 16 时 45 分的不幸，犹如戏剧演出的进程出现"突变"，这位运筹戏剧的高人将自己生命终结的形式，呈现出令人瞠目结舌、心灵震撼的场面。

　　那天下午，在排演厅举行《立秋》连排后的座谈会。陈颙发言结束，感到难受，用手支着头，就在四面响起的热烈掌声中，突然地倒下。太突然了！今天，对这位非凡的戏剧导演的补充采访，只能在对生者的走访中进行了。

　　陈颙走路风风火火，说话叫叫嚷嚷，几乎每排完一个戏，嗓子都哑得说不出话来。她批评起人来决不留情面，不掩饰对人、对事的好与恶。甚至有传言：陈颙在排练厅冲演员和工作人员挥舞棍子！去到排练场，原来那是一根掉了毛的鸡毛掸子。她用藤条敲击桌面，"叭叭叭"山响，以激励演员将表演节奏推上去。乍一见那阵势，感到挺惊人的。不少人怕她，也有恨她的，但是——全都佩服她选择剧目的眼光，独特、敏锐，而且特别地勇敢。

　　"文革"后，她和所有的艺术工作者一样，重新获得创作的权利。她为中国青年艺术剧院（后与中央实验话剧院合并成立中国国家话剧院）先后选择德国戏剧家布莱希特的三部戏《伽利略传》、《高加索灰阑记》、《三毛钱歌剧》，完成排演历时十年。

　　《伽利略传》是剧院当时推出的"文革"后的第一部外国戏，引起国内外的关注和兴趣。香港报纸公开提问："你们不仅仅是着眼于一个戏剧流派的演出实验吧？"（布莱希特学派被视作有明显的政治倾向。）在特定的社会时期，有时，一个戏会起到政治风向标的作用。陈颙旗帜鲜明："对！主要在于它有深刻的思想意义。布莱希特戏剧的主要核心是鲜明的阶级倾向和深刻的辩证思想。伽利略就是一个充满矛盾、错综复杂而栩栩如生的艺术形象。他面向人民，却又背叛人民；鼓舞人心，有时又挫伤士气；追求光明，又曾违心地背叛真理；动摇了神学统治，却又不得不维护教廷的权威；推动科学进步，又一度阻碍社会发展……布莱希特赋予这一形象深刻的哲学内涵。"陈颙推崇《伽利略传》是一幅不加粉饰的生活图画，描述了新时代的破晓和伴随而来的斗争。她认为，这对于处在打倒"四人帮"之后境遇中的中国人，有太大的启示和教育意义。1979年，她从上海请来黄佐临大师，作为自己排演的指导。黄佐临曾在上海导演过布莱希特的《大胆妈妈和她的孩子们》，而且是我国史诗剧的倡导者和热心实践者。他们根据布莱希特的原则"自然和世俗是史诗戏剧的主要特点"，将努力突出剧作中的通俗性和人民性作为导演构思的出发点。在舞台上，真正的英雄不是伽利略，而是人民的斗争气概和顽强精神，这与布莱希特的思想基本吻合。在演出形式上，他们采取了类似中国戏曲的非幻觉主义和突出演员表演的方式，加强全剧的叙事性和间离化效果。与此相应的是，舞台美术设计借鉴类似京剧的写意手法，诸如"出将"、"入相"、"守旧"等都经过变形而出现，既有装饰功能，又创造出特定的环境气氛和演员表演的自由空间。《伽利略传》一时好评如潮，连演了八十多场，演出的成功是可以载入中国话剧史册的。

那时，陈颙每天去排练都要拎上一个大袋子，装着几十片抹了黄油果酱的面包。年轻人睡懒觉来不及吃早点，而排演歌舞剧般的话剧《三毛钱歌剧》需很大的运动量，她心疼他们的身体。陈颙对年轻人最大的爱护是让他们挑重担，戏份繁重的主角，她安排三组男演员，每一组都有排练和演出的机会，因此，导演的工作量大幅度增加——她愿意。排练中，若有演员达不到要求，她用藤条敲击桌面，和着她嗓音沙哑的吼叫："你干什么哪！下去，下去！准备好了再上！"当他们出现创作火花时，陈颙有句口头禅："能干！"笑得大眼睛眯成一条缝，恨不得以拥抱亲吻作奖励。排练和演出，年轻人都不敢懈怠，演技在兢兢业业中成长。他们给她起了个外号"老花猫"。他们这么称呼她时，又带着一点战战兢兢。看他们察言观色的眼神，别有一番情趣。几十年来，陈颙每导演一部戏，都会提携年轻人；今天，在舞台、影视方面观众熟悉的许多演员，都从她身上获得过艺术的滋养。

2004年4月18日，陈颙以身殉职，家属要求遗体就地火化。连夜，北京的朋友长途跋涉，奔赴太原。她的年轻的合作者林丽芳、张秋歌、陈希光、伍宇娟及编剧卫中等一排人在遗体边长跪不起。她的学生查明哲替老师完成《立秋》的最后合成。首演谢幕时，大家举着导演的遗像，向起立鼓掌的观众行礼。演员孙红雷悲伤地回忆："三月的一天，我回北京给她打电话。电话中，她说要去山西排戏，相约回来再见。她习惯地还叫我'臭小子'。我特别庆幸走出校门就遇见了她。她让我演主角，说曾看过我的表演，对我有信心。这对一个年轻演员增强自信有很大的帮助。她是那么淳朴、智慧，那么有气魄，我总觉得她像'双枪老太婆'。她是真正做到了鞠躬尽瘁、死而后已，我们要记住这位故去的戏剧老前辈。我真想像以前那样再拥抱这位胖老太太，再叫她一声'老花猫'。"

陈颙1954年被派往苏联留学，进入莫斯科国立卢那察尔斯基戏剧学院学习导演。她当年的同学张奇虹回忆："她如饥似渴地学习，考试期间温习功课经常到深夜一二点，第二天六点半就要往学校赶，途中要走一个半小时。一次，陈颙的脸被开水烫伤了，伤势严重。一位苏联同学教我们用生土豆泥糊在伤处，说是白俄罗斯人的偏方，可以使脸上不落黑疤。治疗需要她平躺在床上四五天。她忍住剧痛，不哼一声。我每次为她更换土豆泥时，她说'请把眼镜留给我，我要看书'。"陈颙的毕业实习剧目是为北京人民艺术剧院排演巴西话剧《伊索》，优异的演出成果，使北京人知道了一个新导演的名字——陈颙。从此，她这个部队文工团的歌剧演员转变为中国话剧事业的重要导演。她犹如指挥战役的将领，以绝对的自信和"一言堂"指挥排演了约五十部戏剧。1984年7月，在美国奥尼尔中心，陈颙为英若诚和黄宗江排演昆剧《十五贯》片段。那两位是能编剧、能翻译、想法特别多的大演员，排演时硬是让这位比他们年轻的女士给制住了："你们别说了！我是导演，听我的！"

从 50 年代到 90 年代，这位女导演经历了中国剧坛的风风雨雨。80 年代中期，作家王蒙担任文化部部长，他以中国青年艺术剧院为试点进行表演艺术团体的体制改革，任命陈颙为剧院的艺术总监，主管全面工作。从被任命的那一刻起，她便置身于全剧院矛盾的中心。实事求是地说，这个任命对陈颙是不合适的，她的性格和作风不适合做剧院主要领导，那需要特别的能力、耐心和周旋的功夫。王蒙哀悼陈颙的去世，说："我和她一起在改革的思维和实践中，经受了一段不曾有过的被人误解。"当年陈颙被任命为剧院的"一把手"后，主要演员杜澎等提前递交"离休申请书"，表示坚决不合作。同去参加一个剧院外的活动，有人拒绝与她同车。直至今日，有些人对于逝者仍旧微词不止。她没有能力满足人们对职称、房子、级别、角色、工资等的要求，于是，得罪了一些人。有一年春节，她家的窗玻璃被连续砸碎六次。今天，人去屋空，那二楼外墙上还留着本不需安装的护窗铁栅栏，像监狱。90 年代，陈颙大病一场，"面瘫"造成"嘴眼歪斜"，又严重发胖。她照样排戏、出访、讲课。香港话剧团的演员们至今记得：她为每一个角色做示范，不只是走走位置、比画比画，还会从椅子上到桌子上跳来跳去，动作非常好看，看她示范排戏是一种享受。大家劝她别如此劳累，她满不在乎地一挥手："不工作，憋死我；干工作，到头来也不过就是个死！"北京人讲话：陈颙为了戏剧，玩儿命！

陈颙扛着非难投入工作。我国国歌《义勇军进行曲》的词作者田汉在"文革"中被残害致死，他的骨灰盒里没有骨灰，只放着一个他写的剧本《关汉卿》。这般凄凉在陈颙心中激化为要让国人记住这位戏剧先驱的动力。"我要排《关汉卿》！"这是陈颙面对逝者的誓言。在建组会上，她阐述导演意图：我无限崇敬、深深怀念当代中国戏剧界的先驱田汉同志，我们大家吸着他的乳汁成长，谁也不能把他遗忘。

陈颙的身体状况明显地走下坡路。那时，老伴周星华也住进了医院。他们有约在先：年轻时，年长的照顾年少的，慢性子的让着急性子的；到了老年，陈颙就要照顾周星华了。一天，陈颙穿着棉大衣，戴着口罩，病病歪歪地提着食物罐，说是往医院给老周送吃的。当时，家里的书桌上还放着山西省话剧团的剧本《立秋》，陈颙说什么都不想再排戏了——让年轻人上吧。这是一个写晋商历史和生活的剧本，山西的朋友三次送来剧本，她三次婉言拒绝，直至剧本修改到第四稿，有个模样了，陈颙又动心了。她以超凡的状态投入工作。她的创作从采风做起：山西大院的建筑结构使她看到了晋商的气派和辉煌；在当年的票号子里，她寻访人物活动的特征；她查找、阅读的相关资料，在书桌上堆有一尺高。剧中结尾处有一个情节：新婚之夜被丈夫遗弃的女子，老年时，丈夫回家了，她应该怎样面对归来的男人？有人说她在楼上一生等待、一生遗憾。陈颙说："不对！她应该是几十年读书进修，放了大脚，是一个迈步下楼成功的女子。"这里寄托着陈颙对于女子应有阳刚之气的理想，也是她的自我写照。

陈颙去世之后，我特地登门拜访曾拒绝与她合作的杜澎先生。他是《伽利略传》中伽利略的扮演者，是中国青年艺术剧院非常有实力的表演艺术家。他开门见山，追忆陈颙："她生来性子急，脾气太暴躁，霸道！"这是杜澎的开场白。他接着说："她像一团火，烧自己，也烧别人。在排练场，我和同剧组成员互相提醒：别惹她生气，大家别找不痛快。今天，平心而论，她才75岁，太可惜啦！她为剧院做了许多工作，做了许多好事。"

写到此，陈颙的艺术脉络清晰了：她的艺术生涯起源于民族歌剧表演，并对中国戏曲艺术有所认识，后来系统地学习斯坦尼斯拉夫斯基体系，又转而向布莱希特学说的核心挺进，她是一位心无旁骛、眼界开阔、博采众长的艺术家。但是，有一个问题我至今得不到解答：她为什么脾气这样暴躁？可惜，没机会提问和回答了。也许，只有这样，才是陈颙。

陈颙的遗像前放着一瓶香水，她是个喜爱香水和注重穿着的女人。

2004 年 5 月

阿瑟·米勒在中国

　　阿瑟·米勒是被称为"美国戏剧的良心"的剧作家，他最重要的作品《推销员之死》和《萨勒姆的女巫》，曾先后被搬上中国舞台。每当演出之际，剧场里的观众便受到振聋发聩的冲击，难以平静。

　　当中国人欢度春节的时候，远在大洋彼岸的美国友人、剧作家阿瑟·米勒因心力衰竭在家中悄然去世，享年 89 岁。噩耗传来，欢庆佳节的乐声仿佛出现停顿，渐入话剧《推销员之死》结尾处《安魂曲》的旋律……

　　《推销员之死》是阿瑟·米勒的立身之作，完成于 1949 年 2月。这部描写美国小人物命运的悲剧，问世后 40 年间在美国陆续演出 743 场。中国观众也有幸看到了这部戏——1983 年 3 月21 日清晨，阿瑟·米勒跨入北京人民艺术剧院排演厅，投入这部戏的排练。

　　行前，美中艺术交流中心负责人周文中先生对他说："请你物色一位导演去北京。"

　　"你看我行不行？我可以去排戏。"这位几乎没有在导演席上落座过的剧作家毛遂自荐。他坚决的口吻，令周先生不能拒绝。

　　"那么，带一班人马吧！"

　　"不！"

　　"舞台设计师总是要的吧？"

　　"我一个人去，和中国人合作。我去进行一次冒险，我是愉快的。"阿瑟·米勒由他的妻子莫拉什陪同，飞往北京。这是他们继 1978 年后的第二次中国之行。那年他们的访问成果是合著《中国的邂逅》一书。

　　合作出现良好开端：他进排练厅后的第一项工作是与舞台美术设计师见面，他审视舞台设计模型时习惯性地右手托着下巴，没提原则性的修改意见，便"OK"，直面演员的排练顺利开始。

　　阿瑟·米勒与北京人民艺术剧院合作排演《推销员之死》，是 1982 年在美国的一家四川饭店里与北京人民艺术剧院演员英若诚拍板确定的。当时他说："我只认识你，请你扮演威利·洛曼（剧中主人公），其他演员我不了解，人选由剧院决定。"到北京后，他惊喜地发现北京人艺竟选择了如此适合剧中人的一台演员！再一个惊喜是，英若诚翻译的中文剧本他能听得懂！那译文的语言结构、节奏几乎与原文保持一致，演员们读的词，他在英文剧本上一指便是。第三天，演员可以离开剧本走地位了。"感谢上帝，北京人艺有成效的准备给了我深刻的印象。一般情况下，要几个星期才能达到这个阶段。反复对台词是很烦人的事。"当时，我在现场采访。阿瑟·米勒轻松地说："我自告奋勇地来当导演，这在我是第一次，而且是与语言不通的中国人合作，确实很冒险，来北京前心情是紧张的。现在，我发现我的担心是多余的了。"他的愉快，带给排练厅轻松的气氛。一天，阿瑟·米勒感冒了，时不时地擤鼻涕。不知为什么，英若诚也一个劲地打喷嚏。扮演他妻子的老演员朱琳在一旁抱怨："你打喷嚏离我远点儿！"阿瑟·米勒不动声色地说："原谅他，他在为我的感冒做翻译。"全场人员大笑不止。

戏，演起来了。"啊！感谢上帝，原来你们不是面对着观众演戏呀！"他看过中国的相声、京剧，演员都面对着观众表演，他以为中国话剧演员也是面对观众演戏的；而且，演美国人一定是化装成蓝眼睛、黄头发、高鼻子，拿腔作势。他认为："那样，只能妨碍演员入戏，将一派虚假。"北京人艺演员注重传达剧中人的精神、观念和生活状态，令他如孩子般地高兴。在排演中，他关注演员是否掌握了人物的内心真实、节奏、思想实质、对待世界和人生的态度……他对英若诚说："威利·洛曼也可能是中国人。"他尊重英若诚结合自己的经历和感受所找寻到的剧中人物的核心：犹如水里按不下去的瓢，对自己的梦想至死不悔，是一个乐观的自杀者，他走向死神的时刻，使全剧的精神境界升华了。阿瑟·米勒保护演员创作的火花，引导演员更深入地认识剧中人，创作向人物的复杂化、多面化开掘，体会和体现剧中美国人的生活方式和价值观念。中国演员和美国导演的默契配合，使全剧的演出在剧本规定的现实、梦想、幻觉三个境界之间，准确而快速地变化、腾越，演员体会了每一个瞬间的真实，带给观众这真实的感染。

春意盎然的 5 月 7 日，北京首都剧场的大幕徐徐开启——舞台上是纽约高楼大厦黑黝黝阴影笼罩下的一座两层楼房屋。推销员威利·洛曼一家人生活在这里，频频破灭的梦想使他们深陷无奈；也是在这里，威利·洛曼怀着梦想冲到街上的车轮底下，为他的家人付出最后的关爱。在墓地，《安魂曲》响起来了，妻子、儿子、朋友站在他的墓前。天渐渐暗下来，威利夫人悲叹着："亲爱的，我不明白，你为什么要这样？我总觉得你又去跑码头了，在等你回来。威利，我今天付清了房子的最后一笔贷款，可是家里没有人了。都付清了，咱们自由了……"大幕徐徐合拢，观众席陷入沉寂，少顷，爆发出雷鸣般的掌声。聚光灯投向观众席中的阿瑟·米勒，他被拥上舞台，站在中国演员和鲜花中间，在演出成功的凯旋曲中，笑了。

与北京人艺开演的同时——德国的五个剧院以及巴黎、伦敦都在上演《推销员之死》。庆祝酒会上，阿瑟·米勒紧握双拳，用新学的中文向合作者们大声说："我干得对！""发财啦！"第二天清晨，他与夫人匆匆登机离去。大家事后才得知，就在首演的时候，他接到美国紧急长途电话：家里的书房着火了！候机时，从他凝重的神情中，能读到他内心的焦虑。

阿瑟·米勒的作品还有中短篇小说，针砭时弊，入木三分。20世纪50年代，美国的极右翼麦卡锡主义势力很猖獗，时有以莫须有的罪名迫害进步人士的惨剧发生。剧作家对此深恶痛绝，于1953年完成借古喻今的剧作《炼狱》，我们翻译为《萨勒姆的女巫》。剧情是：1692年，在美国马萨诸塞州萨勒姆镇有几个女孩夜晚在树林里跳舞，这个生活琐事经过演绎使数以百计的人被指控为女巫，镇上出现疯狂的、大规模的揭发和诬陷行为，最后，十几个人因拒绝认罪而被处以绞刑。阿瑟·米勒坦言："《萨勒姆的女巫》如实地再现了人类历史上最离奇也最可怕的篇章的本质。"这部话剧问世，引起右翼势力麦卡锡主义对剧作家的威胁和迫害。1956 年，阿瑟·米勒被判处藐视国会罪，一时间，亲朋好友对他敬而远之。阿瑟·米勒向北京人民艺术剧院推荐排演《萨勒姆的女巫》时说："你们最好演这个戏，它对你们太合适了，剧中人干的事与'四人帮'一个样！"终于，2002—2003 年，中国国家话剧院将这部戏搬上了舞台。《萨勒姆的女巫》在北京首演时，我邀请《文汇报》北京办事处的同事一同前往观看。这是一部邪恶得逼的令人窒息的戏剧，观众与剧中人共同经历"当绞索高高地悬吊在你的头顶，要你在诚实和撒谎之间做生死攸关的选择，你将会如何"的拷问。闭幕后，剧场里一片沉寂，舞台上令人发指的景象令观众情绪难以舒缓。之后，才爆发出经久不息、雷鸣般的掌声。我们被舞台上的气势冲击得贴在椅子背上，慢慢才站得起身来。夜空下，我和同事们不想乘车，一路上滔滔不绝，这是观剧后的兴奋和延续的激动。美国的《萨勒姆的女巫》在中国人心中激起巨大反响——是阿瑟·米勒，使我们认识了一位作者以良心写作的意义。

　　作家去世了，他作品的精神，永在。

2005 年 3 月

又见雪桦

胡雪桦，导演，上海戏剧学院授予"东方学者"称号的教授。他的艺术创作跨界驰骋，近年来，拍摄电影《喜玛拉雅王子》、电视连续剧《战北平》，编导芭蕾舞剧《莎士比亚和他的女人们》、话剧《肮脏的手》、情景歌舞音画《青海秘境》。2010世博会上海馆电影《上海故事》的编导，也是他！

我和胡雪桦是忘年之交。1986年春节与他第一次见面时，他还是北京解放军艺术学院戏剧系学生，穿着学校发的运动服，墨绿色的，带着校园的气息。毕业以后，他进入空军政治部文工团话剧团，身份是现役军人。正值"文革"后20世纪80年代文艺创作极其活跃的时期，空政话剧团陆续上演具有新意的好戏，这在当时诸多军队话剧团中独一无二，胡雪桦身在其中如鱼得水。后来，他经历了退伍、留学、丧父、回国、婚变、教学、当导演，但他总不忘记我欠他一篇文章，见一次提一次："我爸（胡伟民）、我弟（胡雪杨）你都写过报道，就是不给我写！你叫我做的事，再忙我也做，对我不公平！"确实，昆曲全本《长生殿》2007年演出时，我请他把《喜玛拉雅王子》剧组的西藏演员带到兰心剧场，做一次两个剧组演员见面的新闻报道，他做到了；2010

年上海琉璃艺术博物馆开幕，我邀请他来参加剪彩，他又按时赴约。可是，我仍没允诺他写文章。一天，我发现雪桦为"卖艺老人"黄宗江记录了最后的表演，而这恰恰也是老人曾寄给我的文本，要求我满足他"遗愿"的最后作品。此时，不安、歉疚涌上心来，我如同遭一重击，立即抓起电话："雪桦，有时间吗？咱们谈谈吧。"我抑制不住冲动。

我约他在琉璃艺术博物馆见面，坐在大玻璃窗前等他，望着他将到来的方向——准时，雪桦出现了，大步流星地走来，长长的卷发与黑皮夹克正相宜。"唐阿姨，你怎么想起来要和我谈话啦？"我没有回答。于我，也是要找到一个答案：一位处于创作旺盛期又十分繁忙的导演，在如今快节奏、浮躁的功利社会环境中，竟带着摄制组北上，为一位垂垂老矣的前辈记录心中最后的倾诉。为什么呢？

午后的阳光令人淡定、从容，谈话由他的创作进入——

这些年我体会：艺术家不能只做"应时"、"应景"、"应急"的作品，创作要有深层的思考，要有所准备。20 世纪 90 年代，我编导电影《兰陵王》，将东方的题材赋予西方的内核；21 世纪，我拍摄《喜玛拉雅王子》，将西方的题材赋予东方的内核。我很幸运能站在历史文化巨人的肩上，借力在银幕上挥毫泼墨，述说心中难以抑制的思索和豪情。今天是东西方文化融合的时代，我们需要准确地把握自己、规划创作。上海，是我的故乡，我是从这里走出去的，记住自己永远是中国人。学成回来，再来看上海，看中国，感受今天无所不在的开拓精神。

胡雪桦找到了坐标。获得这准确定位的代价，是一次次生活坎坷的历练。

路，再泥泞，也得趟过去。当年空政话剧团由王贵导演的《我们WM》一经上演便享誉京城，参加演出的演员有濮存昕、肖雄、李雪健、刘佩琦、胡雪桦等。这是一帮年轻的踌躇满志的话剧团在编的基本演员。《我们WM》正在热演之时，瞬息间风云突变，被部队领导斥为"坏戏"。申辩无效，勒令停演，剧组被一棍子打散，人员七零八落。胡雪桦脱下军装，黯然离开部队，带着《我们WM》南下，进了上海人民艺术剧院，在舞台上再现《我们WM》。他在上海人民艺术剧院逗留时间不长，却显露出做导演的才能，为剧院留下了优秀剧目《中国梦》，然后远涉重洋，赴美国留学。全家人为他凑了一张机票和240美元。他背负全家人的希望，上路。父亲胡伟民生前是中国很有建树的戏剧导演，他观看儿子导演的《中国梦》时流泪了，对儿子说："我感到自己的生命在延续，手臂在延伸，思维的世界变宽阔了。"临别时，他给儿子一封信，写道："从现在开始，只有护照能说明你是谁，任何时候带在身边；从今后，你真正能依靠的是你自己，自己不倒，任何人不可能把你打倒……"不幸的是，1989年，父亲突然辞世。对于胡伟民的英年早逝，戏剧界为之恸哭。妹妹在电话中对雪桦喊道："你千万别回来，回来就出不去了，我们家的希望在你身上！""突然，支撑我的天堂没有了，以后所有的事情得自己拿主意。应验了父亲的嘱咐，靠自己，不能倒。"之后的几周，胡雪桦熬着不是人过的日子，仿佛经历了几辈子，仿佛一下子成长为双肩能扛沉重、独立思索的男子汉。

胡雪桦生活低调，没有绯闻。他说："我的原则是不与剧组的女演员、学生、朋友妻谈恋爱。""你是属于艺术的，千万别卷入任何派别中，目标是创作出留得住、传得下去的作品。"又是父亲的提醒。

胡雪桦从一个戏剧系的青年，成长为优秀的全方位导演，他心中铭记一长串恩人的名字，是他们在关键时刻助了他一臂之力。说起他们，雪桦如数家珍。其中就有"卖艺老人"黄宗江！

1987年，胡雪桦在美国每天打工20小时求生存的时候，遇见在美国讲学的黄宗江。他对年轻的胡雪桦说："你，十年将成材！"这是多大的激励啊。1989年，黄宗江带他参加美国现代戏剧之父奥尼尔中心的年会，胡雪桦不仅结识了与会的异国戏剧家们，也结识了来自中国的戏剧家。他们在年轻人眼里多为须仰视的师长。黄宗江在观看电影《喜玛拉雅王子》后赞扬："如果莎士比亚活着，会肯定这部影片深得他剧本的内涵。"胡雪桦十年成材，黄宗江言中了。

2010年，我收到宗江师自编的两个写意式剧本《独白》和《空台赋》，他希望它们能够在舞台上立起来，成为向舞台告别的最后表演。说实话，我担心老人的体力心力承受不了排戏演戏的劳顿，我没有胆量和能力背着老天使跳舞，也没料到老人会如此快地仙逝。在我，此事留下难以平复的遗憾。意想不到的是，七月间，胡雪桦竟然带领摄制人员北上，在老人家里记录了他最后的风采。可以想见宗江师那一通京剧、昆剧、越剧交替"炫技"、老翁聊发少年狂的情景！胡雪桦说，剧本的封面上这样写：编剧黄宗江，导演胡雪桦。如果他不做这件事，将一辈子不得安宁。

这是临终的关怀，多么有戏剧性，多么奇特，又多么美丽。

2011 年 5 月

1. 古稀之年与黄宗江
2. 与吴祖光先生在台北
3. 与郭汉城夫妇在一起
4. 与刘厚生夫妇在一起

他们，她们

如果没有这些人，时代的
舞台该是多么寂寞呀！

杨惠姗和埃米尔·加莱

　　法国玻璃巨匠埃米尔·加莱非常幸运，他的祖国以他为骄傲，令他在国际艺术界享有独一无二的殊荣。世界博览会在法国巴黎举办了三届（1878、1889、1900），他的作品被一而再地向全世界展示。在世博会上，玻璃频频"发言"，这位被誉为"世界玻璃之父"的艺术家代表法国说话。

　　2010年上海世界博览会，上海琉璃艺术博物馆隆重开幕，享有"中国现代琉璃艺术奠基人和开拓者"之称的杨惠姗代表中国琉璃说话。

　　杨惠姗和埃米尔·加莱，在时间的长河中相距130年，在地域上相隔亚欧大陆，但是，两位艺术家遥相呼应，以各自的语言，发出共同的声音。

艺术作品的生命为"动人"

　　1878年巴黎世博会上，加莱向世人展示玻璃器皿新作。他强调回归手工的质感，倾情歌颂大自然，那优雅流畅的作品风格大获赞赏。在加莱的设计中，大自然是永远的主题，他笃信：
"我们的根深植于森林间的土地上，存在于水塘边的沼泽中。"他
的艺术创作灵感全部来源于大自然，他力图将每件作品呈现为大
自然的一个缩影。飞翔的蝴蝶翅膀，漂荡在水面上的芦苇，幽深
静谧的丛林，风中摇曳的花朵……栩栩如生地出现在他的作品
中。他专情玻璃，埋头实验，奋力创作，对睡眠、饮食却十分忽
视，追逐心中的目标而不顾健康，一心为了自己的作品能够"感
动人"。

　　"真是动人！"杨惠姗第一次面对加莱的作品发出惊叹，是
在美国纽约的一个展览馆里，早在她当电影明星的时候。她主演
电影《我的爱》时，导演张毅在拍摄场地的室内环境中摆设了
一些水晶艺术品，都是借的，其中也有加莱的作品。是否这就
是缘分？是暗示？是启迪？加莱成为杨惠姗心中的偶像。但是，
杨惠姗他们立即发现：诸多摆设中，就是没有中国艺术家的作
品。1987 年，杨惠姗步下影坛，成立"琉璃工房"工作室。琉
璃，是中国历史上对玻璃的称谓，述说着中国文化的特征、中国
的技法、中国的感情。20 世纪的两岸中国，消失了的恰恰是中
国琉璃的制作方法——脱蜡铸造技法。正是杨惠姗，将复兴中国
琉璃当作己任，在对琉璃几乎一无所知的情况下，投身琉璃艺术
品的研发和制作。使命驱使，千难万难，倾家荡产不回头。信念
的力量是强大的，这信念来自自身，也来自对客观的认识和感受。
杨惠姗相信，一定能够做出无愧于祖先、无愧于生命、具有典藏
价值的、划时代的中国琉璃作品。26 年苦练，她不计寒暑、不
分昼夜，与泥土、石蜡、石膏、熔浆琉璃、高温窑炉为伴。一度，

医生说她身体已经十分虚弱："引导你往前走的只有你的意志。"
进入 90 年代，海内外便知晓了这位中国女子艺术家，对她的精
神和作品，赞赏有加。

艺术家的构思与技法紧密相连

加莱在玻璃工艺上做了许多实验，他发明了令人目不暇接的
新技术：玻璃镶嵌、贴花、雕刻玻璃，以及染色、绘彩、敷珐琅
彩、酸蚀、玻璃与金属的衔接……尤其是"玻璃套色"，于 1898
年取得技术专利权，使加莱获得屹立于"玻璃艺术大师"行列的
资格。

玻璃套色的专业术语为"玻璃镶嵌工艺"，是将半流质的各
种颜色的玻璃覆盖在半熔状态的玻璃胎上，然后用酸腐蚀或磨削
的方法雕刻图案，形成层次分明、富有立体感的浮雕式的花纹，
视觉效果非常美妙、奇特。

杨惠姗倾其心力挖掘和恢复的是中国西周年间出现的"脱蜡
铸造法"，程序繁杂。她研究所需原材料的特殊成分、操作方式、
与温度的关系，实验上千次。"脱蜡铸造法"的研究成功，使她
的创作进入随心所欲的境界，作品千姿百态，意蕴深邃，尽显琉
璃的华美。复苏"脱蜡铸造法"，带动起从台湾到大陆的新兴琉
璃产业。她承袭祖先的智慧，是真正意义上的中国非物质文化遗
产传承人。她的作品千姿百态，她开发的"定点着色技法"使
"一朵中国琉璃花"系列绚烂绽放，她体会了在琉璃上泼彩绘画

的潇洒；"脱蜡和浇铸双重技法"令她的"无相无无相"系列充满神秘感，意蕴深厚……杨惠姗的作品被中国及世界20家重要的博物馆收藏，杨惠姗也被公认为"中国琉璃第一人"。

蓦然回首，她意外地发现自己站在心目中的偶像——埃米尔·加莱的行列中。

会说话的琉璃

1889年的巴黎世博会上，加莱的水晶玻璃套色车刻作品"俄耳普斯杯"荣获头等奖，代表了他创作的最高成就。作品主题来自希腊神话故事，风格细腻柔美，作品上标注拉丁文铭刻，人物旁边则有法文铭刻。有时，加莱将喜爱的诗句刻在作品上，甚至，将有文字面貌特征的作品直接称为"语意玻璃"。当人们回味艺术家作品的唯美风格时——1900年巴黎世博会上，加莱的作品发生了令人瞠目的变化：奇异的造型以及诡异的色彩消失了，艺术家彻底改变历来坚持的唯美风格，刻意破坏完美的设计，仿佛在述说艺术家面临自我突破时的苦闷和焦虑。人们隐隐听到：琉璃在说话。

杨惠姗作品的语境是与生俱来的优势。2010年上海世博会期间，上海琉璃艺术博物馆展出她的70件大型作品，讲述中国琉璃复苏的故事。制作难度最大的"千手千眼千悲智"被上海世博会典藏，将永远陈列于中华艺术宫。可是，杨惠姗劳累过度，突然左耳失聪，噪声如影随形地笼罩着她，犹如喋喋不休的

黑色幽灵。她一周没有说话，低着头自我封闭……不久新作面世，
"更见菩提"系列将黑色铁丝网烧进琉璃的心里，艺术家传达了
对病痛的体会，观众也感受到了她心脏的搏动。"治疗期间最好
不要坐飞机。"医嘱如是。但她，又从台湾飞来上海，出现在上
海琉璃艺术博物馆装修动工的祈福仪式上。她为的是将加莱的作
品展示在上海观众面前，表示对前辈的致敬。开幕的时刻，杨惠
姗仿佛搀扶着心中的偶像，一起出席上海世界博览会，一起与世
界观众见面。

来自埃米尔·加莱乡亲的赞许

2013 年北京春花盛开的季节，中国美术馆与上海琉璃艺术
博物馆联合主办"琉璃之人间探索——杨惠姗张毅作品联展"。

请注意，此时张毅出现。

26 年来一直站在杨惠姗身后的张毅，在中国最高美术殿堂，
走到人前，携作品出现，作品名为"焰火禅心"系列和"自在"
系列。张毅的作品更接近加莱作品晚期的风格：彻底改变历来坚
持的唯美造型，刻意破坏完美的设计，直面人生，直白艺术家面
临的自我突破、思考和创作的成熟。中国美术馆典藏了杨惠姗的
作品"一朵中国琉璃花——且舞春风更从容"和张毅的作品"自
在——不可说自在"。

喝彩的人群中有一位远道而来的法国人——埃米尔·加莱的
同胞、法国玻璃世家传人 Antoine Leperlier（安东尼·勒比里耶）：

　　我第一次见到杨惠姗的作品，是在1994年意大利威尼斯的琉璃展上。那时候，所有的人都惊呆了，杨惠姗的作品真的吓倒了一票西方艺术家。大家都知道，法国人是非常自大的，我们惊呆的原因，是觉得这样的琉璃技术只有在法国才会有，怎么会在东方女子的手中出现呢？2013年展览的作品不论从作品表现还是从尺寸上来说，已经完全进入纯艺术的领域。所以我要说的是，杨惠姗和张毅，我们不能说他们是"玻璃工业者"，他们是真正的艺术家，是真正的哲学家，因为他们的哲学理念，选择了琉璃澄净透明的特质，和他们思想的概念方式相近。在展厅里看到的"无相无无相"系列，表现透明的纯净的琉璃的质感，这个不只是技巧上面很困难的呈现，也呈现了我们在宗教层面非常困难的一种哲学性思考，是把内心的想法，去用一个实际眼睛可以看到的材质表现出来。这个非常难，但杨惠姗和张毅做到了。而在大型的花系列的作品中，杨惠姗和张毅的作品呈现了很多我们在梦中看到的景象，他们竟是用琉璃这样的材质做出来的。琉璃，恰好是在人的思考和幻想里面，对于"变化无端"效果的最好的诠释材质。

　　杨惠姗的作品，表现出琉璃透明、清澈、流动的感觉，张毅则表现出琉璃另外一种暗沉的、不透明的感觉。他们两位的作品，面貌恰好相反，但又互补。这恰恰表现了东方哲学里面阴和阳的关系。我们也可以说，他们两个一个是光，一个是影；一个是天，一个是地；呈现了他们不同的个性，但是又互补得完美无瑕。今天，对全世界来说，中国具有非常重要的位置，而杨惠姗、张毅，作为艺术家，在琉璃这个材质的表现上，是一个先锋。现在不仅是西方玻璃的时代，也是中国琉璃的时代。

此刻，做精彩发言的法国艺术家，特别像是大师埃米尔·加莱的代言人。是的，没错！

2010 年 10 月

飞翔的孔雀

孔雀会飞吗？

会的。

西双版纳的莽林傣寨，

不是飞出了美丽的孔雀吗？

一只在舞坛上翱翔的孔雀。

一时间，上海出现了众说舞蹈家杨丽萍的热闹。缘起是她带团到上海演出舞剧《孔雀》，在 2012 年上海国际艺术节上赢得"鹤立鸡群"的口碑。

舞剧中最重要的两个舞段是《雀之灵》和《雀之恋》。独舞《雀之灵》是她的立身之作。1986 年，"孔雀"在台上初展舞姿，从此，杨丽萍和她的"孔雀"蜚声舞坛近三十年！

就在那只灵动的"孔雀"亮相于世的时候，我走进了杨丽萍的家——

杨丽萍原先住的地方在北京中央民族歌舞团的院子里，没有门牌号码，我转来转去，误找到办公室去了。工作人员打电话把张平生找来，我坐他自行车"二等座"（后座）去的他们家。张平生是杨丽萍的前夫，一位音乐工作者，当年到云南插队的北京知识青年，曾与杨丽萍同在西双版纳歌舞团。后来，他们先后调入中央民族歌舞团。在去他们家的路上，张平生说：杨丽萍很少与外界人往来，热闹场合，她独坐一角。家里来了客人，她只偶然在人们的谈话中插上一句半句的，旁若无人。大家叫她"冷美人"，可她最烦称她"美人"了，从不摆弄女孩儿喜欢的这些个那些个装饰品。张平生是在预先提醒我将遇到什么样的采访对象。

他们家空间很大，像是仓库或是练功房，兼具卧室、起居、会客、用餐、厨房等诸多功能。已近黄昏，沙发边的落地灯亮着，洒下一片柔和的光。杨丽萍坐在灯光下，背对着门。张平生说他第一次见到她时也是一个背影。她的背影有震慑人的力量——长发绾在脑后，微仰着头，颈、肩线条很美，坐姿优雅，好似一座雕像。那天，杨丽萍刚从深圳演出归来，有些疲倦。近在咫尺的杨丽萍和舞台上的舞蹈家判若两人。舞台上的她令"六宫粉黛无颜色"，创造惊艳的极限；舞台下的她五官轮廓如刀削一般，不施粉黛，没有饰物，半旧宽大的衣衫，谈吐、动作十分随意。只有她点烟时的双手，令人想起《雀之灵》的手姿，好长好长的指甲，粉红色的，泛着珠光。

我和杨丽萍的谈话就从深圳演出切入："演出情况好吗？"

"我要求将《雀之灵》安排在程琳的歌唱节目后面，检验民族舞蹈能不能被喜爱流行歌曲的青年人接受。"（程琳曾是红极一时的流行音乐歌手。）

"结果呢？"我问。

"观众鼓掌十几次，还要求返场呢！有人说，那个跳孔雀舞的会气功。"说着，她露出笑容。

她不是冷漠的人，很随和，而且十分健谈："我认为时代感是潜意识，它又是不断变化的。我的舞蹈不论怎么新，始终要系住土风的根。过去，民间傣族舞不那么美——"她说着离开沙发开始跳舞，在小得可怜的地面上。"最早是这样的动作，表演者是男性，并不好看吧？是我们的民间艺人矛相将傣族舞的风格和规律，着意地进行了刻画；之后，刀美兰又把傣族舞搬上舞台（刀美兰是 20 世纪 50 年代出现的傣族舞演员之翘楚）。他们是赋予傣族舞时代感的有功之臣，没有他们就没有我们的今天。但是，傣族舞又不能在我们这里止步不前，我们要超越。以后，新人再来超越我们。"说时，她连续表演了几个不同阶段的傣族舞动作，最后是崭新的情绪高涨的造型。——戛然而止，她跌回沙发，喘息着。

那年，杨丽萍 28 岁，幸运地赶上了第二届全国舞蹈大赛。这是决定命运的时刻。在紧锣密鼓的节奏中，她编舞，张平生作曲。编导、排练、配乐、舞台合成、录像……种种纷杂的事务，全凭自己干。"我要拿第一名！""全国高手如林，我行吗？"午夜三点钟，她忽然惊醒，翻身下床，当即起舞。强烈的愿望，激烈的竞争，创作的激情，紧迫的时间，困难中的困难，她苦苦经受煎熬，全身心在燃烧，一时间瘦得惊人。杨丽萍没有辜负命运赋予的机会，冲上去——她成功了！"孔雀"成功了！杨丽萍迈入开创中国傣族舞蹈新纪元功臣的行列。

杨丽萍从民族文化植根的土地上走来。

她又走进了莽林傣寨。

那年，有一家电影公司委托我写一个剧本，我选择了莽林和孔雀舞，到云南采访，住在西双版纳，寻觅孔雀之踪影。结果，除了动物园，在整个傣寨中没有遇到一只孔雀。但是，那里的人们都爱跳孔雀舞，都爱讲孔雀的故事，衣裙上是孔雀羽毛图案，孔雀的影子无处不在。风中摇曳的凤尾竹婀娜多姿，水边漫步的少女多姿婀娜，仿佛孔雀的身影，仿佛孔雀的神韵。我相信了：这里就是孔雀的故乡。于是，我的电影剧本便以孔雀跳舞开篇：月光下的澜沧江，缓缓流动的江水泛着点点银光；江两岸的山，无声屹立，没有一丝风；傣寨的竹楼群在沉睡，如洗的月光更增添深夜的静谧。忽然，山坡上奔出两个小孩儿，他们登上江岸的小船，横江而过。他们跳上对岸，在树林中穿行，林中深处有一块小空地。"就是这里。"女孩儿的声音喘吁吁的。"没有错？"男孩儿反问。"不会，老爹就是这么告诉我的。"树丛枝叶间，露珠滴落在两个小孩儿的脸上，他们聚精会神盯着空地——"来了！"先是一只白孔雀，翩翩起舞，发出声声的呼唤；又一只孔雀来了，羽毛五彩斑斓；两只孔雀交颈、互啄、开屏、起舞，羽绒飞扬，弥漫天地。画面上的情景是我想象的，而杨丽萍于前世今生，于梦境梦醒，一定欣赏过孔雀跳舞，甚至与孔雀共舞，深得孔雀舞的精髓。

去探访西双版纳杨丽萍成长的家，见见生她养她的母亲。清瘦的妈妈节俭、勤劳，她靠自己一双手，独自把孩子们养大，而丈夫早已迁往他乡另立门户（杨丽萍理解父亲并会择时前去看望）。妈妈说：大女儿懂事，粮食紧缺的时候，她从来不添饭；还告诉弟妹们刮锅底时不能出声音，别让妈妈难过；歌舞团发冰棒，她举着往家跑，要给妈妈吃，回家时只剩下一根小木棍了。

艰辛、清贫、无助的处境，锤炼出杨丽萍刚强、坚韧、进取的性格。她曾说："就是让我扫大街，我也要扫出个一流水平！"

光阴似水，自从那一次见面，几年过去了。

再遇见杨丽萍，是在一个舞蹈晚会的新闻发布活动上。杨丽萍着花衣花鞋花花的佩饰出现，色彩缤纷，猛一看，变了个人。当她目光直视我，说"好久不见，你好吗"，当她依然用力地和我握手时，我感到，她还是她。如此装束自有她的道理，任怎么都是好看的。那天，她的第二任丈夫托尼刘先生初次与记者见面。听说他协助她舞蹈事业的发展。有说他是香港人，有说他是台湾人，也有说他从海外归来，而他说的是纯正的普通话。这位刘先生与人见面熟："我与她一起生活，仍旧看不透她，平日只穿黑衣服，话很少，一天神神秘秘的，关在屋子里半天不出来，说是在练功，可又没有动静。"我回忆起杨丽萍十年前就不主张压腿下腰的"傻练功"，她认为关键是体会，有时甚至可以坐着"练"。她认为，演员的腿脚在舞台上的功能是移动位置，而舞蹈动作基本来自背部弯曲的力量，以及手臂、手指的语言，舞蹈要表现动作的细腻和情感的凝聚。

我们举办"TMSK 刘天华奖中国民乐室内乐作品比赛"，四处约稿，动员各方高人和青年学生作曲参与。我曾经给张平生打过电话，希望他借鉴少数民族音乐元素作曲参赛。他当即同意，准备写一首独特的新疆乐曲。结果他没写，因为在北京找不到那件独特的乐器。我建议用冬不拉代替。"不行，代替不了。"犹如代替不了的杨丽萍。很长时间，他依然独身。此时，我衷心希望他已找到新的生活伴侣。

　　大幕拉开，"孔雀"开屏，舞台上出现的景象，似曾相识，既熟悉又新奇。杨丽萍褪去的是 1986 年初出茅庐时的稚气；今天，舞蹈家舞出了人生的况味。《孔雀》包含春、夏、秋、冬四季，被喻为人生的四个阶段。杨丽萍称："这是我的自传，我的人生已经进入'冬季'。"完成 2012 年的国内外巡回演出，舞蹈家淡出舞台，将最美好的舞姿，永远定格在舞台上。这又是杨丽萍的聪明！分明是孔雀，但又不全是孔雀；分明是傣族民间舞，但又不全是傣族民间舞；分明是具有鲜明东方色彩的舞蹈，但又不全是东方舞蹈。杨丽萍努力超越所有概念，从纯粹的肢体语言出发，借助孔雀的外形，突破国家、民族、舞种的界线，化具象为抽象，讲述人类共同的情感和愿望。

　　观众关心杨丽萍的接班人在哪里。曾经向她学习过的年轻人都有可能是，但是，表演又是不能复制的。在中国舞坛上，杨丽萍留下"20 世纪中国舞蹈经典"，翱翔过，这就够了。舞台口的左端有一个白衣女孩儿，站在圆形台上的银白色树下，从开幕到落幕，小姑娘始终在旋转，观众为她频频鼓掌。这不是炫技，是杨丽萍在述说岁月的流逝，述说人生进取以及时间短暂的哲理。

　　舞蹈家、中国艺术研究院研究员欧建平评说：杨丽萍的孔雀舞最传神的就是手的造型，像一只孔雀头，有嘴巴有羽毛，而且是以剪影的方式呈现。这是她最重要的突破。她借鉴了同样是傣族舞蹈的长甲舞，把长甲移植到了孔雀舞上，延伸了手的长度，并将整只手的动作分成手腕、手掌、手指和指甲四个环节，使舞蹈更加引人入胜。

　　如果没有杨丽萍，这个时代的舞台该是多么寂寞呀！

2012 年 10 月

难忘李德伦

李德伦是指挥家，是中国交响音乐事业的铺路石。

他1917年6月6日出生于北京，家境殷实，少年时学习钢琴及小提琴。在辅仁大学读书期间，他组成学生管弦乐团；1940年考入国立上海音专，1942年在上海组成中国青年交响乐团；1943年，毕业后到延安中央管弦乐团担任指挥和教师；1949年，在北京担任中央歌剧院指挥；1953年，赴苏联莫斯科音乐学院指挥系学习；1957年秋，回国任中央乐团指挥。他将站在指挥台上视为自己最热爱的营生。他带着庞大的乐团和纤细的指挥棒，几乎走遍中国和世界。

就是这样一位在国际乐坛举足轻重的指挥家，在20世纪中国交响音乐沉寂的"文革"年代，失去了站在指挥台上的机会。但他依然与交响音乐相伴相依，选择了普及交响音乐的工作，毅然走到群众中去。他致力于走进全国各地的大学、工厂及机关团体举办交响乐讲座，带着录音机为群众口述音乐会，将播撒交响音乐的种子视为自己的职责。他时常毛遂自荐，甚至连小学都欣然前往。一位胖爷爷大指挥与一群小顽童畅聊交响音乐，有问有答，那情景真是有趣！他在北京、天津、广州等二十多个城市组织乐队训练，推动北京、山东、内蒙古等地相继组建交响乐队，又推动一些城市兴建音乐厅。当年文化界的同仁议论纷纷：李德伦走火入魔了！

在他简朴、拥挤的家里，我与他曾有过关于中国交响乐前景的谈话。他的想法非常单纯："一个国家如果没有交响乐是不可想象的，尤其是我们中国这样的文化大国。今天我能做的只是普及交响乐知识，那是为明天培养交响乐的观众，音乐的星火不能灭！"谈话时的"明天"对大多数人来说，极为渺茫。李德伦就在渺茫中坚持——果然，曾经听过他讲座的人们，很多后来成为交响音乐的忠实听众。

进入 20 世纪 80 年代，李德伦又为推动交响乐团体的体制改革，不遗余力地奔忙。

李德伦累病了。1997 年 8 月，深圳青少年室内乐团到北京演出，他们希望能请李大爷（音乐界对李德伦的尊称和爱称）出席音乐会。我去他家"探口风"——"我一定去！"他斩钉截铁地说。那天晚上他虽然抱病，但很快活：能听到这么好的音乐，活着真好！

他的确是为音乐而活着。1999 年 11 月 19 日，他坐着轮椅，用生命的激情，指挥了最后一场音乐会。那天，我们目睹世纪绝响的奇迹发生——

李德伦和国际小提琴大师斯特恩有约：新世纪到来之际，在北京合作举行一场音乐会。但是，音乐会之前，李德伦病重住进了医院，医嘱绝对卧床。他躺了两天便下床看总谱，开始准备莫扎特 G 大调协奏曲；他还给斯特恩打电话，商量有关演出的事项。

演出前一天，拗不过李德伦，医生不得不破例让他出医院去剧场排练。天气很冷，大家把李德伦里三层外三层地裹着，用轮椅推出去，并实行二十四小时监护。

北京世纪剧院的舞台上，斯特恩跟他的儿子小斯特恩正在排演返场节目，一回头，看见了李德伦。他一边拉琴，一边和着节拍一步步走到李德伦面前，为李德伦演奏。李德伦按捺住激动的心情，注视着自己的老朋友，静静欣赏他的演奏。琴声毕，斯特恩下台来深情地与李德伦拥抱。之后，他捧着李德伦的脸，李德伦扶着斯特恩的胳膊，两个白发老人泪光闪闪，久久凝望，他们想说的话太多……

几个人把李德伦扶上指挥台。这时大家才发现，李德伦的身体已经弱得不能再弱了！所有在场的人都为他揪心：病成这样还能表演吗？他的手能举得起来吗？大家屏住呼吸望着他。这时，人们感到，欣赏李德伦的艺术已经不那么重要了，重要的是看他的生命如何与艺术融合，产生令人震惊的光彩！

看，指挥台上的李德伦，手举起来了！打下第一拍时是那么有力，看上去完全是身体健康的人。他清晰明了地打着拍子——这个声部进去，那个声部出来，将整个乐队控制在他的指挥棒下。他提醒乐队注意音量，不要干扰斯特恩的独奏。两位老人非常默契，明白对方想要什么。他们互相用眼神沟通，不说一句话，却把整个莫扎特的音乐情感诠释得淋漓尽致。人们盛赞：这才是真正的莫扎特！

这场精彩的排练，为李德伦，同时也为所有的人，增强了第二天正式演出的信心。

几个医生在台下两眼发直地盯着李德伦，他们弄不懂这里面是生命的魔力，还是艺术的魔力。

1999 年 11 月 19 日傍晚，北京世纪剧院门前人山人海。表演艺术家英若诚是主持人，他是两位老人的朋友。他登台宣布音乐会开始。他用娴熟的中英文，让所有观众领略到中国音乐舞台发生的深刻变化。这般变化在李德伦心中幻化成为超越常人的力量和信念。

李德伦上场了，轮椅由年轻指挥家余隆和李德伦爱若掌珠的外孙科民推上舞台；继而，青年指挥家李心草、杨阳接替余隆和科民，把李德伦搀扶到指挥台上。此时，斯特恩步履从容地走出侧幕，走上舞台。全场滚动着雷鸣般的掌声。

斯特恩把弓架在弦上。全场观众鸦雀无声，静静地等待乐声从这位八十高龄老者的琴弦间溢出。斯特恩向李德伦投来一个牵动人心的眼神，李德伦的指挥棒有力地举起来，整个世纪剧院响起了星移斗转的旋律。台下观众流泪了，台上演奏人员眼睛模糊了，人们为斯特恩美妙绝伦的演奏而沉醉，为李德伦气势恢宏的指挥而昂奋。过道上站满了各种肤色的观众，人们注视着时隔十年后又走到一起的两位老人珠联璧合的精彩合作。

然而令人痛心的是，从此以后，李德伦再也没有出现在舞台上。2001 年 10 月 19 日，他仙逝了。李德伦长眠在河北省易县华龙皇家陵园那片绿色的草地下。他的墓志铭中写着这样的文字："他把一生托付给了音乐，只要举起那根纤细的指挥棒，音乐之外的一切喧嚣便归于寂静。"

2002 年 1 月

大头鱼和"亲"

  杨立青是音乐全才，弹钢琴、指挥、作曲、著书立说、培养学生，出类拔萃！

  他担任上海音乐学院院长职务长达八年，其间，心无旁骛，放弃创作，忠于职守，引进大量人才，被称为上海音乐学院人才建设的设计师。2009 年，杨立青任期届满，终于又获得音乐创作的自由。他找回了自己，精力充沛，才思奔涌，佳作不断……但是，好景不长，他不幸与病魔遭遇。在超越常人的乐观而坚强的一年治疗之后，2013 年 6 月 10 日，音乐家被迫与音乐长辞，被迫与他年轻的爱妻长辞。他在昏迷中，渐渐远去，遥遥飞升。

  朋友们最担心的是他的未亡人祁瑶，对生活和音乐无限憧憬的"大头鱼"。我听见杨立青这么称呼她，他们之间爱意浓浓。

  在龙华殡仪馆告别大厅，祁瑶变了往日的模样，犹如一支即将熔化的蜡炬，遍体泪痕……在高大的空间里，在攒动的人群一隅，她孤单地站着，目光茫然，那么瘦小、无助。自那一刻，柔弱悲伤的祁瑶不断在我眼前出现。我想约她见面，也知道安慰的话无济于事。她的回音总是：等忙过了吧。她忙什么呢？当然，忙点好。

再见祁瑶，我惊讶不已。这是她吗？！精力充沛，语速快捷，身姿跃动，说起刚圆满结束的"首届上海音乐学院古筝艺术周"，她话语如江潮奔涌，活像一头小雪豹。原来这些日子，她担任"古筝艺术周"的音乐总监，一个全国性学术活动的总设计与总提调。落实赞助，开幕仪式，一台接一台的音乐会和艺术家作品赏析报告会……千头万绪的事务工作，忙得她如同踩着风火轮奔波。她胆大心细，事必躬亲，日以继夜，废寝忘食。对她来说，所有的工作都是第一次经历，没有坎坷，一路顺利。她知道这是杨立青在保佑自己。

她对他的称呼只有一个字："亲"或是"青"。

难忘在新天地透明思考餐厅，围坐的音乐家们举着琉璃酒杯好奇地碰杯，声音悠长、悦耳，似有旋律。每一张脸都在笑，烛光辉映，笼罩着欢快的气氛。祁瑶依偎杨立青左肩而坐，时不时抚摸杨立青的脸。祁瑶是个勇敢的女孩儿，决不掩饰自己的爱，几乎是两辈人的他们，立下生死之约，结为夫妻。

祁瑶原是南京艺术学院附中学习古筝的学生，之后到上海深造，1995 年毕业于上海音乐学院筝专业，2009 年获得作曲专业硕士学位，完成了"三级跳"的历程。现在，她既能作曲又会筝演奏，既是演奏家又是副教授，是个复合型人才。2001 年，我们举办"TMSK 刘天华奖中国民乐室内乐作品比赛"，祁瑶一首《对话集 1——筝和大提琴》参赛，以最高成绩获得二等奖。（1—4 届规定，第一名成绩须达到 90 分。十年过去了，累计参赛作品 500 首，没有一首成绩达到 90 分标准。第五届评审委员会调整了排名方式，无须达到 90 分，只要是作品中的最高分便可荣登榜首。）2014 年，我们即将出版获奖作品曲谱集，决定将《对话集 1——筝和大提琴》列为开卷之作。因为，她的成绩是名副其实的第一名。

比赛那年，评委会主任是吴祖强，副主任是杨立青，还有几位权威的作曲家。记得评审会结束，杨立青请我将他的打分记录交给学院张书记过目。我一进张书记办公室，她就说："你来了，我正要去找你呢。"评分表上，"祁瑶"一栏是空的，杨立青弃权。张书记说："这样好，校园里已经有议论了，说是杨立青给自己老婆打高分。"我愕然！生存在如此的舆论环境里，挺难的。杨立青在众目睽睽之下，低调地、处事周密审慎地为学院服务；祁瑶则我行我素，力排众议，不惧坎坷，连蹦带跳，成就自我。

认识祁瑶十年有余了。这十年，正值她和杨立青共同生活期间，她为人处世明显改善。曾经有一届"TMSK 刘天华奖中国民乐室内乐作品比赛"的评审工作在北京完成，祁瑶得了"优秀奖"（鼓励性质的）。她来电话说："什么奖，我不要，也别宣布。"她够直率，也够不讲道理的！她以"为人所不为"的逻辑，养成了倔强的性格。杨立青则温和地改变着她——在她刚走上教学岗位时就告诉她，认真对待教学，真心对待学生，不求回报，才是好老师，因为教师的天职就是传授，学生学成了报效国家，比什么都重要。

祁瑶说，音乐是能救人命的，音乐可以忘掉哀伤。杨立青去世 35 天，祁瑶与学生们完成"五七"的送别仪式，便带着父母去到贵州的山水之间。"原来山山水水这么美！"她和杨立青在一起 13 年，几乎没有一起旅游过，从此，与"亲"相携山水，只能是神游了。

祁瑶和父母在贵州挨过夏天，回到上海。一进家门，悲伤迎头袭来！她默默摘下墙上杨立青的照片，自拔于哀伤，强迫自己进入工作状态，教学、考试、学生汇报音乐会……日程紧迫。"排练吧！"祁瑶希望一切立即恢复正常。"我们过早地进入非物质需求的生活，工作是精神支撑，可以转移悲情，这样日子才好打发。"虽然她心中悲伤的阴影重重叠叠。

"我从小与古筝为伴，三十多年来，她已经和我不能分离。她给了我理想、追求、快乐和荣誉，还有在我最悲伤最无助时的陪伴……现在，我能为她做些什么？我希望为全国筝人的相聚搭建一个平台。这是一个大舞台、大讲堂、大辩论场。优秀的筝演奏家、作曲家，在台上展现风采和智慧；音乐教育家、音乐学家展现他们熠熠生辉的思想；我们为了古筝的发展集思广益，探讨、争论……"作为"古筝周"总监的祁瑶对于开展活动的宗旨虽然只有寥寥几语，但仍可看出工作对此刻的她的作用以及她对古筝与众不同的深情。

"古筝周"期间，各路弹筝的同行聚集上海，艺术交流取得丰硕成果。其中，"敦煌国乐·桃李泉妍育青蓝·何宝泉孙文妍执教 50 周年庆贺音乐会"压轴节目——古筝群奏《将军令》，由两位老师领奏，49 位他们教过的学生齐聚舞台，一起演奏。他们都是中国筝艺术的中坚力量，乐音强大，场面壮观，音乐厅中响起了"桃李满天下"的颂歌！

与祁瑶见面时，有幸见到孙文妍先生。观察她们师生间的默契，相信祁瑶定会追随老师，有所作为。"当教师太幸福了！学生跟你贴心、贴肉。"祁瑶坚守教育岗位——那同一战壕的战友必定是杨立青。

人的缘分天注定。杨立青第一次见到祁瑶，不由自主地对这个小姑娘产生好感。他的目光使祁瑶心领神会。一次，祁瑶淋巴结肿了，吓得大哭起来，以为自己得了大病。她去向杨立青报告"噩耗"时，浑身颤抖。"你不会有事。"杨立青微笑着，"若是真的病了，我卖房子，辞去职务，照顾你。"霎时，祁瑶觉得身后竖立起一棵大树，一棵可依靠和托付的大树。

杨立青生病期间分外恋家。每天上午，祁瑶陪他慢慢下楼，开车送他进医院做各种检查与治疗，结束后再接他回家。在家，是最珍贵的时刻，他感到宽慰。

人们赞扬他们是一对孔雀，杨立青是彩色的，祁瑶则是火红的！

他们相约：不要慢慢老去，而要一起走向丰碑般的人生终点。

杨立青的著作《管弦乐配器教程》，涉及谱例 1196 个，包含了自 17 世纪到 20 世纪末、历经 400 年的近千本中外作品总谱。他居然对每一个片段如数家珍，学生在一旁惊讶不已！这是本大书，是杨立青积数十年学习和知识的教材，为中国音乐教育之珍宝。"通过这些课程和自己的创作实践，我在构思音乐的角度上，拓展出很多不同的途径和思维方式，因此写出的作品有很多不同的面貌。"但是，耳闻人们的钦佩之声，杨立青却从来不曾对自己满意："我喜欢写具有悲剧性和戏剧性的大起大落、充满对比的东西，总觉得好作品还没有写出来。作曲家要找到自己的语言，这个任务还没有完成，我还没有找到真正属于自己的东西。"

这是一位艺术大家的遗愿，是有关"艺无止境"的箴言。

冬至之夜，杨立青入祁瑶的梦回家来了。

祁瑶问："你在那边好吗？回来交通方便吗？空闲时，常来看看我。你说要陪我一起听唱片的，说话得算数！"

杨立青为祁瑶留下了精神，留下了他经年累月收藏的大量的唱片。

祁瑶搬家了，那是杨立青生前来不及住进去的新屋。音响前的沙发，空着一个座位。

2014 年 1 月

鼓乐奇人李石根

西安鼓乐，上可溯汉晋唐宋之源，下可见民间传习之俗，为中国音乐精魂所在。李石根，穷一生编著《西安鼓乐全书》，为中国音乐史册之皇皇巨著。

称李石根为奇人，因为他心比天高，因为他顽强过人，虽命运多舛，但目标不移，一生坚持做一件事，在中国音乐的征程上为西安鼓乐树起丰碑。李石根没有呐喊，没有冲锋陷阵，永远伏案疾书，默默无闻，从年轻到年迈，腰背驼了，视力差了，病魔缠身，始终是一位孤独的坚守阵地的勇士。很多钦佩李石根的人想知道他行为的动力——"我有 15 位鼓乐老师，除现年 86 岁的东仓艺人赵庚辰还健在，其他都去世了。他们都是带着鼓乐演奏的精湛技艺和终身的遗憾而离开人世的。离世前，都要对弟子们说这样的话：'娃呀，你们一定得把咱先人留下的鼓乐往下传啊！'"这是年轻力壮时的李石根的回答，这成为他一生信奉的座右铭。

李石根 1919 年生于古城西安的一个书香门第，自幼在古典文化和传统民间艺术的陶冶下成长，热爱音乐。抗日战争爆发后，他先后在西安、晋南等地投身剧团、歌咏戏剧队的抗日救亡运动。

1942 年，李石根考入西北音乐院，走上专业道路。从 1951 年起，李石根与西安鼓乐开始了长达半个多世纪的厮守。他走遍西安城隍庙、东仓、西仓、大吉昌、周至南集贤、长安何家营等 8 个乐社，采访艺人 200 余人次，录音 40 多小时，搜集民间祖传古谱 100 多本，获得了大量艺人的口述笔录、照片等资料，并进行了艰苦的译记乐谱的工作，为西安鼓乐研究奠定了专业史料的基础。

"文革"浩劫，迫使李石根放下心爱的西安鼓乐，但是，放不下的是纠纠缠缠的心结！

1980 年春，万物复苏，文化崛起。李石根起草了《关于建立唐代燕乐陈列馆的设想与建议》，并提出永久保护西安鼓乐珍贵资料的构想。在他的倡议和争取下，经省文化厅批准，"唐代燕乐研究室"正式成立，整理出 8 卷 9 册 300 多万字的油印本《西安鼓乐曲集》，共收入 722 套（个）曲目，1200 余首乐曲。1985 年，在长安县何家营成立了"西安鼓乐陈列馆"。李石根面对陈列馆露出笑容，同时，又一个设想涌上心头：他立志要用最科学的方法将西安鼓乐整理成书，让雍容大度的盛唐之音传世！从此，他继续伏案，继续日以继夜，继续与疲劳和病魔抗争。

1991 年，李石根的巨作终于完稿。随之而来的是又一轮的坎坷。

须发花白的李石根，抱着他的书稿，多方寻求出版，多次落空。18 年过去了，竟没有一家出版社肯为他出书。其间，有商人意欲合作，惦记的却是李石根收藏的一些有价值的古籍。经乐友介绍，李石根结识了台湾国乐界一位研究三秦古老乐曲的前辈，相隔海峡的两位爱乐人携起手来。"我来给你出书，我要让这部书走向世界！"对方如此许愿。可是有一天，他告诉李石根：
"老朋友，我经济上出现了问题，没法帮你出书了。"此时，曾为
这部书作序的四个人中已有三位作古，这部书还在焦虑中等待问
世。病榻上的李石根 91 岁了，目光中依然流露出期待。"我父亲
现在唯一等待的就是他的这本书的出版，他希望在有生之年看到
它。"女儿李孟秋显得伤感而无奈。

　　沉闷的人生戏剧，突然出现了转折。音乐家赵季平被任命为
西安音乐学院院长。这位中国乐坛赫赫有名的人物得知老人的困
境后，在上任后的第一个院长办公会上，便提出为李石根所著
《西安鼓乐全书》出版集资。就这样，国家非物质文化遗产保护
中心出资 15 万元，西安音乐学院出资 15 万元，陕西音乐家协会
出资 5 万元，最终凑齐李石根出书所需经费。

　　一切必须加速进行，要赶在老人生命余辉尚存时，让老人
得到人生最大的安慰！ 2009 年 7 月，李石根的《西安鼓乐全书》
出版，圆梦经历半个世纪。他抚摸巨著，双眼已经无法看清文字。
那凝聚心血的文字，中华民族的子孙读起来是很温暖的，那是一
个最辉煌年代的最优雅的音乐。

　　写到此处，描述奇人李石根的任务应该可以结束了，但是，
记者的习惯让我想再问问赵季平：作为当事人，他是怎么想的？
但是，到哪里去找他呢？北京还是西安？那是他常住的两个城市。
事情往往巧合得令我惊讶。4 月 30 日，上海世博会开幕式结束，
我走向乘车处，不经意间回头，竟看到了赵季平。我脱口招呼：
"赵季平！"他是被邀请来的嘉宾。顾不上寒暄，我们直奔李石
根的话题——"我是《西安鼓乐全书》第五位作序人，题目是

'书路虽艰辛，乐史已灿然'。李石根的生活和工作无论怎样变动，世事和人情无论怎样无常，他都没有离开过西安鼓乐，没有离开过音乐学术的研究，没有离开过他倾心的这片故乡热土。想想50年的坚持，是一种什么样的精神？从青年时代到耄耋老翁，从活泼泼的韵曲记谱，到用放大镜写作，用鸡蛋大的字写下自己的研究心得，是怎样动人的学术情怀！人们常说，陕西这地方出皇上、出文人，其实，这里还出奇人、雅人。李石根老人应该算是这样的人！不奇，焉得把一件事情做一辈子而终于修成正果？不雅，岂能为文事而孤灯黄卷高蹈世俗之外？李石根《西安鼓乐全书》出版，我们真的有自己的'古乐学'了。"

传统是根，传统有灵，中华音乐的传统永存。

2010 年 10 月

敦煌女儿

在手机上输入"0937"的地区号，屏幕显示"甘肃嘉峪关"——好远啊！一望无际的大漠，向地球尽头延伸。这是瞬间出现在想象中的情景。

"喂，哪一位？我是樊锦诗。"敦煌研究院樊院长清晰的声音在电话中传来——距离消失了。这位受全国同胞之托、守护敦煌莫高窟的卫士从风华正茂到苍苍白发的经历，早已深深地印在老百姓心中。

与她联系，为了两桩事：

2013年4月，上海琉璃艺术博物馆与中国美术馆合作，主办"琉璃之人间探索"展览，阔别北京12年（"2001国际琉璃艺术大展"曾在中华世纪坛举行），今天，在北京讲述艺术家杨惠姗和张毅25年琉璃路的故事。我们在展览图录上规划了系列"序"，由于杨惠姗的佛像创作发扬光大了敦煌佛学艺术，很希望请樊院长写序。我知道樊院长对此是有话可说的。果然，她欣然应允。时隔仅两日，她的序言文字便到了。我们感叹樊锦诗的速度和作风，以及最可宝贵的热情。

另外一件事：上海沪剧院创作排演一出新戏《敦煌女儿》，

取材于"感动中国"人物榜中之先进。樊锦诗是从上海走出去的，作为母亲城市的上海，首选当然是自己的爱女。她对此不赞成。2012 年初，她在电话中对上海沪剧院的同志说："我们这个职业没有故事可言，没什么好看的。我也不想再出什么名，别演了。"那次通话没有结论。六月份，她到上海出席一个画展的开幕式，在场的市委宣传部负责人说："我们要演你呀！""别演了，谁看呀？""我们的主演是有'粉丝'的，茅善玉在观众中有号召力。"此时，她明白了，排演这个戏，是市委宣传部给的任务，不宜坚持反对。"别演过分了，实事求是吧。"她留下最后的要求，回敦煌了。

在报上看到《敦煌女儿》试演的消息时，我感兴趣于樊院长的观后感。这是我还没有消失的作为记者的好奇心。确实，对于这出戏的评价，当事人的感受是最重要的。当天晚上打电话到她家，她的丈夫、精神支柱、生活后盾彭金章教授告诉我："锦诗在回来的飞机上呢。"夜空中，一架飞机向西北飞行，客舱中的樊锦诗可曾入睡？归心似箭吧？她和丈夫是北京大学考古学系的同窗，毕业后，一个分配在大西北莫高窟，一个则在长江三镇的武汉学府安营扎寨，各有挚爱的事业。为此，夫妻分居 19 年。樊锦诗终日流连在令她心仪的莫高窟的洞窟中，彭教授的职务则是多向的：教书，科学研究，照顾两个孩子。"他是天下打着灯笼都难找的好男人！没有他，或许就没有我的今天。对于他和孩子们，我怀着深深的歉疚。"

第二天清晨，她在电话中的第一句话是："还可以。"我明白她指的是沪剧《敦煌女儿》的试演。"剧组下了功夫，体验生活很认真，查了很多资料。戏里有莫高窟的场景，场面很大，还有飞天的舞蹈。创作有联想，有遐想，有感人之处。"最后，她补充了一句话："演的不是我樊锦诗个人，表达的是敦煌精神！"她想通了，理直气壮地面对。

我读了茅善玉快递过来的剧本。樊院长曾说："我们的职业是没什么故事的。"其实她的话不确切，敦煌的事业举世瞩目，敦煌人的事迹可歌可泣；但是，搬上舞台需要提炼和发展出戏剧性的呈现因素。编剧、导演的创作远没有结束。

隔日，我要求导演陈薪伊将她的导演阐述发给我拜读拜读。她是有激情、有见地的导演，是欠了我 27 顿饭的老朋友。当年她初到北京，我是第一个采访她的记者，地点在西交民巷铁路文工团的"危楼"宿舍。中午她说请我吃饭，结果，付账时没带钱包——"记着，我欠你一顿饭。"偿还欠饭一拖 26 年，逾期一年加一顿，现已进入 2013 年，累计欠饭已达 27 顿啦！细水长流地相聚，慢慢还吧。

能聚在一起是缘分。樊锦诗在序中如是写道："我和杨惠姗女士相识在 20 世纪末，她骑着骆驼，从海峡对岸跋涉而来。在她左右的是张毅先生，永远的陪伴人与合作者。他们在台湾电影界地位显赫，我没有看过杨惠姗演的电影，但是，看她在莫高窟的洞窟里如饥似渴地、虔诚地学习，我断定，她一定是个敬业的艺术家。杨惠姗在莫高窟第 3 窟，看到一幅精美的元代壁画'千手千眼观音'，当场发誓：我要按照我的方式再塑一尊千手千眼观音造像！我以豪情回应杨惠姗：好，那就是敦煌的第 493窟！"（敦煌南北两区洞窟累计 492 窟。）

上海琉璃艺术博物馆的镇馆之宝，正是被称为敦煌第 493 窟的"千眼千手千悲智"观音造像。我邀请陈薪伊来感受敦煌第 3 号洞窟从残破元代壁画重生的壮丽，以及琉璃艺术家创作的艰辛。坐在上海琉璃艺术博物馆午后的阳光下，陈导演还沉浸在参观杨惠姗作品展的兴奋之中。她第一次来，赞不绝口："这里是我今后会常光顾的地方，带学生来欣赏、学习。杨惠姗和张毅是天才，他们是绝配，何时来上海，想见见他们。"我们的谈话从展厅的佛造像谈到敦煌石窟，又从樊锦诗谈到杨惠姗，思考《敦煌女儿》的修改方案……

佛祖和飞天，莫高窟和樊锦诗，樊锦诗和杨惠姗，茅善玉和陈薪伊，在天地间硕大的舞台上，翩翩起舞，合吟一首动听的颂歌，演绎一出泣鬼神的戏剧。

2013 年 5 月

雪域聚焦

春节前夕，手机短信频繁，其中一条："春节时我将跟马帮徒步进入横断山脉木里藏族自治县的原生态村落。"没有落款。但我知道那是"成卫东"。除他，还有谁会在新春佳节之际有如此壮举！

这是一位记者同行，《民族画报》社的高级记者，魁梧的个子，黝黑的脸，身上挂足了"家伙"——适应不同拍摄需要的照相机，而且能够随时"抄"起来就按快门。

与他第一次见面，是在昆明艺术节的石林联欢会上。那里场地小，人员多，乱哄哄的。眼看着天黑了下来，远处的火把也点了起来，如果现场秩序不整顿，持火把的人们再涌进来，肯定更乱，甚至会有出事的危险。这时，只见成卫东冲到场中央，拿着大话筒喊话（非电声"麦克"），调动人群，划分就座区域，安排演员候场，后到的火把只能在最外围的高处。当然，各地来的百名记者享有最佳视听位置。真有意思，所有的人都听他调遣！他颇有"统帅三军"的气魄。但在另一件事情上，他的表现则是过人的细心。北京的记者们在当地买了一些玻璃灯罩，是易碎品，从云南带回家有困难。成卫东对大家说："信得过，交给我。"他找来两个大纸盒子，大、中、小型灯罩依次相套，中间垫上棉纸，平安运抵北京，再一一完璧归赵。成卫东还不定期组织京城摄影记者作品交流沙龙，大家互相观摩、说短论长。

成卫东毕业于北京大学哲学系，初为记者时的愿望是走遍中国的边境口岸。当他采访了中越、中缅、中朝、中蒙、中苏边境口岸后，觉得战线太长，内容分散，无法用历史的或是文化的主线贯穿起来。经过深思熟虑，他作出人生最大的也是最艰难的抉择——聚焦雪域高原。以后的 23 年间，他进藏 40 余次，几乎走遍藏族同胞生活的 7 个地区的 70 多个县，包括青海、甘肃、四川、云南的全部藏区。在古格王国遗址，他曾和唯一的守门人一起生活；他曾跟随转山人徒步绕行神山；他走进过未通公路的西藏墨脱县；他游走于横断山脉……在世界海拔最高的地方，他经历寂寞、险阻和困顿，如同朝圣者一般，全身心地投入采访和拍摄。这样，他从青年走到了中年。今天，他向甲子之年靠近，但即使退休了，他"依然在雪域高原行走"。

他无悔自己的选择，这是做人秉性的必然和生活契机的偶然的结合。

成卫东小时候，一位援藏的叔叔送给他爸爸一个羚羊角做的烟嘴。从此，西藏的印象就刻进成卫东的脑海中。求学时期，电影院放映正片前常有短片"新闻简报"，多为国家大事和重要的外事场面，他发现，总有个把记者在毛主席和国家领导人面前自由走动、拍照，心中很羡慕。日后，新闻记者便成为他的终身职业，西藏成为这个北京人的第二故乡。

在雪域高原的坚守，给了成卫东得天独厚的机会，他经历了

很多发生在西藏的重大活动和事件：1989 年，震惊中外的拉萨
"3·5 骚乱"；1989 年，第十世班禅大师最后的西藏之行以及就
地圆寂；1991 年，西藏和平解放 40 周年；1993 年，第十世班禅
大师灵塔开光；1995 年，西藏自治区成立 30 周年；1995 年 11
月，第十一世班禅金瓶掣签认定和坐床的盛事……西藏和藏教历
史上的重大事件，成卫东经常是记者中的唯一见证人。作为记者，
他真幸运，能置身重大的新闻时刻，能目睹影响历史进程的事件。
同时，他策划的采访选题和组织的选题实施均为大手笔。他自驾
车亲历"环行中国边疆"、"澜沧江源头探秘"、"西行阿里"、"闯
进藏北无人区"、"走进横断山脉"、"穿越雅鲁藏布大峡谷"等活
动，完成"天路纪行——青藏铁路大穿越"、"探秘藏彝走廊"等
大型系列采访报道，并策划"从黄河源头到入海口"、"5·12 汶
川大地震"、"西藏民主改革 50 周年"、"12 年后重访阿里古格"
等采访活动。

他以作品回报生活的厚爱，奉献给社会十本专著：画册《西
藏阿里》、《佛门盛事——第十一世班禅掣签坐床认定纪实》、《西
藏秘境》、《中国藏传佛教寺庙》，图文书《镜头前的西藏》、《雪
域藏地探行记》、《雪域圆梦》，中英文人文地理书籍《天路纪行》、
《探秘三江》，以及旅游书籍《西藏拉萨》。

汶川大地震后，《TMSK》杂志有一篇文章《关注羌族》需
要配图片，我立即想到了他。他在电话中说："巧了，我刚从汶
川回来，图片有的，我立马发给您。唐大姐，好久不见了，您
要保重。"玉树地震的第二天，我又收到他的短信：我搭便机去
灾区了。地震前，他曾四次赴玉树，愉快地用镜头讲述：1300

年前，唐朝文成公主从玉树日月山踏上"唐蕃古道"，书写与松赞干布联姻的历史。他还讲述了一连串相关的智力故事，诸如"100匹老马和100匹小马如何母子相认"、"如何闻香识别藏在宫女队列中的公主"等等。玉树逢灾，他一定是心痛的。他是国家民族工作委员会"首届有突出贡献专家"，也是中共中央、国务院、中央军委授予的"全国抗震救灾模范"。

此篇文字完成时，我想请卫东本人过目，免得出差错。说来巧得没人相信，他适时来上海了，是来演讲的，都来第五次了。他近年应邀在五十多个城市的大学、研究机构、政府机关、企业进行人文地理等专题摄影讲座，多次接受中央电视台、中国教育电视台、北京电视台、山东电视台、山西卫视、新华社、中国网、搜狐网、中国西藏信息中心、《中国日报》、《中国摄影》、《中国摄影报》、《人民摄影报》等媒体的专访，传播"梦境西藏"的故事。在演讲中，成卫东反复强调要尊重藏族同胞所尊重的一切，包括人文和自然，包括习俗和信仰，包括理解和不理解的一切。"尊重不是一句空话，例如去拍藏羚羊的时候，不要开着车子猛追。我们的动机是好的，是为了告诉世人要爱护、关注、保护、珍惜野生动物，但是，猛追，比盗猎分子还犯罪！藏羚羊的大批出现往往是在产崽的迁徙途中，你若用每小时60至80公里的车速猛追，时间一长，多少小藏羚羊就会死在母腹之中。"他说，千万不能"拿相机当猎枪"！

成卫东的图片和文字，充满了如雅鲁藏布江水的激流滚滚的豪情，但他心中却是一片柔情。每次西藏之行，当夜幕降临，他都要到布达拉宫广场转转、坐坐。微风吹拂，繁星闪烁，酥油灯火点点，这里是离天最近的地方，他每每无酒自醉。"我为什么对西藏如此痴迷？这是一种情缘。好比雪域寻梦，梦醒了，总想再回到梦中去，因为梦里的一切都是真的。"

我趁机问他："还是一个人生活吗？"他曾经是有夫人的，我还见过，后来分手了。他回答："甘蔗没有两头甜，现在，工作就是我的生活方式，也挺好，出门无牵无挂。"但是，我总想，若是有位与他志同道合的女士，进藏时，与他双双同行，相互依傍，那该多美！我诚挚地祝福他。

2010 年 7 月

也说说莫言

说明：莫言是我不曾见面交谈过的作家，他荣获诺贝尔奖在我心中激起层层涟漪。等待铺天盖地的报道停歇，等待斯德哥尔摩市政厅颁奖典礼的高潮过去。莫言回来了，我从他步下舷梯开始动笔——

山东高密的一个农家子弟，一夜之间成了家喻户晓的人物。

立足乡土的一个作家，成为诺贝尔文学奖的中国第一得主。

莫言的文学如同开闸放水一泻千里，文学滋养了土地，中国久违了关注一位文人带来的自豪和喧嚣。

高密热闹了，莫言的老屋观众盈门，院里栽的胡萝卜被收藏，这是到过莫言家的明证。前清高密县志手抄本上了拍卖会，三册起拍价人民币 12000 元。

2012 年 12 月 14 日，莫言从瑞典斯德哥尔摩领奖载誉而归，北欧的飞雪欢送他，北京又以飞雪迎接风尘仆仆的归来人。他在机场答记者问："今后我的计划很多，先让自己调整一下，再开始。诺贝尔文学奖往往被称作'死亡之吻'，意味着获奖者很难再创作出好作品。确实有不少作家在获奖之后陷入繁琐的事务之中，影响了写作。我要尽量避免这个结局。一名作家，最重要的是写作。我将会尽快地回到高密去工作。我心里有话要说，通过笔告诉读者。我有责任要写，还有对文学本身的探索，也激励着我得继续写作。"

头上戴着光环是有负担的，但是必须继续往前走。这是莫言给自己的告诫，也是为中国文学事业成长作出的保证。这是莫言获奖后显现的第一个具有启示性的意义。

第二个呢？让我们回到18年前北京师范大学童庆炳教授的书斋。童教授是莫言硕士论文的导师，引导他在硕士论文《超越故乡》中形成"建立高密东北乡文学王国"的观点。今天，童教授手持泛黄的论文激动地说，《超越故乡》是莫言文学创作心路历程最宝贵、最真实的写照，故乡是维系他整个文学创作的基地。殊不知，莫言也曾经在写作上走过弯路："我一直采取极端错误的'抵制故乡'的态度，刻意回避幼时亲身体验过的贫穷、饥饿和苦难。我回避故乡20年，却不知这才是最好的创作源泉。就在我努力远离故乡时，却一步步、不自觉地向故乡靠拢。1984年秋，在小说《白狗秋千架》中，我第一次战战兢兢打出'高密东北乡'旗号，从此开始了'啸聚山林、打家劫舍'的文学生涯。"由此，莫言的写作出现了转机，他将故乡作为文学领地，靠着天赋和勤奋，讲出许多精彩的故事。他笔下高密的人和事，即是属于中国的人和事，他们浩浩荡荡乘着莫言作品的翅膀，飞向世界各地，填补了中国作品到不了的角角落落。

曾有传言抱怨：2011年莫言就该获得诺贝尔文学奖了，诺奖评委会对中国如何如何……是莫言挪开了误解的樊篱。2011
年诺贝尔文学奖得主是瑞典诗人托马斯。1990 年，托马斯中风，
就在中风以后，他还出版了若干诗集。按照医学专家的意见，托
马斯再想写诗几乎是不可能的，但是，他做到了。中国诗人北岛
这样描述托马斯：他右半身瘫痪以后，语言系统完全乱套，他在
诗中描述了那种内在的黑暗，他像个被麻袋罩住的孩子，隔着网
眼观看外面的世界。诺贝尔奖评委会有规定：奖项只能颁给活着
的作家。传说，有一年评委会决定中国作家沈从文为新一届的获
奖者，不幸，宣布决定之前，沈从文去世了。所以，2011 年将
文学奖颁给托马斯，是明智的决定。但是，诗人没有出席自己的
颁奖仪式。意外的是，2012 年，托马斯连续两次出席冗长的颁
奖活动，目睹中国同行莫言赢得殊荣。两届诺贝尔文学奖的获得
者，在一个庄严的时刻，在非同寻常的地点，很愉快地见面，瑞
典诗人闪动着灰色的眼睛，与莫言握手。

　　小说家各有各的叙事风格，莫言以"讲故事"为自己写作的
重要形式，那般"自由"和"自在"的状态，使作家尽情享受写
作，他的作品才有吸引读者的魅力。"高密东北乡"居古代齐地，
齐地民间有一种发达的"说话"（叙述）传统，那种没有条条框
框、随兴、活泼、野生的民间叙述，其悠长的传统特征、风气，
延绵到今天，里面具有可以汲取和转换为"小说精神"的东西。
莫言有一个极短篇《学习蒲松龄》，写的是："我一个祖先得知我
写小说后，托梦来，拉着我去拜见祖师爷。见了蒲松龄，我跪下
磕三个头。祖师爷说：'你写的东西我看了，还行，当然比起我
来差远了！'于是我又磕三个头，认师。祖师爷摸出一支大笔扔

给我，说：'回去胡抡吧！'我谢恩，再磕三个头。"莫言借梦道
白自己写作的灵性，并向家乡的先贤致敬，是他们教会自己融汇
民间传说和小说传统，把自己放到文学创作的继往开来的位置上。
莫言是个创作巨大文字体量的作家，阅读他的长篇小说，可体会
他的滔滔不绝、汪洋恣肆以及淋漓尽致。莫言多数的作品，叙述
的是日常形态的民间生活世界，传说、闲言、碎语随处可触，有
苦难也有欢乐，有活力更有庄严。莫言的作品是面对人间的，有
时也有鬼怪狐仙精灵出没，人妖难分，虚实莫辨。阅读莫言作品，
可以感受到大千世界的丰厚和多彩。

　　莫言在世界文坛享有较高的声誉，之前，荣获过法兰西文学
与艺术骑士勋章、意大利国际文学奖和美国国际华语文学奖。随
着他身穿燕尾服登上斯德哥尔摩市政厅的领奖台，中国文学——
莫言作品迅速在世界流传。迄今，莫言是作品外文译本种类最全、
数量最多、质量最高的中国当代作家之一，其作品已被翻译成
二十多种文字，最早始于 1986 年日译本的问世，并被收入日语
版《现代中国文学选集》。莫言是 21 世纪与世界文坛、大学讲坛、
研究机构频繁交流、颇为活跃的文学家。可惜，这般长于与外国
文学活动接轨的中国文学家为数甚少。这应该是中国文学家的目
标——摆脱闭塞，走向世界。这是莫言获奖带来的又一点启示。

　　细想莫言，觉得离奇——一个农家子弟，竟会登上举世瞩目
的荣誉台。他的乡亲高密人说：这个奖比早年间中状元还要难！

2012 年 12 月

写诗的纪委书记

　　鲁迅文学奖是中国文学的国家级奖项，每一届的获奖者及其作品，均受到国内外注目，因为，鲁迅文学奖代表的是中国文学创作的现状和成就。2010年的获奖名单中，有一位获奖者和他的作品引起延绵不绝、褒贬不一的议论。他就是：武汉市委常委、武汉市纪委书记车延高，他的获奖作品为诗集《向往温暖》。

　　听到这则讯息时，我联想起已故文化部副部长、表演艺术家英若诚。1988年，北京人民艺术剧院五台大戏赴上海演出，精彩处是全部原班人马，蔚为壮观。那时，英若诚已从剧院调到文化部工作，剧院不便给他派任务，院领导就让我去说服他。我对英若诚说：一个在职的文化部长为老百姓演戏，过去没有，将来也不可能有，您抓住当下的机会，便是唯一。今天，一位纪委书记为老百姓写诗而且得到文学界的国家级荣誉，是另一个唯一。

　　此刻，我迫不及待地想吟诵我被诗人感动的诗句《让我记住母爱的人》：

　　嫂子，我看见你在月光下梳头／一柄篦子篦不去岁月给你的衰老／三根青丝只是当年的念物／每天的月色还是白了你一头乌发／我已经不敢看你／那些皱纹比屋檐下的蛛网陈旧／让我的眼睛一年四季都在飞雪／覆盖了你背我走过的小路。今天，为从上学路上捡回你的脚印／我的泪已经把儿时的熟悉打湿了一遍／我记得你看见野菜就浮肿的脸／记得你涮一涮我吃过的碗／喝那口汤的满足／记得你塞进我手里／那个揣热了的红皮鸡蛋。嫂子，看见你锄一垄地就捶一次腰／我相信土地是用手指和血汗刨出来的／走进你不该昏花的眼睛／我明白了缝补日子有多么艰难。你是母亲过世后让我记住母爱的人／你不识字／你用什么教会了我勤劳、吃苦和善良？

诗人朴实无华的文字，直抒胸怀，描绘了他那如母亲般的嫂子劳苦的一生，她是中国农村妇女形象的缩影。诗人承继了长者的勤劳、吃苦和善良，领悟到中华民族世代相传的感恩美德。文如其人，诗人不经意间也描述了今日社会生活中一个可信赖的干部形象。

我不大适应如今网上流行的调侃、亵渎新生事物之美好的坏风气。诗人车延高也未能幸免。在此，我不屑复述那些"以小人之心度君子之腹"的秽语。他，车延高，从容淡定，以理服人，与他的诗一样动人。《文汇报》驻武汉记者钱忠军近水楼台，有幸走进纪委书记的办公室，让我们分享他的近距离采访。诗人感慨："有人说我现在的身份让我的作品沾光而获奖。不是的，文学作品的成绩不是职位可以决定的。权力不能给你灵感，权力也不能给你想象力，最终评比的是作品本身。文学不看身份和官位，只要热爱就可以去做。"纪委书记每天5点起床，写作到

7点40分，将澎湃的诗情泼洒在纸上，然后去上班。天天如此。到2010年底，他在各类刊物上发表约470首诗。获奖诗集《向往温暖》由人民文学出版社出版，分为六辑："一瓣荷花"、"琴断口"、"你是天上的水"、"时间是说话的青天"、"三月的夜半"、"在时间里洗手"。

评委们说：车延高的作品没有一丝官气，对生活有感而发，语言活泼，题材和风格具有新鲜气息，诗里充满阳光和温暖，很人性化。在如今充斥杂念的社会生活中，车延高的作品保持纯粹，坚守纯粹，写出了境界的纯粹。纪委书记曾获得"中国十佳诗人"的称号，出版过诗集《日子就是江山》、《把黎明惊醒》，散文集《醉眼看李白》。

我还赞同这位书记对官员从事文学创作的引申说法："不要把官员和文化分开，希望更多的官员热爱文化、关注文化、投身文化。"我明白他这是多义的说法：在今日的中国，各级领导人应该是有文化的人，是热爱和欣赏文化的人，甚至是有较高文学艺术修养的人，要将手中的权力作用于鉴别、参与、指导、推动文学艺术创作，使文化艺术事业蓬勃发展。

2010 年 11 月

马克斯·魏勒的中国画情结

在记者岗位上的时候，通常在美术展览开幕前夕，我会先去场馆转转，为第二天的开幕报道做准备。"奥地利著名画家马克斯·魏勒作品展"1998 年 3 月进驻中国美术馆一层中心展厅，画家被称为"欧洲现代派绘画之父"，陈列的多为特大幅作品，色彩极其绚烂，气势非凡。但是，所有画面上的线条、色彩、构图都是抽象的，我不知如何欣赏，想找人指点。正巧，画家夫人来了——高大干练的说德文的女士，一下飞机便直抵美术馆，行李还在接机的汽车上。我上前招呼，通过翻译问道："这些画在述说什么？"（现在感觉问得好傻。）"你觉得这些画好看吗？"她反问。"好看，很好看。""这就够了。"夫人漾出喜悦的笑容。原来欣赏现代派抽象美术作品就这么直截了当！

奥地利驻华使馆人员来邀请她，大使等她共进午餐，她谢绝了："请转告大使先生，我要和这位夫人（指我）共进午餐。"之后，她详尽地为我讲解画家丈夫 1960 年以后在绘画上的追求和变化："他的创作是精神创作，呈现一种思潮，这种思潮从中国到奥地利画家的故乡蒂罗尔，蔓延于山峦起伏的大地。山的阴影，压抑的天空，望不到尽头的森林，神秘莫测的种种景象，画家将对大自然独特感受的内涵、意境和形式，融合在画面上。"

夫人还告诉我，画家热爱中国宋代的青绿山水画，并且很有研究。我惊讶了。奥地利现代派绘画之父，竟对中国和中国画情有独钟！崇敬之情油然而生。夫人指着画家依据宋代青绿山水而作的画时，我感受到了画面的意韵，那中国山水经欧洲现代派绘画艺术的演绎，视觉效果很是奇妙。同时，我为画家感到遗憾，他多么期待能到中国来，来欣赏更多的中国美术作品，来和中国艺术家见面，但是，上飞机之前被医生拦住了，因为车祸造成的身体原因，他不能长途旅行。

第二天开幕式，两国的政府总理都出席了。这是个国家之间的重量级的文化交流项目，宾客很多，会场水泄不通。我上到二楼的回廊向下看，那是极佳的位置，开幕式情景尽收眼底。夫人在主宾席上，目光四处搜寻。我知道她在找我，于是，探出身来——她发现了，我们悄悄地遥相招手。第二天，我为这个画展写的报道刊登在《文汇报》上，还配了彩色作品。

她回国不久，旅居维也纳的朋友给我带来他们的礼物，竟是画家的一幅签名版画！朋友嘟囔着："我跟他们十年了，也没见送我一幅画。"朋友嘱咐我珍藏，这幅画，在奥地利值10万克朗（使用欧元之前）。画家的亲笔题词是："把美好的春天带给你。"画和祝愿，极富诚意，我都喜欢。

我萌生去探望画家的愿望。2000年终于成行。春节时，我抵达音乐之都维也纳——一座白雪覆盖的美丽城市。在我的印象中，画家是与他祖国的多瑙河联系在一起的。那天狂风大作，多瑙河水是深灰色的，奔腾不息，正吻合了画家艺海无涯的进取心境。

进入宽敞高大的画室，见到欧洲现代派画坛开创乾坤的人物，却是衰弱的、年迈的，坐在轮椅里，说话的声音很轻很轻。车祸之后，他的健康水平明显下降。午休后，他换上新衣服，因为今天中国客人来了。夫人为他整理衣领时，他一直在对着我们笑。我送上一件琉璃作品《春秋饮》，他流露出不解。我举起来做饮酒状，画家领会了，喃喃低语。翻译解释他的话："很中国。"我递到他手中，他轻轻抚摸……我们一起拍照，一起喝茶，谈着前一天在金色大厅举行的中国民乐春节音乐会的盛况，直到窗外的天空渐渐暗了下来。夫人在帝国饭店订了餐位，我婉言谢绝了，因为来到维也纳不去歌剧院看歌剧是要后悔的，而这天是我逗留维也纳的最后一个晚上。今日回想，没去领略帝国饭店的气派和美食，也有点遗憾。

从画室出来，踩在雪地上，我满腔愤怒：是什么人开车撞的他，那人知不知道，失误撞倒的是一座欧洲绘画的大山！

不久，噩耗传来，画家走了，于他的山水中云游去了。

之后，马克斯·魏勒的追随者们来了，"奥地利新抽象派画家五人联展"在中国美术馆开幕，依旧是国家级的规模，依旧是总理出席，依旧是宾客满堂，夫人是策展人。我从上海赶到北京，又站到中国美术馆二楼的回廊上。夫人在主宾席上四下搜寻，我向前探出身去——她发现了我，惊喜，我们依旧悄悄地遥相摆手。开幕式结束，我从楼上跑下去，跑向高大干练的夫人，我们紧紧拥抱。

2000 年 2 月

蔡元培的婚事

　　蔡元培，大学问者，大教育家，被后人誉为"学界泰斗，世人楷模"。他曾任北京大学校长，提倡"学术自由"，主张对新旧思想"兼容并包"，实行"教授治校"，宣传"劳工神圣"，使北京大学成为新文化运动的发祥地。这位倡导中国教育革新的先驱者的铜像，竖立在北京大学校园里，竖立在苍翠的松柏之间。我每每路过，不由驻足，向先生投以崇敬的目光。我总是想：先生的思想紧随时代思潮演进而变化，这也会反映在他的家庭和个人生活中吗？

　　蔡元培一生结过三次婚。

　　他的第一段婚姻由兄长做主，22 岁时迎娶了夫人王昭，是典型的旧式婚姻。王昭总是称丈夫"老爷"，自称"奴家"。蔡元培对她说："你以后可不要再叫什么'老爷'，也不要再称什么'奴家'了，听了多别扭呀！"而王昭总是温顺地回答："奴家叫惯了，改不过来呢，老爷。"进入 1900 年，接受了西方新思想的蔡元培开始思考女权的定义，他写出"夫妻公约"，重新调整与妻子的关系。这一对结婚十年的夫妻终于享受到了平等的美好，渐渐找到恋爱的感觉。先生因反对清政府辞去翰林院官职时，夫人王昭带着两个孩子紧随丈夫从京城回到家乡，支持他。先生欣赏王昭对名利淡泊，从不与官场太太往来，听丈夫的劝导"放脚"，不沾"迷信鬼神"……可是，好景不长，王昭因病去世。

33 岁的蔡元培，在知识界已颇有名气，志士文人纷纷上门提亲说媒。他贴出"征婚启事"：第一，不缠足；第二，识字；第三，男子不娶妾，不娶姨太太；第四，丈夫死后，妻子可以改嫁；第五，意见不合可以离婚。这份"征婚启事"在当时称得上惊世骇俗！

一天，蔡元培在朋友家看到一幅工笔画，线条秀丽，题字极有功底。此画出自江西名士黄尔轩之女黄仲玉之手，她是当地有名的才女。黄仲玉没有缠足，精通书画，孝敬父母，完全符合蔡元培的择偶条件。还没有见到黄仲玉本人，先生就托人去求亲。1902 年，先生在杭州举行第二次婚礼，以开演讲会的形式代替闹洞房。他们美满地共同生活了 18 年。1920 年底蔡元培在欧洲考察时，黄仲玉因病逝世。先生书写《祭亡妻黄仲玉》：呜呼仲玉，竟舍我而先逝耶！自汝与我结婚以来，才 20 年，累汝以儿女，累汝以家计，累汝以国内、国外之奔走，累汝以贫困，累汝以忧患，使汝善书善画、善为美术之天才，竟不能无限之发展，而且积劳成疾，以不能尽汝之天年。呜呼，我之负汝何如耶！……

蔡元培 55 岁时担任北京大学校长，他决定再度娶亲，条件是：具备相当的文化素养，年龄略大，熟谙英文，能成为研究助手。周峻原是上海爱国女校的学生，对蔡先生素抱钦佩与热爱的情感，时年 33 岁未婚，这在当时是难以想象的。经挚友推动，

1923 年 7 月 10 日，蔡元培到周峻下榻的宾馆迎娶她，在苏州留园举行了现代文明的婚礼，新郎西服革履，新娘白色婚纱。新郎还用文字记录下新婚："忘年新结闺中契，劝学海外游。鲽泳鹣飞常互且，相期各自有千秋。"婚后十天，蔡元培携周峻前往比利时首都布鲁塞尔，夫人和女儿都进了国立美术学院，而先生开始潜心编写《哲学纲要》。每临黄昏，布鲁塞尔的林间小路上，总能看到一对老少夫妻相携而游，吟诗赏月。

1940 年 3 月 5 日，蔡元培病逝，享年 72 岁。两天后是周峻 50 岁生日。

蔡元培经历了中国推翻帝制、走向共和的翻天覆地的变革，经历了新文化运动的兴起以至方兴未艾的狂潮。社会潮流涤荡着每一个人，改变着每一个人，特别是搏击潮流的先行者。蔡元培的三次婚姻，择偶标准的三次变化，反映了他投身社会变革的同时自身发生的改变。在人生道路的三个阶段，先生携手三位女子，构成了他思想变化的脉络，写照了先生的一生。

2012 年 5 月

1

2

1、2. 俄罗斯名剧《大雷雨》剧照，我饰演瓦尔瓦拉，那年，我22岁
3.《爱情麻辣烫》剧照
4. 23岁时，我在话剧《山村姐妹》中饰演小丢儿

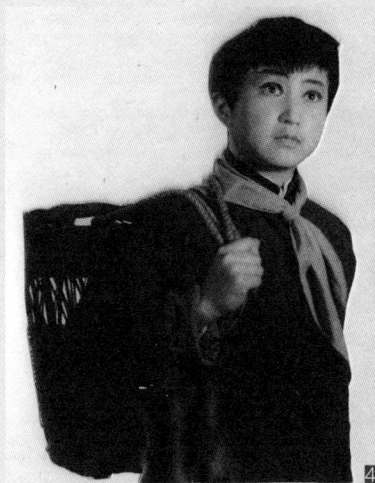

1. 在中国人民大学与新闻系同学交谈
2. 参加世界妇女代表大会非政府论坛活动
3. 《文汇报》北京办事处的同事们
4. 与杨惠姗、张毅在上海文汇大厦
5. 北京人民艺术剧院1988年上海演出之后在和平饭店，其中，于是之（左四）、英若诚（右四）、夏淳（右六）、林连昆（右五）、周瑞祥（左三）已永远离开我们

檐下听雨

听雨，恬静养性修身。只要心中有雨声，便能在喧嚣和嘈杂中寻回超凡脱俗的心境。

戏剧的坚持

文化部在进行"优秀保留剧目大奖评选",参选剧目的演出场次必须达到 400 场。我的第一反应是:一个戏连演 400 场?谈何容易!有哪些剧目能创造如此高的演出记录?我屈指计算:辽宁的戏可能吗?北京有吗?山西呢?还有哪些?数日里,疑问萦绕。

8 月 5 日晚走进上海话剧艺术中心剧场,我喜出望外,坐在我左侧的竟是曾任辽宁人民艺术剧院院长、中国戏剧家协会主席的表演艺术家李默然,坐在我后排的是山西省话剧院院长贾茂盛。天意巧合,我要找的正是他们二位!只有他们能给我确切的回答。此刻,再次验证世界上曹操是跑得最快的人,不是"说曹操,曹操到"吗?但是,我还没说"曹操"呢,只是想想而已,"曹操"便出现在面前了。二位是来出席中国话剧研究会(上海)座谈会的,他们当即提供重要信息:辽宁话剧《父亲》等 4 出戏演出均在 400 场以上,山西话剧《立秋》演出达到 500 场;各省市上报文化部的参加评选的剧目竟有 300 台之多!

惭愧自己的孤陋寡闻,钦佩戏剧界惊人的记录。这需要怎样的坚持——

　　山西省话剧院在全国话剧界原先并不惹人注意，剧院新戏《立秋》邀请北京的陈颙去排练，这位无人不知晓的女导演在排演场突然倒下，引起震惊，《立秋》随着噩耗传播，一夜驰名。陈颙是我尊敬的导演，我适时在《文汇报》上发表纪念文章《陈颙，在排练场倒下》。贾茂盛拿着报纸从山西奔来找我，一见如故。这是一个不达目的决不罢休的汉子。于是，就有了之后"上海透明思考文化传播公司"对《立秋》上海演出的"全程支持"。

　　《立秋》演的是山西晋商的故事，"纤毫必偿，诚信为本"的精神贯穿全剧，倡导"勤奋敬业"、"生一日当尽一日之勤"的核心价值观，字字掷地有声，句句震撼心灵，中华民族传统美德在这里发扬光大。2004 年 4 月 27 日晚，《立秋》在山西太原首演；2009 年 4 月 26 日晚，于北京国家大剧院完成第 500 场演出。五年中，《立秋》涉足全国 27 个省、市、自治区的 83 个城市。贾茂盛是《立秋》的出品人，事无巨细，亲力亲为；他又是"首席营销官"，寻找和开拓市场，马不停蹄，八方出击。他找到了500 场演出机会并参与全部的行程。"这是我生命中弥足珍贵的五年，是我最刻骨铭心的五年。我经历了艰难坎坷，我面对着大悲大喜，我尝尽了酸甜苦辣。"一个省级剧团的 70 人队伍，开着 3 辆 10 米长的载重卡车，带着一台戏，跋山涉水，12 次进北京，4 次进国家大剧院，获得在话剧百年纪念时唯一演出剧目的荣耀。虽然布景已是第二次制作，虽然服装已是第二遍缝纫，但是，台前台后的人们依然情绪饱满，每一次演出当作第一次般对待，努力保持新鲜感，克服自我厌倦、懈怠，是真正的挑战。

　　《立秋》在海峡两岸观众中引起强烈共鸣。北京大学一位山西籍学子在看完《立秋》后深情地写道："来世我还要做山西人，不为什么别的，就为那段沧桑的历史，那一种力量的传承。"台湾观众有感于中华民族子孙同宗同源、血脉相连而踊跃观剧。中国国民党名誉主席连战为此题字：立秋演出百尺竿头。众人评价《立秋》"好戏"、"好看"，口口相传，产生连锁传播效应，吸引了海峡两岸50余万人坐进观众席，完整地看完戏，并报以热烈掌声。山西话剧院创作《立秋》的初衷实现了，他们以行为证明：有志向，有毅力，方能开拓市场；而真正赢得市场的剧目，必须达到超凡的境界、艺术的高度。《立秋》成了一张名片。

中国是戏剧大国，节庆假日看戏是传统，婚丧嫁娶请剧团是习俗，看戏是公众的一种生活方式。同时，演戏对剧团来说又是生存的必需，为了做到有求必应，有的剧团一天要演两场以上，福建莆仙戏《春草闯堂》、北京京剧《三打陶三春》累计演出均达千场之巨！我曾经见过循环演戏如同放电影一般，演员累惨了。写到此，心头掠过一阵凄凉：河南豫剧团的队伍吹吹打打，走在送葬的路上……被认为幸运的贾茂盛，同样尝尽了酸甜苦辣。

坚持，变不可能为可能，咽下酸甜苦辣。

2010 年 5 月

楼东新度

　　昆山，古称楼东，中国昆剧形成之地；新度，新的历程。

　　"楼东新度"是已故画家、书法家吴作人先生生前为上海昆剧团所作的题词。吴先生曾为中央美术学院院长、中国美术家协会主席，曾获法国政府文化部授予的"艺术与文学最高勋章"和比利时国王授予的"王冠级荣誉勋章"。

　　这篇短文的第二位主人公是被称为中国经济学界泰斗的陈岱孙教授，是我的舅父，更是我精神的支撑、心灵的镜子。

　　两位先生于1997年相继去世。

　　中国昆剧全本《长生殿》2008年春天赴北京演出，剧组正在保利剧场装台——手机铃声响了。"嘿，您说逗不逗，我昨晚做梦，梦见吴先生了，他说要看《长生殿》。您说，他怎么会知道你们要来北京演《长生殿》啊？""他老人家知道的，他的题词悬挂在上海昆剧团会议室里，他注视和感应了《长生殿》八年历程。"开演时，老人的照片是被带着去剧场的。

　　就在同一天，我受上海友人之托，在剧场前厅与远道而来的挚爱昆剧的浦汉明教授见面。初次见面不觉陌生，这位浦姐姐仿佛见过、交谈过，我们的文章曾被收于同一本书——《永远的清华园》，可谓神交已久。她赠送我两本书——《漫唱心曲谱婵娟》和名师讲义系列之《浦江清：中国文学史讲义》。浦江清教授是浦姐姐的父亲。我信手翻开书，一行字跃入眼帘：他（指浦江清）和俞平伯、朱自清、陈岱孙等人办过一个谷音曲社。瞬间，我又惊愕了！我的大舅竟然办过曲社！此时，竟然也出现在剧场！他是来检查我作业成绩的：《长生殿》演出剧本整理得怎么样？策划、制作够水准吗？演出好看吗？从小，我便有在老人膝前描述"过关斩将"的爱好。那晚，他特地从天上来到人间，就像戏中所演的，先贤能在地下、人间、天上自由行走，以弥补往日情景不再和我心中的惆怅。

我感到冥冥之中，吴先生吹笛，浦先生吹箫，陈先生、朱先生、俞先生一旁击节拍曲，和着《长生殿》的旋律。唱昆曲、听昆曲，是老辈学人的爱好、修养，是幽雅生活中的情趣。今天，可以告慰先人的是——往日远离昆剧的年轻人群，今天已成为主要的观众，席中如痴如醉，精神境界得到提升……

被誉为体量最大、题材最重、舞台呈现最绚丽的全本《长生殿》，2009 年 6 月应国家大剧院之邀，再度到北京演出，三百年前被迫离京的"游子"又可以回家了。

这一切，应验了"楼东新度"的祝福和期待。

2008 年 4 月

刻骨铭心的音乐会

交响音乐于我有刻骨铭心的记忆。

在那满大街的人都穿灰蓝衣裤的年代，生活的愿望，也被掩埋在如铅般沉重的灰蓝色之中。那时候，人的贵贱以阶级划分，有荣登"正册"的，也有被贬谪"另册"的，这总使我联想起地狱中阎王爷手里的生死簿。我的"家庭出身"注定我当屈居"另册"，那是不讲道理、讲不清道理、是非颠倒的年月。在那样的逆境里，我走路靠边，人前不语，但是，我时时提醒自己：保持心中的骄傲！

1973 年，美国费城交响乐团访华演出，这是第一个在 70 年代来中国演出的高水准的西方交响乐团。它打破了我的沉寂，"要去听音乐会"的愿望抑制不住地迸发出来。那是摧毁文化的"文化大革命"期间。"给我一张票吧！""给我一张票吧！"（那时的演出票是不销售的，采取免费分配的办法。）我向所在剧团的领导——要求，将赖以自我精神支撑的"骄傲"置于一旁。他（她）们不为所动，因为"上面"有指示：音乐会的票必须发给出身好的政治可靠的骨干。

演出那天，早过了可以回家的时间，我就是不离开，在剧团的院子里转悠。院子里空了，大门口仿佛还有一个人影在晃动。剧团所在地往西与民族宫剧场一箭之遥，东边是电报大楼。时钟敲了七下，我就是不回家。眼看着大钟的秒针在一跳一跳移动，时间分分秒秒流逝，离开演只剩五分钟了！"小唐，你过来。"三弦高手许吉星把我唤到空无一人的传达室，"给你，别让人看见。"他的声音很低，塞给我一张搓揉成一团的音乐会入场券，潮乎乎的，我感觉到他下决心时手心里的汗。我惊愕语噎。"快去吧，我反正也看不见。"他这是安慰我，他虽然眼神不济，但不可能不明白到现场欣赏和听广播录音是迥然不同的。我恍然大悟：刚才大门口有一个人影闪过，原来就是他！我"唔"了一声，转身出门向民族文化宫剧场跑去，穿着黑布鞋，跑得飞快。找到座位，剧场里的灯正暗下来，心仍"嗵嗵嗵"地猛跳。当交响乐声随指挥棒扬起的瞬间，我难以形容所受到的冲击和感染！那是一部描写春天的作品：黎明的森林，万物复苏，生命躁动，我仿佛驾着升腾的雾气飞翔起来，灿烂的阳光耀眼——我昂起头，倾身向着舞台，陶醉了，泪流满面，又急忙捂着脸埋下身去。

二十年之后，我已从北京曲剧团调到《文汇报》社担任驻北京记者，美国费城交响乐团第二次访问中国。新闻发布会上，乐团指挥、团长、参加过1973年北京演出的乐手，与记者们相对而坐，其中一位金发小提琴手我还清晰记得。当谈及第一次访华演出的情景，小提琴手的脸上挂着愠色，因为当年中方规定音乐会不能加演返场节目，音乐会结束，强行落幕。当问到记者席中是否有1973年的观众，我举手了，与金发小提琴手目光相遇。

第二次的音乐会在人民大会堂举行，较之第一次，接待规格提高许多，最重要的，能够按惯例应观众要求加演返场节目了。我与儿子刘昀着正装同往，迎着习习夜风，从容步上大会堂石阶。演出开始，我侧视儿子，他心情轻松愉快，专注于音乐之中。我眼前浮现如他年龄时的自己，一身蓝灰衣裤，忐忑不安地找座位的情景。我辈的青春，在唱样板戏、语录歌的灰蓝色岁月里流逝，那时心头常涌上唐朝大诗人白居易《琵琶行》的一句：呕哑嘲哳难为听。

1996 年举行中国国际交响音乐年活动，美国费城交响乐团第三次来中国。不巧，我因严重眼疾卧床，靠收音机消磨时光：恰是现场直播美国费城交响乐团的演出，铿锵的旋律一声声撞进心里。当天的入场券躺在枕边，平展展的，使我记起那张带着汗潮的入场券——好久不见吉星大哥了，对他的记忆永远不会改变。不同的是，我们的乌发已变成了白发。

2010 年，美国费城交响乐团进上海世界博览会演出。一个年轻人与女朋友初次约会，正赶上这盛大的音乐会。事后，他兴奋地说："太棒了！终生难忘！"啊，音乐，令生活更美好。

2010 年 10 月

小小的我

　　我喜欢一首歌，一首名为"小小的我"的歌，最早唱响在 1987 年中央电视台春节联欢晚会上，歌手叫苏红。我喜欢这首歌，是因为旋律流畅通俗，唱词平实亲切，演唱者的笑容感染得听众的脸上也漾起了笑容。岁月流逝，记忆犹新：全场欢快地击掌，演唱者穿着明黄色上衣、黑短裙，游走在观众中间："天地间走来了小小的我，噢，小小的我；不要问我姓什么，噢，叫什么。我是山涧一滴水，地上一棵草，投入激流就是大河，拥抱大地就是春天的歌。小小的我，小小的我……"这首歌，使苏红一夜走红，演出邀请络绎不绝。她的家不宽敞，人却很多，进得门去热气扑面，公公、婆婆、丈夫、小叔子、儿子聚集一堂。只见苏红挽着袖子在厨房做饭，累得喘粗气。她是儿媳、妻子、母亲、嫂子。婆婆说，如今演出这么忙，叫她别做了，她非干完了再走。"没事儿！"苏红脸上挂着如唱歌时的神情，唇齿间仿佛流淌出《小小的我》。每当欣赏这首歌，我如同欣赏优美的精神状态和生活状态。

　　时隔二十多年，这首歌仍时常在我心中萦绕。由此，浮想联翩。

　　俞振飞先生是昆曲界泰斗，生前时常应邀到北京出席各种会议，他的夫人李蔷华陪同左右。他们通常到会场比较早。俞老八十有余了，正应了"笨（慢）鸟先飞"这句俗语，会场主席台上还没有人落座呢，李老师便搀扶俞老上了台，找到座位，替他脱去外衣和帽子，慢慢坐下，把事先沏好的茶水放在俞老手边，并在他耳畔悄声嘱咐了又嘱咐。一切停当，李老师退身离开——迎面上来的工作人员拦住她，要她也在主席台上就座。她不肯，执意坐到台下。我若干次地观察，这位曾经在京剧舞台上叱咤风云的"角儿"、蜚声中南地区几十年的武汉京剧院台柱子、艺术造诣高深的表演艺术家，如今穿着蓝布罩衣，不施粉黛，不事声张，完全隐去自己，专心照顾俞老。我也观赏过李老师陪伴俞老演出《奇双会》之"写状"一折。在戏中，她依旧对老人适时呵护，又完全符合戏中的人物关系。戏里戏外，李蔷华老师都做得那么得体、周到，使俞老有个踏实、安逸、健康、有作为的晚年，这是何等的功德呀！俞振飞先生去世以后，李蔷华老师回复了自己。她爱穿鲜艳的服装，教课、演戏、看戏，依旧是戏剧队伍的一员，正如歌词所唱："一滴山涧的水投入激流就是大河……"

　　"小小的我"演变出"大大的我"。

　　下面介绍本短文的第三位演员：赵丽蓉。这是一个家喻户晓的名字。农村是中国戏曲土生土长的摇篮，她出生于农村戏曲之家，是扒着戏台（看戏）长大的，一生与家乡的评戏（形成于河北省东部农村的地方戏）为伴。因为倾大半生在舞台上历练，她成为"全能旦角"的实力派演员，不论演什么，都能大放异彩。20世纪80年代初，赵丽蓉在北京体育馆表演黑人歌舞，狂热的观众不让她下台；她主演电影《过年》，在东京电影节上荣获"最佳女演员"称号；尤其是她历年在春节晚会上演的小品，使她成了"最佳表演"获奖专业户。她的名字响亮，如日中天！我去看望她的时候，她正在接电话："喂，你找谁？这里没有赵丽蓉小姐，有一位赵丽蓉老姐。"她的口音带着浓重的家乡味儿。这是春节联欢晚会后的第三天。她盘腿坐在炕上，身心疲惫，抚摩着长骨刺的脚："参加春节联欢晚会的滋味不好受。年卅我在电视台演出，我们家是年年过不了年。排演节目，一早去（电视台）关一天，一天两盒饭。脚病一年比一年严重，难治，旁人问候解不了我钻心的疼！话说回来，大家伙爱看我们的节目，再难受也得演。"她的声音也十分疲惫，我怎么也无法将带给千家万户欢乐的艺术家形象与眼前这位老人联系起来。当天凌晨四点钟，来人把她家的门擂得山响，请她去河南演出："赵老师，求您了，您不去，观众不答应呀！"赵丽蓉考虑再三，没去。她向来人解释："这么急，我没有准备的时间，一时又找不到合作的对手演员，保证不了演出质量，我不能糊弄观众；再说了，我不能开'走穴'的头，我不是那岁数啦。"赵丽蓉以平常心过着平常人的日子，低调，清心寡欲，去世前几年，干脆搬回农村居住。她是严于自律的艺术家，看重艺术，看重观众，看重忠于艺术的自我。我们领教的赵丽蓉老师是"大大的我"，却与"小小的我"同根同源。

读者如果不嫌我絮叨，再描述一位演员、男士：他准备去参加发行新片的活动，担心观众会对自己围观、堵截、追逐，出门前照着镜子竖起衣领，架上墨镜，把帽檐压低，还戴上口罩，捂了个严严实实。影片放映后，演员陆续登场。观众确实热情，激起的欢呼声如海潮一般。轮到这位演员上场了，他准备着享受观众的盛情，但是，观众却没什么反应，连与银幕上他演的形象也联系不起来，疑惑地问道：他是谁呀？

他是还没有找到"我"的演员。

2000 年 12 月

寻找长廊

长廊还需要寻找吗？走进北京颐和园，迎面就看见举世闻名的长廊，蜿蜒于万寿山，一眼望不到尽头。因其长 735 米，被称为"建筑奇迹"、"世界第一长廊"，吉尼斯纪录榜上有名。

但是，这长廊时常欲求不得，是会找不到的。

颐和园原是清朝帝王的行宫和花园，前身为清漪园，1750 年开始建造，几经战火几次修建，1888 年慈禧太后七十大寿之际，最后建成，改称"颐和园"，取意"颐养太和"。颐和园面积 290 公顷，水面约占四分之三，基址是昆明湖和万寿山。园子兴建之初，山水之间不规则地散落着很多大小不等的建筑物，园子形不成完整的格局。清朝内务府的营造司负责皇家的建造事务，严格遵循宋代《营造法式》的传统规则。从清漪园过渡到颐和园，慈禧太后动用了海军经费 3000 万两白银，要求改建后的园子有新面貌，这在书本里是找不到相关的规定和方法的。据记载，清代的雷氏家族已有六代人供职于朝廷负责建筑事务，那时将"设计"称为"样式"，因雷氏满门技艺高强，人称"样式雷"。这是赋予极大尊敬的称呼！那时，老少"样式雷"天天在昆明湖畔、万寿山上转悠，苦苦寻求一个可行的方案……终于，主事的"样式雷"拿起笔，在舆地图（清代对地图的称谓）上画了一条长长的弧线，犹如一条腰带，不拘一格地将山上山下所有的建筑物围在同一地界中，原先零散的不成格局的亭、台、楼、阁、廊、榭，一下子呈现"错落有致"的景象，园子旧貌换新颜。在很多人心目中，"长廊"成为体现规划、整合又超越规矩的智慧象征。

　　曾经，北京人民艺术剧院杰出的表演艺术家林连昆想演"样式雷"，苏民（濮存昕的父亲）想导演"样式雷"，于是，我们约了一位编剧开始创作《样式雷》话剧剧本。

　　到颐和园博物馆和档案室走访是创作的第一堂课。在那里，当年"样式雷"勾画的长廊示意图放到了我们面前，历史仿佛一下子被推到了身边，前人的智慧真真切切可以触摸。但是，经过日日夜夜的讨论、构思，却形不成剧本，原本是期望再现"长廊"的诞生，但是，最终没有找到"长廊"，我们不得已放弃了。

　　去看望近乎失语的林连昆，他口中断断续续蹦出来的字儿里，还能分辨出"样"、"式"、"雷"来。事情凑巧，朋友介绍我联系一位电视剧制作人，是制作过电视剧《样式雷》的。我喜出望外，问在哪里可以找到片子看，对方回答："拍摄完成四年了，至今没有播出。"真是的，片子已经拍出来了，可比当年我们连剧本都写不出来要进一大步，但是，至今仍旧没找到"长廊"。

　　"寻找长廊"的行为在今天比比皆是，这是个崇尚创意的时代。但是，所有的创意都能精彩地有机地体现"长廊"意识吗？未必。

2008 年 8 月

世外桃源

　　我家先生刘元声有收藏古籍的爱好，古代戏曲剧本和与他家先人相关的藏书或抄本，是他关注的对象。不久前，他专程去南京参加拍卖会，为的是他三祖父的一部手抄本，手抄本抄录的是李鸿章给亲家刘秉璋的书信集（李鸿章为晚清重臣；刘秉璋为晚清淮军将领、四川总督，刘元声的曾祖父）。他如愿以偿捧回了先人的书信集。同时，他还带回一部手抄书，一部翻开即令人感到清风扑面的书！

　　这部书没有书名，没有署名，是一位无名氏抄录的唐代 70 位诗人的 150 首唐诗。蝇头小楷工整、隽秀，像是一个涉世不深的女孩儿的手迹，一个书香门第勤于习字吟诗的女孩儿的手迹。细看字迹，略显稚嫩，但是，落笔从容，书写规范，那平和的心境跃然纸上。书写者传递了令人愉悦的信息。推断此抄本可能诞生在 19 世纪末，那轰轰烈烈、动动荡荡的革命的 20 世纪还没到来。翻阅抄本，令人产生遐想，甚至会编讲出娓娓动听的可爱的女孩儿写字的故事。

　　这个抄本只标价人民币 1000 元，拍卖会上无人问津，唯刘元声举牌，买得。抄本是纯洁的，未沾染如今拍卖战场竞价逐利的厮杀气息；抄本是幸运的，获得爱书人收藏的归宿。我们时常翻阅、欣赏，呼吸这本书透露出来的世外桃源的气息。今天，向往世外桃源被看作不入时的奢侈，但是，在纷繁杂乱的社会生活中，在沉重的工作压力下，这本书的意境是对人心的慰藉。说真的，我曾过目历代若干书法大家的"笔走龙蛇"，但是这部抄本最令我感到亲近。费解的是，这部抄本中竟没有诗仙李白和诗圣杜甫的作品，无从知道原因。能去问谁呀？！留下个谜由感兴趣的人来破解吧。幸好书中有白居易的《长恨歌》，我自幼对这首诗特别钟爱。抄书女孩儿在抄写《长恨歌》时，笔锋依旧述说着平静，看来不为唐明皇和杨玉环的生死爱情所动，不然，她的笔下怎么还是那样从容、恬淡？

中国是书法大国，遗憾的是，科学发达的今天，年轻人却不会写字了，连孩子们的作业都在电脑上完成，并通过网络向老师递交。"字如其人"是我们民族的传统观念，几千年来规范着国人习字的风气，有些人学历不高，却练了一手好字。今天许多靓女帅哥写的字不堪入目，只会"龙飞凤舞"地签名。让我们还是挤出一点点时间坐到书案边，静下心来，选一个字帖磨墨写字，学一学这个小姑娘，远离浮躁，摒弃烦躁，践行先人"字如其人"的遗训。

世外桃源并非远不可及，在 21 世纪，它依然是理想的生活形态，是可以在每个人的心中营造的。以自己的一切美意、善意和勤奋，面对社会，献身社会，便可获得心中世外桃源般的纯洁和恬静。朋友们，请试试吧。

2008 年 10 月

檐下听雨

听雨，是我多年来难以忘怀的意境。

幼时住在北京东城根儿的大宅院里，客厅窗前的廊子宽宽的，廊子上有常年置放着的藤椅和长在石头上四季常青的铁线草，还有金鱼缸；院子里有杨树、龙爪槐、海棠、葡萄架，以及十八棵丁香花。雨天，我喜欢坐在廊子的藤椅上，看着千变万化的雨姿，听着雨落树叶的声响，轻重有致，天成交响。那顺着房檐滴下的雨水如左右两道雨幕，在泥土地上砸出一溜浅浅的小坑，当小坑里盛满了雨水，滴下的雨水又溅起一蓬蓬小雨花。这时，除了雨声，什么声音都没有了。那般的悦耳和宁静，至今还会出现在梦境中。

北京的后海畔有座大院，国母宋庆龄曾经住在那里，现在是对外开放的宋庆龄故居。大院里的南墙处是假山，假山上的树木掩映着长方形的亭子，牌匾上有"听雨阁"三个大字。我顿时被打动，登山入阁，耳边仿佛响起悠远的雨声。那想象的雨景，和着墙外烟波浩淼的后海，真是神界！这个宅院在清代乾隆年间是大臣明珠的府邸。他的公子纳兰性德诗词造诣高深，经常邀三五知己谈诗论词，就是在听雨阁里。此处对同好人等来说，是能感受到灵性的。艺术家英若诚生前在新居的院子里搭了一个棚子。我问："这是做什么用的？"他回答："听雨。"我又一心动，不由得说起宋庆龄故居——他立即接上话茬："有个听雨阁！"后来，我又数次去过宋庆龄故居，不论是开会还是为了别的什么事，于我，都是被那听雨阁所吸引。

鼓山，位于福州市郊。山涧流水潺潺，崖壁上刻着硕大的"听水"二字，那是我的外曾祖父陈宝琛（宣统皇帝的老师）留下的笔迹。后来他以此为号，自称"听水老人"。我们去鼓山的那天正巧遇雨，雨声和着山泉声，还有伞顶上滴滴答答的水声，妙不可言。

再与雨声邂逅，是在北京皇家粮仓昆剧《牡丹亭》演出现场。编导的意图是在北京有六百年历史的粮仓空间营造出江南厅堂的意境，现场置放了六口大鱼缸，里面有金鱼游弋。演出中，突然水声大作，如同骤雨倾盆，原来是鱼缸上方安装的花洒（淋浴器）同一瞬间喷出水来；之后，雨声渐渐减弱，"滴滴答答"持续到演出结束。我佩服导演以简洁的手法使观众如置身房檐滴雨的江南厅堂中，将昆剧置于原生态的环境中演绎，更显示其艺术魅力。我逢人就夸厅堂版《牡丹亭》。朋友们反问："那戏真有这么好吗？"于我，是重逢"听雨"。

听雨，亲近大自然，珍惜大自然，享受大自然，希求寻回恬静。恬静养性修身。今日世界无所不在的是恼人的喧嚣、嘈杂，只要心中有雨声，便能在喧嚣和嘈杂中寻回超凡脱俗的心境。

2000 年 5 月

台湾故事(两则)

在台湾听到两则故事，一直挂在心上，那故事中的情景甚至入到梦中。回来后说给朋友们听，朋友们一致嚷嚷着：把它们写下来！

一

中横山脉蜿蜒起伏，横贯台湾中部。驱车由西向东行驶，山路浓荫覆盖，村寨点缀其间，隐隐现现，令人遐想。望着车窗外向后闪去的景色，仿佛与一个个发生在这里的故事擦肩而过。

太阳偏西，下车用餐，上的是土鸡汤、炸姜花、凉拌嫩笋……大碗大碗的农家菜，摆了满桌。小饭店建在山坡上，一侧有高大的樟树。饭后散步，看见路边一座破旧得推一把就能坍塌的小屋。门半开着，里面黑乎乎的，一张歪歪斜斜的木板床，没有被褥，想必没有人住了，是一间被废弃的小屋。突然，一种莫名的感觉涌来：这里曾经住过人！这里曾发生过什么事？我一时语噎，不知要问什么话，只是期盼地望着店主人。店主人五十开外，劳作的辛苦印在脸上。他慢慢道来：

　　这里住过一位从大陆来的老兵，退伍后经人介绍到我的饭店。他喜欢种菜、养鸡喂鸭，说是自小在山东老家干惯的。他在这里只要管吃住，工钱多少随意。他不愿住前房，在房后盖了这间小屋，一个人清静。老兵买了台电视机，每天晚饭后必看电视，多看关于大陆的节目。老兵话不多，只有见到我那17岁的儿子放假回来，才有话说：俺来台湾那会儿，就像你这么大……暑假说过的话，寒假还会再说。儿子懂事，每每耐心地听，从不打断老兵的絮叨。老兵习惯在小屋里自言自语，每年到了他17岁离家、上台湾岛的那个日子，他早早回到小屋，关上门，屋里发出窸窸窣窣的纸包声。第二天，他的眼睛挂血丝，一脸沮丧。

　　时光一年年流逝，老兵真的老了，始终单身，被安置去台北市生活，那里有宿舍，有荣民总医院，所有的老兵问诊就医免费。

　　他的行囊简单，双手郑重地捧着一个油纸包。为释送行人们目光中的疑问，他剥开一层层的包纸，里面是一堆黑褐色的颗粒："这是盐。17岁那年，娘叫俺去买盐，在回家的路上遇到抓丁的。俺求长官，待把盐给娘送回去再跟你们走，她老等着盐做饭呢。长官不准，说是要不了多久就回来，连推带搡地把俺拉走了。"他沉重地叹口气，那是从肺腑深处发出的哀鸣。谁知这一离家55年难回头，那远在家乡锅台边等着他的娘再也没有把儿等回来——老人家望瞎了眼，走啦！

台北市荣民总医院的候诊大厅里，有很多风烛残年的男性老人，操着不同省份的方言，他们多为从大陆来的老兵。我注视着一个个从身边走过的颤颤巍巍的病人，有坐轮椅的，有家人搀扶的，也有独自拄杖蹒跚挪步的……想寻找那位一心要把盐送回家的孝子——当然无从认起。可是，看着看着，觉得他们一个个都像、都是！都是少小离家、终老他乡的游子。

二

第二天，车继续向东行驶。有座园林式的作坊，远近闻名，途经的游客到这里一定下车。入口处是很高的石阶，拾级而上方可进入制作陶器的作坊。主人家的手艺精湛，作品令人爱不释手，收藏者、参观者络绎不绝。主人家夫妇学历高、生活品位高，他们经年累月地打扮自己的家园，用中国园林和盆景的构思，设计这山、这林、这里的每一方寸土地，这里被他们装点得处处有令人赞叹的景色。

这对台湾夫妇是大陆移民的后代，祖籍闽南。

下雨了。雨水顺着石阶潺潺流下，而石阶上一张木圈椅仍在淅淅沥沥的雨中，被淋得透湿。我示意同行的小伙子冲过去将椅子收进来。这示意被又一个示意阻止了。

原来，这里的先生曾因反对国民党统治坐过大牢，一去六年！年轻的夫人带着一对幼儿幼女继续园艺劳作，继续在园子里栽种花草树木。她不在乎艰辛，时而吟唱李白写的诗，时而为孩子们讲述"阿爸回家"的故事。夫人在石阶上放了这张木圈椅，夜晚，她面对大路坐着，盼望丈夫在路上现身，一直坐到孩子们在她怀里睡去；白天，木椅独自在石阶上，默默等待男主人归来。

终于，先生被盼回来了！木圈椅被收进了屋里。

先生带进门的却是一片阴影，阴影毫不留情地笼罩了这个家。夫妻父子见面的欢乐一闪即逝，往日的温馨、和谐也很快消失。先生在狱中结识了一帮民进党的极端分子，这里成了他们的集会场所，"台独"的呼声甚嚣尘上。夫人不能认同，一夜一夜地、苦口婆心地规劝丈夫。她希望这个家恢复往日的宁静，要丈夫依旧与自己比肩园艺创作，侍弄这鸟语花香的家园，要和丈夫一起接待参观的人群，为留连忘返的游客准备膳食。她设了佛龛，长跪念佛，家里香烟袅袅……但是，先生执意不回头，继续他与他们"忘祖"的狂热。

夫人默默地离去，从此剃度出家。

先生把木圈椅又放置在石阶上。夜晚，他面对大路坐着，盼望夫人在路上现身。没有人影，连儿女都出国读书去了，妈妈让他们远离这里的气氛。先生思念夫人，长夜难眠。白日，依旧是集会、集会。先生陷入深深的孤独和矛盾之中，他难以自拔。

雨水若泪，把木圈椅淋得透湿。

1998 年 8 月

饥寒交迫柏林行

2001 年冬季的一天，清晨抵达柏林。城市笼罩在雾中，阴沉沉的。旧火车站外是石块路，很多拉杆箱从上面拖过，发出如坦克驶过般的刺耳声。一群光头年轻人，神情张狂，黑衣上配着"卐"字标志，朝着人们挥拳呐喊，十分恐怖。此时此地，使我想起了战争。

到下榻的酒店梳洗整理、自助早餐，然后，赶紧登车开始一天的参观日程。

汽车驶过施工中的德国总理府和未来全欧洲交通枢纽火车站，柏林正处在全面的建设中。柏林墙被推倒以后，德国努力消除东、西柏林间的隔阂，建设一个统一的、将成为欧洲中心的新柏林。了解新柏林的规划，是我们此行的目的。

负责引导的是一位很德国的小伙子，穿戴整齐，说德语，脑门儿上仿佛写着"认真"、"严谨"的字样。我们经过一夜火车颠簸，又享受了热水沐浴和饱餐美食，上车不久便昏昏欲睡，小伙子的声音变得越来越遥远……不一会儿，车停了，他请大家下车，我们以为目的地到了。走出车门的瞬间，没防备雾散了反而寒气袭人，一个个直打冷战。他把我们带到广场上，四周空荡荡的。

他让我们往地底下看——石块砌的地面，有一处镶着两块如窗户大的玻璃，下面有灯光，只看见几个空空的书架，其他什么也没有。他说，希特勒下令把书都烧了，人类的文明被摧毁了，这里是警钟，告诉善良的人们：这样的事情再不能重演！寒风凛冽难以忍受，幸好，我们旋即被带回车上。小伙子露出笑容：诸位都醒了？原来他即兴略施小计，为了继续准备好的内容介绍。轮到我们笑了：刻板的德国人原来也幽默。

目的地真的到了，是一个很大的展览厅，中心一个大沙盘，新柏林规划的每一项工程尽在其上，一目了然。相关负责人已提前入场，等候我们到达。小伙子拿起"教杆"在沙盘上指指点点，继续着他的新柏林建设规划的介绍。新柏林的规划是很壮观的，是富有远见的，是高度科学精神的体现，或者说是德国人的世界责任感的表现。我们专心致志地随着"教杆"在柏林"城里"及"郊外"游览，伴随着不绝于耳的建筑工地传来的声响。时间在流逝，我的左右开始看手表，我也悄悄看表（当着演讲人看表素来被我自责为不礼貌的行为），啊，13点30分！顿时觉得饿了。同行者们也交换着目光：饿极了！小伙子却没有察觉，依旧滔滔不绝。又过去60分钟，我脑门儿上渗出冷汗，从来没感到如此饥饿，真快昏过去了，只能倚着沙盘强撑着，左右人等都是这般姿势。站在主宾位子的领导人示意小伙子尽快结束，小伙子却依旧按部就班地讲解，翻译与讲话人同一风格，一字一句毫不"偷油儿"（简化），一直坚持到最后。终于，介绍结束，众人如释重负。我虽然欣赏小伙子在讲话时流露出的作为新柏林人的自豪，但仍忍不住在心里骂道：死心眼儿的德国佬！

柏林墙遗址是新柏林的重要景点。那里的展览室陈列的战争图片令人发指！纪念品部销售切割成小块的墙体，装在小盒子里。我外出有买纪念品的习惯，但这次，我放弃了，我不想把战争的阴影带回家。

至今，在我记忆里留下的是德国人忠于职守的形象。

2001 年 1 月

借来的故事（两则）

契诃夫和阿维洛娃

培养青少年"阅读经典感受优雅"，是我与一个即将成为中学生的孩子京沪之间"秉烛"短信夜谈的话题。

契诃夫是俄国文学家、戏剧家，生于1860年，卒于1904年，是文豪托尔斯泰的挚友，他们同为创造俄国文学艺术辉煌、在人民心中播洒光明的人。契诃夫的剧作有《万尼亚舅舅》、《海鸥》、《樱桃园》，文学作品以短篇小说著称，27册的篇幅构成了他的《契诃夫小说集》。

契诃夫的戏剧都由莫斯科艺术剧院首演。他的夫人克尼别尔是剧院的首席女主角，优雅的剧作、优雅的表演，余韵延绵百余年，令人称道。

舞台上，《海鸥》的女主角妮娜上场，同恋人葛里高利诀别。葛里高利是位作家，她送给他一个项饰作念想，项坠是一本银质的微型书，一面刻着他的书名，另一面刻着页数和行数……台下观众席中一位女观众看着妮娜拿出项饰的那一刻，头便"嗡"的一声响了起来。她呆了，心怦怦跳，脸颊火辣辣地发烧……舞台上，葛里高利依依不舍地目送妮娜离去，然后，立即将自己的作品翻到"121页11—12行"，上面写道："你一旦需要我的生命，那就把它拿去吧！"这是妮娜给作家的最后留言。

在舞台下，这是一个作家和崇拜者之间的情感故事。契诃夫结识他的崇拜者阿维洛娃是在1889年。当时，他29岁，她24岁。阿维洛娃自幼爱好文学，很早就写诗和散文。她读过许多书，少女时代便景仰契诃夫。他的每一篇小说都使她着迷，读完《苦恼》后，她为主人公姚纳的不幸伤心地哭了。她被文学的魔力所折服，渴望当一名作家。然而，同所有普通姑娘的命运一样，她早早地出嫁了。丈夫不喜欢文学，瞧不起作家，对妻子的写作总是冷嘲热讽。不久，她有了孩子，作家梦就更难实现了。

契诃夫是在阿维洛娃的姐夫、《彼得堡日报》主编胡杰科夫家里遇到她的。他俩一见如故，谈得十分愉快。阿维洛娃为见到心中的偶像兴奋不已。她脸色红润，充满青春活力，契诃夫把她当成小姑娘，揪着她那根又粗又长的辫子笑道："小姑娘，这样的辫子我还没见过呢！"阿维洛娃告诉他自己不是小姑娘了，已经有了一个快满周岁的男孩儿。同契诃夫第一次见面后，阿维洛娃心中便燃起一束照亮她整个精神世界的火光。但是，回到家里，丈夫朝她发脾气，她心头的火光一下子便熄灭了，生活又恢复了原样。

三年过去了，契诃夫和阿维洛娃一直没再见面。三年间发生了很多变化：契诃夫进入创作的成熟时期；阿维洛娃已是三个孩子的母亲。

一次晚会，契诃夫同阿维洛娃不期而遇。他们在一起谈得非常开心，她告诉作家自己开始悄悄地写小说，追逐当作家的梦。之后，阿维洛娃遵照契诃夫的嘱咐，将自己的习作一一寄给他。他常常坦率地提出意见："您没在文字上下功夫，而这是应当反复推敲的——艺术也就在这儿了。您得删去多余的字，清除句子里的'鉴于'和'借助于'之类的词。一定要注意语言的音乐性。""花一年时间写部长篇小说，修改半年，再拿去出版。您很少修饰自己的作品，女作家不该如此，而应在纸上刺绣，慢工出细活。"

以后，两人开始通信，某种不同一般的感情在他们之间悄然萌生。阿维洛娃坠入了爱河，在感情的波澜中受着煎熬。走投无路时，她忽然闪出一个念头。她到首饰店订购了一个表链的坠子，做成书形，一面刻着"契诃夫小说集"，另一面刻着"267 页 6—7 行"。按照这页数和行数，在契诃夫小说集里找到的句子是："你一旦需要我的生命，那就把它拿去吧！"这是契诃夫小说《邻居》里的话。阿维洛娃觉得这句话恰好凝聚着自己对契诃夫的一片痴情，便借用它向所爱的人吐露肺腑之言。表坠做好后，她在盒子上写下了首饰店的地址，但没敢留下自己的名字，寄给了契诃夫。她明白，她的生命不属于自己一个人，她有三个孩子……对此，她感到透心彻骨的痛楚。

寄出表坠后，她惴惴不安。契诃夫始终没有来信。

在一次假面舞会上，阿维洛娃估计能遇到契诃夫，她身穿黑舞裙，戴上假面具，嘴里含着个樱桃，改变形象和嗓音，使契诃夫认不出她来。聊天中，契诃夫告诉她，他的新剧本《海鸥》快要首演了，请她务必去看，并特别嘱咐道："我要在戏里给一个女作家一个回答，你一定要仔细听！别忘啦！""你怎能从舞台上回答她？"她大惑不解，"你回答她什么？我又怎么知道哪些话是对她说的？"她认定作家没有认出自己。"你会知道的！"契诃夫微笑着说。大厅里奏起醉人的舞曲，阿维洛娃靠着契诃夫的肩膀，觉得幸福极了，头微微发晕，有一种如梦似幻的感觉。借着假面的伪装，她终于大胆说出："我爱你！"契诃夫故作不解："你在逗我，假面人！"

阿维洛娃焦急地等待着《海鸥》首场演出。1896年的那一天终于到来。她坐在剧场里，心情十分紧张。演员的每一句台词，她都聚精会神地听，但什么也没听出来。戏已演了一半，她很失望，暗自思忖：假面舞会上，契诃夫根本没认出自己，说在舞台上给予回答，只是句玩笑话而已。终于，舞台上出现了文章开头的一幕——"121页11—12行"。"121页11—12行……"阿维洛娃反复念叨，顿时醒悟：这就是作家契诃夫给自己的回答！她迫不及待回到家，翻开书，上面写的是："年轻姑娘不应参加假面舞会。"

契诃夫把自己生活里发生的事写到剧中，并通过舞台巧妙地回答了阿维洛娃，示意她要冷静与理智。这在他的小说《关于爱情》中有所反映：小说主人公爱上了朋友的妻子，他"不断地问自己，万一我们没有力量制止自己的感情，将造成什么后果？我不敢相信这种温柔忧郁的爱会一下子把她丈夫、她孩子和他们全家的宁静生活粗暴地毁掉"。读罢小说，阿维洛娃禁不住伏案饮泣，书页上留下斑斑泪痕，她为自己破灭了的爱之梦而悲伤。

1897年春，契诃夫突然大量吐血，被送进医院。阿维洛娃得知后十分焦急，到医院再三恳求才被准许看望病人三分钟。在回家的路上，她碰到正在新圣女修道院外散步的托尔斯泰，她把契诃夫的病情告诉了他。第二天，托尔斯泰便去探望契诃夫。托翁对契诃夫说："您这是怎么啦？您曾说可以将我的安德烈的坏疽病治好，现在您需要的是先把自己的病治好（安德烈是托尔斯泰的长篇小说《战争与和平》中的主人公）。"

契诃夫同阿维洛娃最后一次见面是在1899年春。阿维洛娃带着孩子乘火车回彼得堡路过莫斯科，换车停留两个多小时。契诃夫知道后，到车站看望她和孩子们。他发现阿维洛娃穿的是夹大衣："您带厚大衣没有？天气很冷啊！我马上写条子，让妹妹把她的大衣送来！"阿维洛娃费尽口舌才打消他这个念头。他又说："您若冻病了就给我发电报，我来给您治病，要知道我是个好医生。""欢迎您来做客，而不是看病。""咱们相识已经10年了，10年前，咱们都还年轻。"契诃夫无限感慨。"难道咱们现在老了吗？"阿维洛娃问道。"您还年轻，而我比老还要糟糕……我被疾病缠得失去了自由，看来今后咱们不会再见面啦。"他悲伤地说。这时，火车铃声响起。他和孩子们告别，同阿维洛娃握了握手就下车了。火车慢慢启动，阿维洛娃从车窗看见他的身影掠过，但他没回头。

他们果然没再见面。契诃夫在1900年给阿维洛娃的信中写道："祝您万事如意，最重要的是盼您快活，不要把生活看得这么复杂，实际上，生活恐怕要简单得多。"他产生了一种新的心境，劝这位同自己有过不同寻常感情的女友要豁达开朗。火车站见面五年后，契诃夫病逝，年仅44岁。阿维洛娃则活到了77岁。

她在回忆录中讲述了与契诃夫的故事，写出了女性作家所特有的优美细腻。经考证核实，文章内容在时间、地点、事件上都很准确，看来比较可信。唯独契诃夫的妹妹玛丽雅断然否定哥哥对阿维洛娃曾产生过某种感情的说法，认为这只是女作家的自作多情和丰富想象而已。其实，玛丽雅对哥哥袒护是多余的。即使契诃夫对阿维洛娃有过爱情，但最终还是克制住了。这丝毫无损一位伟大作家的形象，后人反而可以从契诃夫这段经历中发现他一些作品的创作背景、生活原型。这类史实对研究作家及其作品都是弥足珍贵的。

我感到幸运，读到了这个优雅的故事。经过结构上的稍事调整，我再将这个优雅的故事献给孩子们。我有幸看过契诃夫剧作三部曲《万尼亚舅舅》、《海鸥》、《樱桃园》的舞台演出。我有幸在20世纪60年代文化荒芜的北京，居然搜集齐全《契诃夫小说集》。在一个旧书店得到第27本书时的喜悦至今仍在心头。

真狗和电子狗

近日工作繁多，找了些童话故事看，借以舒缓情绪。

北京作家郑渊洁的作品为首选。他是中国文坛的传奇人物，有"童话大王"的美誉。我曾采访过他所在的《东方少年》编辑部，他在其中是新人。记得我在文章中描绘他们时，对于他是这样写的：他说话声音很小，眼睛看地，双手搓着上衣的衣角，十分腼腆。可是不久便传出他的壮举：创办刊登他个人作品的刊物

《童话大王》。这意味着他生活的全部就是奋笔疾书，连喘气的工夫都被自己剥夺了。从此，他笔下的"皮皮鲁"、"鲁西西"等系列儿童人物，成为自1985年以来25年间小读者们的亲密朋友。有的孩子读后梦中笑醒，也有的孩子笑得在沙发上打滚。

《一主二狗》的故事：

一个名为韩玉的女人，丈夫当律师收入丰厚，于是，她辞职在家悠闲。从此，再不用和同事们在领导那里争宠。"争宠"是用尽心机、损人不利己、苦不堪言的差事，现在她感到人生的美妙。朝夕更替，循环往复，韩玉独自在家时间长了，难免寂寞，于是，养了一只德国牧羊犬，虎头虎脑的，名唤"阿予"。阿予和韩玉形影不离，一个倾诉，一个聆听，人狗同心，乐不可支。不久，女儿为她买回一只电子宠物狗"阿依"。于是，在韩玉身边展开了一场真狗和假狗争宠的较量。

阿予听说家里还要再来一只狗，十分戒备，主人进家门时，它一反往常摇头摆尾的迎接，而是躲在门后窥视，心情忐忑。"阿予，我给你带回来一个朋友，它和你一样，也是狗，叫阿依，你们认识一下。"韩玉指着从皮包里拿出的一个如鸡蛋大小的椭圆形物件。阿予歪着头，认定主人在和自己开玩笑，不明白为什么管这么一个根本不是狗的东西叫狗。它上前嗅阿依，没有任何狗的气味。韩玉看出阿予的疑惑，解释说："它是电子狗。"阿予长长地舒了一口气：那是只假狗，自己才是不可取代的真狗，踏实了。

很快，阿予便尝到了嫉妒的滋味。平日每到夜间，它特别依恋主人，最希望能睡在主人的床上。但是，主人从不让它上床，阿予只能选择离主人最近的位置守候她。然而，阿依进门第一天就能和主人同床，而且睡在主人的枕头边！睡前被尽心呵护，把屎把尿还定时喂饭，女主人根本顾不上阿予了。阿予气得直翻白眼。韩玉关灯睡觉了，妒火中烧的阿予蹑手蹑脚地叼起阿依，放到厨房的后阳台上。阿予借着月光仔细观察阿依，如硬币大的显示屏上有一只画的小狗，四肢不停地晃动，表示它是只活狗。

"你算什么狗，假狗！"

电子狗反唇相讥："你算什么狗？原始狗！我是高科技狗！你懂什么叫高科技吗？科盲狗！"

阿予不甘示弱："什么高科技，不就是数字化吗？一个 0 一个 1，换来换去颠三倒四。你再高科技，我一口咬碎了你！"

"你不敢。你咬碎了我，主人肯定休了你。如果她有两只原始狗，还得费神破案，现在就你一只，你还不束手就擒？"

阿予气得眼睛冒火，又不得不承认阿依的话有道理，只敢冲它做"咬"的假动作。

"闭上你的嘴，吓唬谁呀？我在生产线上见过大世面。你不就是嫌我来了主人不再宠你吗？有本事竞争呀，是骡子是马拉出来遛遛。想和女主人一张床上睡？可惜你太脏，怎么洗身上也有螨虫，传染！"

"你在主人的床上睡有什么用？真有坏人了，你能保护吗？主人宠你白宠！"

"现在有哪个宠别人的不是白宠？我听说一个局长提拔了几个宠臣，他下台后第二天，这些宠臣就翻脸不认人了。你那叫愚忠，原始道德，现时不时兴啦！"

阿依被阿予用右爪狠狠地捅了一下。

"我警告你，别再动手，赶紧把我送回去。一会儿我该大便了，要是我一叫，主人找不到我，你就被动了。"

"你吓唬谁呀！你那也叫大便？在屋里大便是疯狗干的事，真正的好狗就是憋死也不会在主人家大便。你没听说过狗在主人家憋大便憋断肠的事？"

"让屎憋死，傻不傻呀！你送不送我回去？我叫啦！"

阿予无奈，将阿依叼回主人枕边，看着韩玉睡眼惺忪地照顾阿依"方便"，哭笑不得，断定主人中了高科技的魔法。人类迷恋高科技，早晚有一天，满大街都是电子人，人类将被淘汰出局。阿予忧虑得彻夜无眠。

阿予和阿依日夜较量不已——主人若与阿依亲热而冷淡了阿予，阿予便故意放肆地在餐桌下大小便，让主人扔下电子狗注意自己，就是听她怒声呵斥也愿意；阿依看主人给阿予喂鸡蛋、牛奶、米饭和各种肉类，也吵着要吃饭，全不顾自己肚子里根本没有消化器官，全是盘在一起的电线。

每天，两只狗争相告状，给对方使坏；又使出浑身解数争相讨好女主人。韩玉教育阿依不要无中生有、搬弄是非，要安定团结；提醒阿予，把阿依关进壁橱是非法监禁行为，要受到法律的制裁。一片阴影掠过韩玉心头，忽然感悟到，两只狗的争宠与过去办公室的景象竟如此雷同。她叹了一口气，意味深长。

一个夜晚，韩玉带两只狗外出散步，一个小偷抢了骑车女士的皮包。韩玉松开皮带，拍拍阿予的头："追上去！"一阵风似的，"原始狗"冲上去把小偷抓住了！顿时，阿依对它无限钦佩：“你真了不起，过去我是有眼不识泰山，还是真狗好！”阿予以礼相待：“你也不差，假狗省主人多少事啊！”“还是真狗好，我下辈子当真狗。”“那我当假狗，咱俩换。”两只狗越聊越热乎。毕竟，多一个朋友比多一个敌人开心。

一片光明掠过我眼前，我忽然感悟到，上海琉璃艺术博物馆墙上的序言中有一个大大的"仁"字，两个人相处得好为"仁"，两个人相处不好为"不仁"。当然，狗儿们也不应例外。

郑渊洁的童话是写给孩子们的，也是写给成人看的。

2007 年 10 月

胡同风情

送电报的人

那时我家还住在北京劲松小区。有位电报投递员嗓门儿特别大，尤其是在冬季，家家户户紧闭门窗，他在街上扯着嗓子吼叫，浓重的四川口音，加上不熄火的摩托车轰鸣声，谁也听不清他叫的是什么人的名字。只要没有人回应，他就顽强地呼叫，没完没了，直到收报人出现。不知什么原因，那时候的电报多在深夜投递，而且大都有急事，夜深人静时，这位投递员的声音惊心、刺耳。常常在第二天，邻居们见面会不约而同地说："那送电报的真烦人！""可不是嘛，把我们家孩子吓着了。"

一次是我家的电报，因为听不清楚没回应，投递员持续的喊声招得所有的窗户都亮起了灯——邻居也跟着叫唤："唐斯复电报！"我从椅子上跳起来，三步两步地下了楼。投递员喘吁吁地嘟囔："叫这么半天也听不见？！"我连说："对不起，对不起。"他被头盔、围脖围了个严实，本想看看他的模样，没看见。

安静数日之后，有一天傍晚，满大街都在议论：劲松十字路口出了交通事故，轧死一个送电报的。大家的心提起来了："可别是给咱们送电报的那位，他多负责呀！""现在这么尽心尽力的人少啊。"早晨，邻居见面说到他，大家心里感到惋惜。

冬去春来，又是一年。

忽然一个夜晚，摩托车的轰鸣骤然在院子中央响起，大家终于又听到那四川口音的喊叫。嘿，那么熟悉、亲切、高远……人们心头掠过"逝而复生"的喜悦，原来之前的噩耗是误传，他被提拔坐办公室了，那天晚上的突然出现，是新任投递员临时请事假，他替班。

修自行车的人

小路口，槐树下，有一个修自行车的小摊。修车人连个板凳都没有，蹲着干活、做买卖。那会儿，北京骑车的人多，短不了有停下来打个气、紧紧闸、换个螺丝什么的。修车人总赶在人们上班之前出摊——别因为车有毛病没处修耽误上班。每天 8 点以前，他总得紧忙乎一阵。他把半导体放在路边，播放早新闻，自己听，也让别人听。出门早的，即使不修车也停下来站会儿，与修车人打个招呼，听听广播。他从不讲价，地上放一个木盒子，油乎乎的，里边有些零钱。车修完了，问他多少钱，"给点就行。"打气从不收费，问他为什么，"打气你们自己受累，又不是电气筒子有人收电费。"再问："手打气筒也会磨损呀。""我还使呢。气筒子不是泥捏的，大伙儿使两下，坏不了。"

上班的走了，街上清静下来。修车人这才吃早点，凉油饼，就着保温杯里的热豆浆。这是个单身汉，他有句口头禅："我一个人吃饱，全家不饿。"这时，一个个遛鸟的回来了，下棋的也纷纷出动，都聚在小修车摊周围。人家知道带个马扎坐，就他一个人还是蹲着，说鸟，说人，说国家大事，你一句，他一句，慢慢悠悠，闲闲在在。棋盘摆上了，两军对垒，"杀"得不亦乐乎。修车人从不玩儿，他蹲着挪个窝儿，顶多看两眼，有来修车的不误事。

下雪了，白雪盖在路边的绿草上，煞是好看。一天，我在商场买了一个自行车后架子，请修车人给安上。尺寸不对，安不上。他叫我到商场去换，告诉我要的型号。路上雪挺厚的，一走一滑，我嫌再去商场麻烦，问他有没有合适的。"我这个是旧的，要不，早给您安上了。""我就要旧的，安上正合适。多少钱？"他摆摆手："这是一个车主儿换下来的，送我了。"我知道再问也问不出个价儿来，把新架子往他面前一放："给，用它跟您的换。""那不成，这是新的！""我留着没用。"他拿起地上的木盒子，要往我的车筐里扣，我蹬起车跑了，只听见他在身后喊叫。走远，我才回头，第一次见他站直了身子，哟，个儿真真高哎！

开电梯的人

北京的居民楼里，用了好多外省小姑娘开电梯。她们在北京没家，住宿舍值夜班，早晚两头干，是电梯司机里最辛苦的班儿。一个河南新乡来的女孩儿，大家叫她"新乡"，合了"心香"的音，怪好听的。这姑娘白白净净，爱笑，爱给人帮忙。不论谁提着大包小包进电梯上楼，到了楼层，她紧跑几步，帮着把东西给送到家门口；遇到拿重物下楼的，她又是紧跑几步帮着把东西送到院子里；有老人孩子乘电梯，她照顾格外小心。每天清晨，送报人把一沓报纸往她手里一塞，走了。清闲时，她的第一功课是浏览报纸，然后一一分发。工作台上总有几本书，被翻得卷了边儿的是《电梯司机手册》，还有用旧广告纸包着的。问她："里面什么书？"她双手一捂，不说也不让看，冲你笑笑。楼道里的灯泡坏了，窗玻璃碎了，垃圾道堵了，她立马给物业打电话，催得那叫急。日子长了，有家里水管漏水而又没时间等修理工的居民，干脆把钥匙交给"心香"，撂下一句话："你开门陪他们进去修。""那我得找个伴儿一起进去！""心香"在那居民身后叫嚷，声音清脆。

下了早班，"心香"脱去与"大妈"、"阿姨"相同式样的工作服，穿上喜欢的白色小短裙。一天三顿饭，她自己做自己吃，买些新鲜蔬菜，手底下菜刀切菜的节奏与她哼唱的校园歌曲十分合拍。

一个中午，电梯卡在两层之间动不了了，里面有几个放学回家吃午饭的小学生，在电梯里急得哭。当班司机没办法排除故障，在里面叫："心香！心香！"姑娘一溜烟儿顺着楼梯上了楼，不一会儿，她的声音在电梯顶上响起："师傅，别着急，我这就进来。"说着，她打开电梯的天窗下来了，轻盈、熟练，摆弄个三两下，电梯又动了，她的白短裙上则是东一块西一块的黑机油。

电梯起起落落，17岁的"心香"在电梯里长成大姑娘。一天我回家晚了，"心香"在电梯里看书，还一边做笔记。困吗？她摇摇头，眼睛炯炯有神。我看那旧广告纸包着的是成人高考复习辅导材料。

2014 年 3 月

出行琐记

称之为"琐记"，必是东拉西扯、叨叨唠唠。

重返唐山

从北京出发，目标是唐山市，驶向地震废墟上崛起的新型城市，去瞻仰唐山地震遗址公园的遇难者纪念墙。

1976 年 7 月 28 日，唐山大地震。一个月以后，我即赴唐山采访写剧本，走遍开滦矿区，在灾区的一年中，听到听不完的生死离别、抗震救灾的可歌可泣的故事。去时正赶上"迁尸"，就是将地震发生时匆忙浅埋的尸体迁往公墓深埋。街头穿梭的卡车和车上一个个摞在一起的蓝色塑料袋，以及留在原地的空穴和裹着泥土的衣物，令人无法忘怀。在这里，我要讲述的是我的同窗的遭遇，请读者与我一起凭吊他们。

地震前，我去过唐山，去过集中文化单位的文化宫大院，我的同学们也住在那里，那是一处很有文艺气息的地方。地震后，我再去文化宫大院，我的同学们在哪里呢？一个人都看不见，废墟上弥漫着萧瑟之气——忽然传来钢琴声，我循声而去，进地下室，敲开一扇门，一个小伙子在弹琴，木方子支撑着东倒西歪的三角钢琴。"请问，您认识李彦平和栾永聚吗？我在哪里能找到他们？"我战战兢兢地问。"他们两口子死了，可惜呀！"我懵懵懂懂、趔趔趄趄跟着他来到同窗夫妇遇难的地方。地上躺着一排九间房子的房顶，足有几十公分厚（唐山人为了冬暖夏凉擅长用焦炭和水泥垒厚屋顶，地震中不少人因此丧生）。小伙子说："当时起重机还没到，我们撬断了十多根铁棍，后来铁棍也用完了，房顶就是纹丝不动。开始，李彦平喊的声音还挺大：'救救我们！''救救我们！'她还唱《白毛女》插曲：'我要活，我要活！——'渐渐地，声音越来越小，最后听不到了。起重机来了以后才将房顶挪开，他们并排躺着，依然美丽。"那是他们人生形象的定格，永远年轻。在同学们的心目中，他们在舞台上扮演的《桃花扇》中的男女主人公李香君和侯朝宗，至今栩栩如生。他们的名字被刻在唐山地震遗址公园的纪念墙上，与几十万遇难者在一起。

　　唐山地震遗址公园的设计简洁、传神，有震撼力。十二面黑色大理石纪念墙，仰视看不到顶，平视望不到边。黄昏时分，依在墙边的一个花篮里的黄菊花在风中摇曳，它是在抚慰长眠的人们。巨大的雕塑群，石雕和铜雕相结合，再现天塌地陷的瞬间、唐山人遇难的悲惨场面，诠释着唐山人悲恸地掩埋亲人、决心活下去的坚毅，这组塑像的眼神是会入梦的。废墟留存是写意式的建筑框架，扭曲的煤矿天车，坍塌的车间。我们去的那天是星期一，公园内的地震博物馆闭馆。即使开馆，我也不会进去，不想再次经历伤疤流血，据说很多唐山人是拒绝观看电影《唐山大地震》的。

我们的车在市中心的长街上驶过，这是英雄的市民在废墟上建成的英雄城市。

邂逅琉璃耳杯

秦皇岛玻璃艺术博物馆建在老耀华玻璃厂的旧厂房内，主要展示的内容有古代琉璃（东西方）、中国现代琉璃艺术作品、玻璃工业之今昔以及未来展望，主题明确，优势尽在。最令我们惊讶的是，这里竟有这么多古代琉璃，中国的，西域的，古罗马和埃及的，其中不乏重器，按地域（东西方）和时间（朝代）顺序布展，线索清晰，一目了然。讲解员娓娓道来，我们依序观赏——突然间，驻足了！耳杯，我们看到了湖绿色耳杯，西汉中山靖王刘胜墓葬出土，中国最早的脱蜡铸造的琉璃器皿，是琉璃工房和上海琉璃艺术博物馆顶礼膜拜的图腾。

1998 年在北京故宫博物院永寿宫举行"琉璃工房杨惠姗现代琉璃艺术展"时，这件耳杯被安放在序厅的中心，是河北省博物馆友好借展的，张毅写下说明文："琉璃工房的一切，从这里出发。"2012 年上海琉璃艺术博物馆举行"诚意——讲述一个中国现代琉璃复苏的故事"25 周年大展，这故事的缘起就是这一尊湖绿色耳杯。策展期间，我们筹划第二次向河北省博物院借展，让上海观众也感受邂逅中国琉璃鼻祖的幸运。当时，借展之事已在有成效地进行，突然传来"耳杯是国家一级文物"的消息，本来可能的立即变为不可能。责任太重大了！需要一级级政府部门承担责任，而一级级政府部门又不可能承担责任。结果：必须放弃。我们利用全息电脑技术复制了一个"湖绿色的耳杯"，称得上逼真，依然陈设在展览的源头位置。

在秦皇岛和琉璃耳杯相遇，既意外又在意料之中，因为秦皇岛玻璃博物馆与河北省博物院同属河北省政府，属同系统文物借展。琉璃耳杯被我们梦牵情系，它离我们很近，却又很远，我们看到它如遇故交，可又十分陌生。额头贴着展柜的玻璃，我们和耳杯被隔离，天各一方。

2013 年 5 月

心里美的四小友

有一种萝卜叫"心里美",外表不起眼,心里却红得透亮。

小陈、小丁、小潘、小南,年纪虽轻作为不凡,我庆幸拥有这样的忘年之交。

小陈生长在北京的殷实之家,父母在国家机关有不低的职位。因父母工作繁忙,小陈自小多在祖母身边居住。他在北京大学读了两个专业,取得硕士学位后,又赴伦敦大学深造,研究方向是"国际关系"。小陈身材颀长,相貌堂堂,谈吐得体,自驾轿车出入学校上课,毕业后求职顺利,颇得上司赏识,是春风得意的80后。一次家族成员相聚在福建螺州陈氏宗祠。陈氏家族是在明清两代出了21位进士、108位举人和多位知府、侍郎、武将的显赫家族,小陈是第21世孙。他指着庭院内悬挂着的陈氏后代中杰出学者、院士、将军、银行家的照片,问:"这就是光宗耀祖吧?"我说:"是的,你呢?"他略做思索,郑重地回答:"也差不多吧。"

父母为他购置了新房,他不住,坚持从学校宿舍搬回祖母家。那时,祖母已明显出现老年人智障的症状。他如幼时一般,与祖母同睡一张大床。那张大床，小陈从襁褓中一直睡到"顶天立地"；祖母从呵护孙儿转而由孙儿呵护。一侧的单人床空着。公务应酬频繁，他到点就离席回家，接替保姆值夜班，照顾祖母就寝，自己同床而眠。问他："为什么要与祖母睡一张床？"他回答："我睡觉沉，睡小床担心奶奶有事醒不了，跟她睡一张床，有点动静我就知道了。"一个一米八五的大小伙子，每天夜里起床数次，直至祖母去世。老人享年 90 岁，含笑而远行。

小丁可没有家庭给他庇荫的幸运，他是从一个小城市走出来的，家境比较清贫。年轻人寻找心中的梦，离开家乡辗转来到上海，获得喜爱的有关戏剧演出的职业。他工作敬业，有创造力，为人随和，当疲惫得挪不动步子而工作还没完成时，你会相信他具备爬着去干的顽强。小丁很快在业界获得"值得信赖"的良好口碑。经过三年磨砺，处境改善，恰逢前几年房价低迷时期，小丁毅然贷款买了一套外环线以外的独室单元房。从此，他愈发自信，走路带风。一天，我在超市门口遇见他，他刚买了冰箱出来，很高兴正在进行"小窝"的基本建设："慢慢来，长线计划，一切都会有的。"

但是，好景不长，过不多久，他告诉我：新房卖了。

为什么？！他们家乡父母住房动迁，原房屋是租的，折价不够买新房，而且差得很多。他是长子，父母来信找他想办法——这是报答年迈父母养育之恩的机会，而卖房子是他唯一可以帮助家里的办法。他感到欣慰，父母获得一套三房两厅的新房，是老邻居中居住条件改善幅度最大的。之后，小丁租房而居，租金占去他工资的一半，而且总是屈从房主的需要而搬家，居无定所是他当前生活的状态。年前见到他时，他通知我：又搬家了。

看他，依然自信，勤奋工作，埋头在书山文海之中，编辑的书籍源源不断问世。

小潘是小区理发室的理发员兼老板，打下手的是崇拜他的新媳妇。小潘挺聪明，男女老少，理发烫发，传统时尚，样样拿得起，而且不断有改进。行动不便的老人，他定期上门服务；给孩子理发，听不见哭声。他们小夫妻待人亲热，随和周到，居民们愿意光顾这里，等待时聊聊家常，气氛煞是融洽。

春节回乡过年，小潘把外公接到父母家赡养。按当地习俗，嫁出去的女儿是不必管自己父母的。原来外公外婆自己住，不久前外婆去世，外公年事已高，"万一出点事怎么办？我做主了，让我爸开电瓶车去接。女婿就是儿子，老爸住女儿家天经地义。"他对兄弟说："我们晚辈要孝顺，孝顺首先是'顺'，按老人的心思办事。如果老人的想法不恰当，要慢慢讲道理，千万别急躁，不能让老人觉得不被尊重。"他对老人的态度很有分寸，过年给外公红包，给的钱不能太多，不能让老人觉得是在摆阔；也别在老人面前夸夸其谈，他每天看电视，天下大事什么都知道，用不着晚辈在老人面前"显能"；吃东西呢，一定要"长者先，幼者后"……

新媳妇是从贵州嫁来的，日子过得踏实知足。人家逗她："小潘欺负你吧？""才不，他心好，做的事都对，说的话我都信。"

　　小南是京剧爱好者，铁杆粉丝。他欣赏言（菊朋）派艺术，手机铃声就是言派唱腔，从年少时保持至今。他几乎会唱全部言派剧目的经典唱段。2010 年，他听说我们在上海举行"言归正传——言派艺术传承活动"，而且言派前辈言菊朋之孙言兴朋为此从美国回到阔别 15 年的上海，演出《曹操与杨修》，兴奋得在北京坐不住了，可工作缠身又不能亲临现场。他在国家大剧院工作，天天与戏剧演出为伴，虽然乐不可支，可也有脱身不了的遗憾。

　　当天，上海演出刚闭幕，我的手机响了，是小南的声音："恭喜恭喜！剧场里的掌声、叫好声如天崩地裂！我让哥儿们替我去看戏了！"

　　之后，他说要来上海与言兴朋见面，只能留宿一夜。那天上海暴雨，京沪飞机航班基本停了。我劝他改日，他说此刻已到达首都机场。我在博物馆餐厅等他，心想，这可能是等不来的等候。四时正，他竟到了！老天爷打了个盹，雨停三小时，就这一个航班钻空子从北京飞到上海。言兴朋来博物馆与小南会面时，大雨倾盆，连立交桥上都积了水，言先生在途中被水困了 20 分钟。他们两人握手时，看小南的神情似梦非梦，幸运、幸福发自内心，又被幸运、幸福笼罩。小南和言先生操京剧韵白对话，有板有眼。他邀请言先生到北京国家大剧院演出。对此，言先生是犹豫的，因为他旅居美国多年很少演出而较多教学。小南说："清明时我给爷爷扫墓了。"言先生惊讶："给我的爷爷？！""是，我几乎每年都去。""唉，我已经二十多年没去爷爷的墓地了。"他们说的爷爷是言菊朋前辈，言派艺术创始人，言兴朋的祖父，唱腔以婉转跌宕而见长，1942 年去世，葬于北京郊区。

自幼读《论语》，向往"老者安之，少者怀之，朋友信之"的理想国境界。今天，是小陈、小丁、小潘、小南四位小伙子的践行，为我们树立了榜样，增强了社会将美好的信念。

2006 年 6 月

行路拾珍

我家小区门外的马路，不长也不宽，很干净。一天外出，看见马路上一位女师傅在清扫，路面洁净，估计她已经不是扫第一遍了。一辆汽车驶来，从车窗扔出一个香烟头；她走到马路中间，把烟头拾起。一路扬长来去的摩托车，甩下包早点的塑料袋；她又走过去，把垃圾拾起来。她低着头，从容、平和，连向着车尾的不满目光都没有。只见她一会儿从马路左边走到中间，一会儿又从中间走到右边，在这条不长又不宽的路上，书写着一个无尽的"之"字。钦佩之情涌上心头：好一位守望者！

守望就是不离不弃，坚持、再坚持。

这位清洁工引出我的很多联想，一路上，挥之不去。

《大师》系列电视节目有一期关于沈从文先生的专题。这位中国现代文学家因为编写《中国古代服饰》一书，历时17年，搜集资料，从严冬阴冷的故宫库房，到湖北干校酷暑中的小屋，在漫长的是非颠倒的年代，他坚守耕耘，支撑他的，是完成这部大书的信念。1985年的大年初一上午，我陪电影导演凌子风去沈从文家拜年。导演刚刚拍完根据沈先生的小说《边城》改编的电影，将中国现当代文学家的作品一一搬上银幕，是他20世纪

80 年代以后坚持的拍摄目标。导演尊重作家以善良、美好的心灵陶冶人的愿望，努力再现作家笔下古朴、淳厚的乡民。导演和作家年龄相仿。导演对作家说："拍摄前期，我一定要找到您书里描写的场景，让观众看到您笔下淡雅的诗意。天一亮我就上凤凰山，无休止地跋涉，我在山上像牲口一样地喘气，有时甚至觉得要憋死过去了。"在导演的授意下，摄制组在山上搭起一座白塔，开了上山的坡路，又从很远的地方挖来草，铺在山坡上；为了端午节赛龙舟的戏，用三个月时间挖了一条河；还在河边修了渡口……作家露出笑容："您在银幕上说的都是我所想的。"

在沈从文和凌子风身边各有一位女性，就是他们的妻子。张兆和是书香门第张家三小姐，文学艺术修养深厚，在四姐妹中最漂亮。自从嫁了沈从文，丈夫就是她生命的全部，患难与共，一生陪伴。有一次，四小姐张充和从美国来北京，我陪她们去雍和宫游览。时近正午，三姐执意回家，说是要陪从文午餐，怎么挽留都留不住。凌导的续弦夫人韩兰芳是剧作家，是一位秀丽聪慧的女性，影片《春桃》剧本就是她的作品。只要丈夫与旁人谈话，她必然出现在一侧，录音机即刻放在丈夫面前。她要记录下凌导的谈话，她认为那全是智慧。每当此时，凌导总说："你弄得我好紧张。"对她们而言，守望意味着幸福。对她们崇拜的男人来说，守望是理想的寄托。

我时常见到那位女师傅，一身蓝色的工作服在马路上闪烁。

2000 年 3 月

新年趣话

现如今人们常说：千万别跟陌生人说话，更不能吃陌生人的东西。害人之心不可有，防人之心不可无啊！"信任危机"在社会生活中弥漫——

雪天行车，汽车脏得像泥猴儿。雪过天晴，北京人出门头一件事就是去洗车。迎着阳光向东，我们直驶东直门外斜街洗车铺。开过头了，倒车掉头，得——车尾正撞在直行上来的面包车的车身上。开车的是个年轻新司机，紧张得说话都结巴了，非要收我们的身份证，不然，回去没法交代。我们让他别紧张，陪他回单位，和他领导面谈，承担责任。

他所在的单位是个汽车队，满院子各种车辆，都卧在积雪堆里，因为临近新年，不出车了。小伙子跑进楼里，20分钟以后，领出五位彪形大汉，其中一位还捏着扑克牌。领头说话的满脸凶相、眼睛通红、嗓音沙哑。我们表示道歉，愿意赔偿修理费。那领头的说："私了可以，五千块！"另几位随声附和。看他们闲极无聊的神情，好像正想找点刺激和油水。

我当即决定："那我们公了，去交通队解决吧。"领头的说："行，不远，拐弯儿就到。"听他们十分有把握地愿意配合，我心里犯嘀咕了：他们和交通队离得那么近，平时和警察处得很熟吧？立刻，忐忑涌上心来，可这时想不去都不行了。进了交通队大门——值班警察围着车看了一圈，又听了双方的说法，然后先让我们进办公室，说："没大碍，敲敲就得，给他们二百吧。"我将信将疑，怀疑听错了——"撑死了，这就是二百的事儿！"警察重复一遍。瞬间，心里的忐忑烟消云散，我差点蹦起来！处理完，他到室外训斥那帮人："你们都是开车的，真不懂啊！就碰扁这么点儿，要把车都拆了修啊。好啊，谁拆个我瞧瞧！我让他们给二百，这还给多啦。"那帮人没一个敢吭声，耷拉着脑袋走了。

这位警察40多岁，很敦实，办事干练，他的办公室里挂着一面面锦旗，锦旗上赫然赞道：秉公执法。

因为躲过了敲诈，似乎捡了钱，中午吃牛排庆祝。

那天的目的地是北京大学。我们途经一个新开张的家具城，时间有富裕，停下车进去看看。空间很大，家具很多，其中一张特大的办公桌，大得离奇，引起我先生刘元声的兴趣。他坐下，双手拍打桌面，兴高采烈。

待我们在北京大学家里与孩子们吃了晚饭，准备回和平里的家时，刘元声才发现手包丢了，身份证、驾驶执照、工作证全在里面，这可非同小可。丢哪儿了？——付钱时忘在交通队了？不是，吃完牛排还从里面拿过钱埋单。丢在餐厅了？也不是，出门时从包里拿过车钥匙。丢在家具城了？我们赶回家具城找，人家下班了，方才热闹的地方，此时空无一人，黑幽幽的。

俗话说"过二不过三"，果真如此。再一个左转弯就该到家了，我们前面有辆小货车，正挡住我们看信号灯的视线，他左转我们也跟着左转——警察来了，先是一个敬礼："你们闯红灯了。"这下真麻烦了，所有证件都没有，又增加一项违规：无证驾驶，把车给扣了。我们讪讪地走到家门口，正碰上早晨看见我们出门的邻居，他说："二位开着车出去的，怎么腿儿着回来了？"

第二天的工作是找包、领车。

家具城保安、一位河北唐山来的小伙子拾到了放证件的小包。我们要报答他，他执意谢绝，带着浓重的家乡口音："这没啥，应该的。"至今，我都感到唐山话亲切悦耳。有了证件去领车，照章罚款。车管说："老同志开车，多加小心，证件，收好喽。"

同事笑我们：日遭三劫。但，正是这一日的连续遭遇，仿佛在我心中洒下一缕缕阳光。

我从不拒绝与陌生人说话，前几天还吃了陌生人的东西。济南的一位老朋友去世了，儿子开着车与我去奔丧，到了殡仪馆才发现附近没有吃东西的地方，儿子饿极了。为子找食，万类同心。一位陌生的司机听说我们没吃午饭，上前试探："我买了一袋包子，你要吗？"我斩钉截铁地说："要。"（现如今很多人怀疑陌生人给你吃的食物里会有蒙汗药。）于是，我给儿子拿来五个包子，还是热的。待我再去致谢时，他的车已经开走了。

世界上依然是好人多呀，不要对生活过于失望：信赖，令人温暖。但是，也不能丧失警惕——看，诈骗的短信又出现在手机上。

2010 年 11 月

闲话壁炉

　　一辆工作用车行驶在我们车的前面，后车身上写着"壁炉服务"四个大字，挺醒目的。莫非如今使用壁炉又成气候了？猛然间，眼前飞起隐藏在记忆中的许多壁炉来⋯⋯

　　壁炉，顾名思义，是镶嵌在墙上的炉子，取暖用的，多烧木材，也有烧煤炭的，炉内上方有烟囱直通房顶，废气经烟道排出。19、20 世纪的天津、北京、上海、哈尔滨和北方沿海的一些城市，讲究一点的房屋里，壁炉是常见的，人们颇会享受围坐壁炉话古说今的乐趣。北京西式四合院也有壁炉，我外婆家的大客厅中就有，北京大学燕南园我们舅舅家的客厅里也有。从老照片来看，壁炉在生活中是被使用的，驱寒、取暖。有的人喜欢倚着壁炉拍照，上海南京路照相馆里至今保留着壁炉的景片，年轻人的婚纱照上更是常见壁炉的模样。但是，我从没见过壁炉点火，没感受过火苗攒动的情景，我看到的生活中的壁炉总是冷冰冰、了无生气的黑洞。因为，自从 20 世纪 50 年代以后，中国人的生活方式发生了巨大变化，壁炉被认为是不合时宜的，其中有宣扬资产阶级生活方式的意识形态问题，也有燃料供应匮乏的问题，还有住房分割后格局被破坏、使用不了壁炉的问题，仿佛一夜之间，千家万户的壁炉歇息了，甚至有的人家用砖将壁炉封闭，彻底废了。壁炉，留给人们的只是岁月的一个印记、一个想象中优雅温暖的印记。

我对壁炉的感受最初来自小说。中学时代，我最爱读英国、俄国、法国小说，读得废寝忘食。书中主人公的生活环境里，壁炉无所不在。围绕壁炉，有温情的故事，也有剑拔弩张的角逐，我爱看从文字演变的电影和戏剧。苏联电影《白痴》的女主人公将百万卢布扔进壁炉，纸币在炉火中被点燃，将周围人的脸映得通红、变了形，人们与烈火一起疯狂了！前几天在北京国家大剧院看话剧《简·爱》，傲慢的男主人公回到家里，在炉火边，居高临下地与家庭女教师对话。壁炉的火苗跳动，他渐渐被家庭女教师的自尊和善良所感动，观众与他们一起感受心灵相通而散发的温暖。俄国圣彼得堡（一度更名为"列宁格勒"）20 世纪 40 年代反法西斯战争时期，曾经长时间被德国法西斯军队围困，市民冻死不计其数。苏联电影《列宁格勒交响曲》描写被困在一个大书房里的一对读书人烧书求生的遭遇。他们奄奄一息时的幻觉，是在这里面对壁炉的燃烧。英伦大地阴冷、潮湿，雨雾中迷路的行人，一旦进入炉火熊熊的房子，哪怕是闯进了陌生的人家，也会欣慰自己"到家了"。这是《呼啸山庄》开篇的景象。法国巴黎的"茶花女"弥留之际感到严寒彻骨，因为，壁炉的火熄灭了。

台湾日月潭边有一座酒店，名为涵碧楼，大名鼎鼎。酒店依山而建，大堂在高处，大堂外连接着平台，很宽阔的平台。我们一行从台北出发南下，一路观赏城市和乡村的景致，到达日月潭时已入夜，被升腾的雾气侵袭，有点困乏又感到寒意——当跨入大堂的平台，眼前一亮——有一个炉火熊熊的壁炉！夜色中宽阔平台上的唯一点缀，带给旅客由视觉进入心灵的慰藉：到家啦！都说涵碧楼的设计巧妙，只此一个细节就领教了设计者"爱人"的用心。好多年过去了，留在心头的炉火永不熄灭。

"壁炉服务"的工具车和我们一起被堵在高架路上，它告诉我们：壁炉今天又进入了社会生活。据我观察，壁炉多数由朴素、实用的生活装备转变为点缀豪华建筑空间的装饰物。壁炉在中国百年中的命运，述说着中国人百年中的生活和价值观念的变迁。豪宅推销广告上的图片，别墅样板房的装修，高尚俱乐部里的私密场所，五星级酒店的大堂……一个个赛着豪华，一个个又华而不实，没有真的火，是仿真煤炭和电炉。

这就是 2012 年社会心态的特征。

2012 年 12 月

陈雅玲

姐姐

——永远的唐老师

　　琉璃艺术家杨惠姗和张毅称她为"姐姐"，这"姐姐"一叫就是二十年。很多人都知道，被他们如此尊称的是唐斯复女士，上海琉璃艺术博物馆馆长。

　　2012 年 10 月 30 日上午 10 时 30 分，上海琉璃艺术博物馆举行"远航的玻璃——法国三大世家作品展"开幕式，一时间贵客盈门。展览规模虽然不大，但是意义非凡——这是作为国家博物馆的上海博物馆首次将 23 件藏品借展民办博物馆上海琉璃艺术博物馆，翻开了馆馆合作、别开生面的一页。莅临盛会的上海博物馆馆长陈燮君先生坦言：民办博物馆本身有很大的社会辐射力，它能发挥国家博物馆的别馆作用，呈现展台延伸的功能。唐斯复老师人脉广阔，做事有创意，待人接物诚恳，所以能够吸引国家博物馆跟上海琉璃艺术博物馆合作，共同营造城市文化的新气象。

　　唐斯复老师，1993 年与杨惠姗、张毅巧遇，那时她是《文汇报》驻北京记者。一路走来，相知相惜，她助力琉璃工房落脚上海，也参与了琉璃工房和两位艺术家的媒体形象的设计和实施。

　　曾任琉璃工房形象规划处协理的彭慧雯说："因为唐老师个人的影响力，塑造了琉璃工房'总在做文化的大事，总在努力使中国琉璃在海峡两岸扎根’的形象。这个形象还挺根深蒂固的。客户常说，好敬佩两位艺术家对中国文化献身的决心。他们几乎变成了文化复兴的代表人。"

杨惠姗和张毅复兴中国琉璃艺术，的确是"有诸中"；但还得"形于外"，才能广为人知，继而受到支持。两个从台湾来的艺术家，无论对大陆社会还是媒体，都非常陌生。

1996 年，杨惠姗和张毅到奥美广告公司听取琉璃工房品牌形象企划案的报告。负责简报的报告人，曾在文化部外联局做过对外使馆的文化官员。唐斯复老师很想见识社会上公关公司的运作，便与他们一起去了。报告人开始分析琉璃工房的定位、公关策略……唐老师心想："哦，就是这样子啊！这我也能做到。"当报告人说到"碰到国家重大的活动，一定要参加进去"，唐老师露出调皮的笑容："这给我重要的启示！"

1997 年庆祝香港回归，文化部举办"中国艺术大展"。唐老师到文化部艺术司、外联局，为海峡对岸的琉璃艺术家杨惠姗争取参加展览的机会。艺术家为香港回归创作了大型作品《天地之间》。唐老师是第一个到中国美术馆去选择场地的，她为这件作品选了展厅中一个相对独立的空间，较之六十多位艺术家作品的联展，杨惠姗的《天地之间》显得十分突出。

开幕式当天，杨惠姗到现场，很多记者围着她采访。事后，她问唐老师："姊姊，这怎么像我的个人展啊？"原来前一天晚上，唐老师在电影资料馆举行了一个电影招待会，放映杨惠姗和张毅的电影代表作《玉卿嫂》和《我这样过了一生》，请了很多新闻界同行。第二天，"中国艺术大展"开幕，记者们保持了头一天看电影的热情和兴趣，造成"杨惠姗个展的氛围"。

"碰到国家重大的活动，琉璃工房不能缺席。"这从此成为唐老师为琉璃工房塑造形象的重要原则。

香港回归、澳门回归、奥运会、世博会……几乎所有重大时刻，琉璃工房都倾情亮相，全力参与。中国第一家国有玻璃专题博物馆秦皇岛玻璃博物馆开幕，唐老师允诺对方收藏杨惠姗三件作品的要求。在展厅中，杨惠姗被定位为"中国现代琉璃艺术的奠基人和开拓者"。

"琉璃工房的活动，如果没有唐老师在办，规模会小很多。"彭慧雯说，"唐老师往往把这些议题变成国家级的，或市级的。这在台湾反而很难做到。我就看了好几场奇迹。"

1995 年，杨惠姗在上海第一次办展，唐老师初显身手，三天内让很多上海人认识了杨惠姗。2001 年，琉璃工房在北京、上海主办"2001 国际现代琉璃艺术大展"，新闻发布会的场面堪称经典。"所有人到了现场都一惊——这几乎就是一个联合国大会！"跟随唐老师工作多年的馆长助理赵明说，当时参展的琉璃艺术家来自二十多个国家，唐老师与合作者把这些国家的国旗插在会场上，让人产生很强的视觉震撼。

开幕当天，竟然请到八个部长级官员，大约一百家媒体到场。第二天报纸上的报道几乎都是满版，而且每天有一位大师的介绍，连续多日。移展上海，展场也被挤爆，一天观展人数超过五千人，创上海美术馆观众流量的最高纪录。不可思议的是，琉璃工房在媒体的投入几乎是"零"，这是钱买不来的。

"当时她在北京的新闻操作，覆盖是全面的。"赵明说，"她一开始就拿到新闻的话语权，造成了一种大气势——媒体争相报道这个当时最大的文化艺术活动。"

接下来的奇迹，是琉璃工房主办"TMSK 刘天华奖中国民乐室内乐作品比赛"。2001 年冬天，新天地透明思考餐厅开幕，张毅希望在这个时髦的地方听到中国的声音，赋予传统的民乐以现代的可能性，因此想办一个小型的征曲比赛。唐老师再一次把她的资源——民乐知识和对民乐形势的认识，以及音乐界的师长及朋友，带进作品比赛活动。她将一个原本小小的征集作品的活动，结构成由"音乐界第一人"吴祖强担任评委会主任、集中全国权威音乐家担任评委的全国性的作品比赛。

在经费缺乏的情况下，"TMSK 刘天华奖中国民乐室内乐作品比赛"坚持十年，举办五届，获得参赛作品五百件，并出版获奖作品曲谱。这是一个记录，记录着这十年中国音乐界创作、教学的状况；也记录了唐老师和她的小团体十年的辛劳。

筹办琉璃博物馆，一直是张毅和杨惠姗的心愿。于公，可以跟所有人分享欣赏好东西的喜悦；于私，张毅曾跟唐老师说："姐姐，你总会老的，将来你希望跟人说话的时候，我们就把你的轮椅推到博物馆来，晒晒太阳，跟东聊聊，跟西聊聊。"因此，琉璃工房 2006 年有了第一个马当路博物馆。

然而，博物馆风光开幕后，租金在滚动增长，涨到每年一千万元。本来希望靠着夜间做酒吧和餐厅生财，但是新天地的人潮不过马路。"就是过来也白搭，它是一个高尚公寓的裙房，住里面的人，没有一个容忍你晚上有动静。"唐老师说。连年的亏损，到了要把琉璃工房拖垮的地步。

在这种情况下，是拆博物馆，还是不拆？这对张毅是一件非常矛盾的事情。最后，是卢湾区文化局负责人看了杨惠姗跟屋主签的合同，给唐老师打了个电话："唐老师啊，合同赶快取消，你们要被他坑死的！"

于是，唐老师找了张毅。两人来到马当路，站在博物馆对面。

"张毅，你决定怎么办？"

张毅犹豫："再看看吧！"

"有人告诉我，那位房主先生是对不起朋友的。"

张毅一听，脸"刷"地就红了，血涌了上来。他立马打电话到博物馆："拆！"

就这样，两人转身离开。

"拆的过程，是不能够目睹，也不能耳闻的。"唐老师说得酸楚，"当时我下定决心，为张毅再找一个博物馆。"

皇天不负苦心人，她最后找到田子坊的旧厂房，博物馆有了新生命。这个新馆的面积是原本的两倍半，但租金只是三分之一。

为了博物馆的隆重开幕仪式，唐老师绞尽脑汁，请人制作了五色彩球，意为琉璃是补天的"五彩石"。他们邀请了40位剪彩嘉宾，全是各领域的代表人物——有博物馆、美术馆的馆长们，有新闻界的社长、台长们，有各级政府领导，艺术家有余秋雨、马兰、谭盾、郭小男、茅威涛、张军、张静娴等等。本来，卢湾区相关领导不同意封路30分钟的要求，但一见泰康路上来了这么多人，又是如此有分量的人物，临时决定：封路，举行开幕式。

"唐老师永远可以创造奇迹。"彭慧雯感叹，"又是戏剧界，又是音乐界，又是媒体，只要涉及文化界的，名单都在她的口袋里。"

对此，她可是有亲身经历的。2011 年 5 月，杨惠姗"我的独特与美丽 Liuli Plux 作品发表会"举办，时任品牌总监的彭慧雯策划了一个"向七位女性致敬"的活动。案子提上去之后，张毅不赞成每次都把杨惠姗推出来，希望改邀上海的重量级女性来座谈。如何找重量级的人物？座谈会前十天，彭慧雯拿起电话向唐老师求援。第二天见面，唐老师在桌上摊开一本名片簿："慧雯哪，自己挑吧。"她们一起选了两位国宝级来宾：表演艺术家秦怡和上海芭蕾舞团艺术总监辛丽丽。"基本上，她一通电话就搞定了。"彭慧雯由衷佩服。

但事情通常不是这么容易办的。例如博物馆开幕式邀请 40 位重量级贵宾，每一个都要打三次电话：第一次正式邀请；第二次问能来吗；等到仪式前一天再打电话：明天肯定来，是吗？"这不能有一点点闪失，得实实在在地像钉钉子一样，把每一位都'钉'结实。""一时间，几乎天天在打电话，而且这电话只有我自己打。"唐老师说。结果呢？先生刘元声教授一天无意间打开家中的电话单，赫然发现当月有三百通电话。"这还不包括外面打进来的、长途的，以及她的手机。"他苦笑道，"你就算算吧，家里是不是个办公室？"最近搬新家，他特地选了一栋三层楼的联体别墅："必要的时候可以躲一躲。"

琉璃工房中国事业处总经理王秀绢记得，有次，他们接到罚款的通知，实在不知道是什么原因，也不知道该怎么办，晚上打电话给唐老师。唐老师第一句就问："秀绢，你有什么事吗？"王秀绢听了好感动："唐老师身上已经背了那么重的担子，如果我说了我的问题，她又要背更多。""她可以克服常人克服不了的困难。她最大的能力就是找人，就是游说，不太认识的，她也可以找，多数情况下还真能把事情办成。"

刘教授曾经给孙女讲过一个关于奶奶的童话故事：

有一天，她去跟狮子说："老虎要见你。"狮子一听，吓一跳："啊！老虎要见我？这非同小可，我要认真对待。可以。"然后她又跑去跟老虎说："狮子要见你。"老虎一听更吓一跳："啊！狮子要见我？那我得见他。"于是呢，第二天就赫然出现一张巨大的海报："狮虎会今日隆重推出"，下面写着"主持人唐斯复"。

"其实狮子没想见老虎，老虎也没想见狮子，但是她一手导演，就创造了历史性的一刻。"刘教授呵呵笑道。虽然语多调侃，但他也同意这里面有很多的困难："我就不会办这种事。我会担心老虎狮子一不高兴，把我给吃了！"

"其实，不是很难的。你要知道'借力'。任何一个地方或任何一个人，都有可能帮助你，关键是要找得准确。千手千眼观音能把天都捂住吗？也捂不住啊。他能看清人间万象吗？他也有看不到的地方啊。菩萨一定也同意'借力'的道理。"

"我这么多年来想入非非、攀登制高点，横冲直撞、冲锋陷阵，其实有时候心里也蛮胆怯的。如果被你的胆怯压垮，就什么事也做不成了；你要说服自己，战胜了自己的胆怯，就往前走了。"唐老师说。

"唐老师会找到最合适的方式完成最困难的工作。我最佩服她遇到再大的困难都是笑眯眯的，永远那么优雅从容。"王秀绢说。

"看起来我不慌不忙，实际上我的脑子里哦，像那个分子，不停地碰撞碰撞，碰撞出一个'点'，我要的就是那个'点'。"唐老师说，"年轻的时候，恰恰是你想怎样就不能怎样。等到这个时代，非分之想开始出现了 。我的不安分，就在于要把瞬间遐想变成现实。"

唐老师有办不成的事吗？有。琉璃工房二十五周年展，希望向河北省博物馆借展"中山靖王墓出土耳杯"，与现代琉璃艺术一起展出，说明一个传承关系。为了策展的初衷，为了展示的完美——"她不放弃啊。每天回家打电话，这边说说，等回话；那边说说，等回话。反正变来变去，人家就是死活不能拿出来。"刘教授记得。因为它是国家一级文物，万一出了事，责任人是两条人命的刑责。"何必呢！死乞白赖的，太多事了。"

他们夫妻是完全不同的思路和风格。

"他很幸运。在他舞台美术的行业里，应该得到的，他全得到了。"唐老师说。刘元声是中国第一个戏剧硕士，第一个到耶鲁大学的交换学者，曾担任中国舞台美术学会会长，所有的奖都送到他手上。"我跟他不一样，我很坎坷的。想做的任何事情，要付出若干倍的力气，坚持到底。你只要松一松，一切都没了。所以我养成了习惯，永远要想方设法地走下去。"

"唐老师能做大事，是因为她的心量大，别人承受不起的，她能。"赵明说。唐老师的经验、能力之外，最重要的是她的发心无私。"因为她没有私心，所以大家很愿意跟这样的长者合作。"

大气，是要熏陶的。

"我一直说，他们陈家读书做官，是智慧；他们唐家的人一腔热血，是刚烈。唐家的人为琉璃工房，也可以抛头颅，洒热血。"刘教授调侃道。

"当我们需要她的时候，她没有任何虚应故事。只要答应了你，从来没有食言过。一个人能做到这个程度，真的很令人敬佩。"彭慧雯说，"我不太希望变成董事长（指杨惠姗），也不太希望变成执行长（指张毅）。但如果能做到像唐老师，我会很开心吧！"

唐老师说，曾经有人研究快乐的因子是什么，出乎意料的是，她说："帮助别人最快乐。"

致谢

—

《唐斯复散文》是我古稀之年的习作，是得到众多

指点的成果。在此，感谢我《文汇报》的同事——

刘群先生、郑重先生、吴振标先生、史中兴先生、

汪澜女士、罗君女士、李成网女士。

—

感谢王行恭老师、刘晓翔先生。

感谢挚友毛时安先生。

感谢《中国文化报》记者、忘年交赵忱姐妹。

感谢年轻的合作伙伴丁盛、吴沙、张梦怡。

感谢上海市委宣传部文化发展基金会。

—

唐斯复鞠躬。

图书在版编目（CIP）数据

唐斯复散文.檐下听雨/唐斯复著.-- 上海：
文汇出版社, 2014.8
ISBN 978-7-5496-1234-5
Ⅰ.①唐… Ⅱ.①唐… Ⅲ.①散文集—中国—当代
Ⅳ.① I267
中国版本图书馆 CIP 数据核字 (2014) 第 153070 号

唐斯复散文·檐下听雨

作者：唐斯复
责任编辑：陈润华
书籍设计：刘晓翔＋刘晓翔工作室
出版发行：文汇出版社／上海市威海路 755 号（邮政编码 200041）
经销：全国新华书店
印刷装订：上海雅昌艺术印刷有限公司
版次：2014 年 8 月第 1 版
印次：2014 年 8 月第 1 次印刷
开本：787×1092　1/16
字数：200 千字
印张：20.25

ISBN 978-7-5496-1234-5
定价：40.00 元

上海文化发展基金会资助项目